女性短经典
何向阳 主编

紫花布幔

毕淑敏 著

江苏凤凰文艺出版社

图书在版编目（CIP）数据

紫花布幔 / 毕淑敏著. -- 南京 : 江苏凤凰文艺出版社, 2025.4. -- ISBN 978-7-5594-9428-3

Ⅰ. I247.7

中国国家版本馆CIP数据核字第2025XJ6449号

紫花布幔

毕淑敏 著

出 版 人	张在健
策划统筹	孙　茜
责任编辑	张　婷
装帧设计	昆　词
责任印制	杨　丹
出版发行	江苏凤凰文艺出版社
	南京市中央路165号，邮编：210009
网　　址	http://www.jswenyi.com
印　　刷	苏州市越洋印刷有限公司
开　　本	880毫米×1230毫米　1/32
印　　张	8.375
字　　数	180千字
版　　次	2025年4月第1版
印　　次	2025年4月第1次印刷
书　　号	ISBN 978-7-5594-9428-3
定　　价	52.00元

江苏凤凰文艺版图书凡印刷、装订错误，可向出版社调换，联系电话 025-83280257

序言

我们为什么写作？

何向阳

我们为什么写作？这几乎是每位作家都要问到自己的问题。但是扪心自问之时，女性的回答可能独辟蹊径，也更加与众不同。

1947年7月3日，西蒙娜·德·波伏瓦在写给友人的信中言："生活中的一切我都想要。我想是女人，也想是男人，想有很多朋友，也想一人独处，想工作和写出很棒的书，也想旅行和享乐，想只为自己活着，又不想只为自己活着……你看，要得到我想要的一切，殊为不易。"① 七十七年之后我读到这段文字，心生感慨，我想，也许写作可以做到，写作使得我们暂时抛开性别，在"既是……""也是……"的结构中打破界限，使得"想""也想"和

---

① [法] 西蒙娜·德·波伏瓦、[德] 爱丽丝·施瓦泽：《波伏瓦访谈录》新版序言，刘风译，北京联合出版公司2024年3月版。

"又不想"三者能够同时兼有而包容,从而避免波伏瓦所言的"疯狂",因为她紧接着下面一句就是:"要是做不到,我会气疯。"①

至于写作的状态,1976年5月在回答波尔特的关于写作与电影并行的创作问题时,玛格丽特·杜拉斯给出的言说似乎有些欲言又止:"只有当我停止写作,我才停止,是的,我才停止某种……呃……说到底,发生在我身上最重要的事情,也就是写作。但我最初写作的理由,我已经不知道是什么了。"② 这一回答模棱两可,但它肯定了一件事:写作,"是发生在我身上最重要的事情"。杜拉斯曾专门有一部书名曰《写作》,这种生命的纠结,令我想起1985年由法国巴黎图书沙龙向世界各地作家提出的问题及其答复,在上海文化出版社选编的中译本《世界100位作家谈写作》中,作家们对"为什么写作"这一问题莫衷一是,答案五花八门:法国女作家玛格丽特·杜拉斯的回答是"对此我一无所知";而英国女作家、后获得诺贝尔文学奖的多丽丝·莱辛的答案是,"因为我是个写作的动物"。③ 一晃,这场问答已是四十年前的事了。然而,问题

---

① [法]西蒙娜·德·波伏瓦、[德]爱丽丝·施瓦泽:《波伏瓦访谈录》新版序言,刘风译,北京联合出版公司2024年3月版。
② [法]玛格丽特·杜拉斯、[法]米歇尔·波尔特:《在欲望之所写作:玛格丽特·杜拉斯访谈录》,黄荭译,南京大学出版社2024年7月版,第5页。
③ 转引自何向阳:《我为什么写作》。见何向阳:《被选中的人》,花山文艺出版社2022年3月版,第8页。

似乎仍在我们心底，成为纠缠。

写作的动物。本能的表达。有些像杜拉斯书中转述的法国史学之父米什莱所谓的女巫？"因为孤寂，对今天的我们而言无法想象的孤寂，她们开始和树木、植物、野兽说话，也就是说开始进入，怎么说呢？开始和大自然一起创造一种智慧，重新塑造这种智慧。如果您愿意的话，一种应该上溯到史前的智慧，重新和它建立联系。"① 其实，杜拉斯于1976年5月的答波尔特问，关于居所中写作的主题，英国女作家弗吉尼亚·伍尔夫1928年写就的《一间自己的房间》已有类似答案。然而从1928年到1976年，四十八年过去，这个问题仍然能够在另一国度的女性写作者中产生共鸣，其意深远。

重新和它建立联系。没到终点。时间上也没有终点。事实是，距杜拉斯1976年之答问二十年后，1996年，苏珊·桑塔格在一篇题为《给博尔赫斯的一封信》的短文中，表达了她对写作的认识："你说我们现在和曾经有过的一切都归功于文学。如果书籍消失了，历史就会化为乌有，人类也会随之灭亡。我确信你是正确的。书籍不仅仅是我们梦想和记忆的随意总括，它们也给我们提供了自我超越的模型。有的人认为读书只是一种逃避，即

---

① ［法］玛格丽特·杜拉斯、［法］米歇尔·波尔特：《在欲望之所写作：玛格丽特·杜拉斯访谈录》，黄荭译，南京大学出版社2024年7月版，第7—8页。

从'现实'的日常生活逃到一个虚幻的世界、一个书籍的世界。书籍的意义远不止于此。它们是一种使人充分实现自我的方式。"①

一种充分实现自我的方式，是写作的意义所在。对于女性尤其如此。同时，一个作家写作，也是以梦想与记忆的方式，创生着人类及其历史。这是写作者的信仰，也是写作面对的最大现实。

但人类历史创生进程中，女性所起的作用往往并不常得到应有的重视。正如马克思在《致路·库格曼》中讲："每个了解一点历史的人也都知道，没有妇女的酵素就不可能有伟大的社会变革。"② 女性的进步是社会进步的尺度和镜子，女性更是创生人类及其历史的重要力量。这封信写于1868年12月12日的伦敦。可惜156年后的今天，这一思想仍然有待于人类全体的再度发现和更深认知。

《社会变革中的女性声音》③ 中，我曾表达这样一种观点，中国女性在20世纪经历了三次思想解放。1919年新文化运动，1949年新中国成立，1978年改革开放，每次解放都激发了作家的创造。活跃、敏感的女作家及其智慧、

---

① ［美］乔纳森·科特、［美］苏珊·桑塔格：《苏珊·桑塔格访谈录：我创造了我自己》前言，栾志超译，广西师范大学出版社2023年10月版。

② ［德］马克思：《致路德维希·库格曼》，见［德］马克思、［德］恩格斯：《马克思恩格斯全集》第三十二卷，人民出版社1974年10月版，第571页。

③ 何向阳：《社会变革中的女性声音——"中国当代著名女作家大系"（小说卷）总序》。见何向阳：《似你所见》，中国书籍出版社2021年2月版，第39页。

灵性的表达，已成为人类文化书写力量中更为强大的一部分。

今日中国，正经历着历史上前所未有的深刻变革，作为中国社会变革的见证者、人类文化进步的推动者、中国式现代化进程的记录者，中国女作家们对于时代变革与文化进步的书写所留下的精神档案，弥足珍贵。

"女性短经典"的集结，是中国女作家历经20世纪三次思想解放基础之上新的思考与收获。当然，每部书从不同侧面各自回答了"我们为什么写作"的问题，同时，它们在艺术和心灵层面带给读者的，也比此前中国历史上任何一个时期女性的写作成果都更富足和丰硕。

成为这一成果的亲证者与创造者，十分幸运。

期待着您的加入。

是为序。

2024年7月22日　北京

（何向阳，诗人、作家、学者。出版有诗集《青衿》《锦瑟》《刹那》《如初》、散文集《思远道》《梦与马》《肩上是风》《被选中的人》、长篇散文《自巴颜喀拉》《镜中水未逝》《万古丹山》《澡雪春秋》、理论集《朝圣的故事或在路上》《夏娃备案》《立虹为记》《彼黍》《似你所见》、专著《人格论》等。作品译为英、意、俄、韩、西班牙文。获鲁迅文学奖、冯牧文学奖、庄重文文学奖、上海文学奖等。）

目录

女人之约   001

紫花布幔   031

阿里   131

生生不已   205

女人之约

郁容秋的病危通知,快下班的时候送到工厂医务室。

医务室负责人兰医生,把握不准把这悲痛的消息,是立即上报还是等到明早上再说。

按说该早点报上去。毕竟是辛苦了一生一世的职工,到老了死了,领导要去看看,叫去的安心,活着的心里也温暖。但这个时机很难把握,报得早了,死或不死还不一定。医院里负责任,常常未雨绸缪,领导兴师动众地去过了,最后病人又全须全尾地复了原。出院后在厂门里碰上了,两下里都不大自然;病人觉得自己没死,劳驾了那么多领导,挺对不起人。

领导嘴上不说什么,心里怪医务室谎报军情。若是信送晚了,领导三脚两步赶到,病人已进入弥留状态,瞳孔散大得连人影也辨不清了,拉着领导的手直叫自己小儿子的名,自然也是医务室的失职;最好的时机是病人回光返照的时刻,头脑清晰,思维敏捷,面色和善,双目炯炯有神,放射出智慧的光芒。而且格外健谈,充满了对世事的深刻洞见。古人曰人之将死,其言也善,指的就是这种时刻。

只是这个火候很难把握,跟战机似的,稍纵即逝。判断一个人什么时候死,比判断一个人什么时候生困难多了,没有任何公式可以遵循。

生死不由人。兰医生是一位负责的医务工作者,她决定下班后不回家先上医院,一来是要当好领导的参谋,二来她很想看看厂里这位最美丽的女人,如今病成了什么样子。

已经过了探视时间,传染病医院里充溢着古墓般的荒凉。裹着棉大衣的老人从幽暗的拐角处发出不许探视的警告。兰医生出示了病危通知书,这是最好的通行证,她所向披靡。

郁容秋住高干病房。入院时医院床位极紧张,厂长指示:一定要不惜一切代价挽救病人,要血有血,要钱有钱。

护士小姐敲着病历说:"只有高干病房还有空床。高干们吃的是国宴,卫生条件好,自然很少得传染病了。只要你们付得出房钱,普通人不是传染病也能住。"

陪同郁容秋住院的兰医生,想起了厂长的指示,毫不犹豫地接过了入院登记表。姓名年龄籍贯这些都好填,唯有是何种干部级别这一栏犯了难,无论多少房钱厂里可以不在乎,但任命一个高级干部的事,兰医生想别说是自己,就是叱咤风云的厂长,也得顿挫一下。

"你现在是多少级?"她问蜷在一旁的郁容秋。

"四……四级。"郁容秋的脸上像涂着没有搽开的增白粉蜜,寒霜一片,眼圈黑得像盖了两枚墨色图章。头发像京剧里的青衣,一缕缕被冷汗粘在额角,惨白的嘴唇咝咝吐着气:"四级。"

"填四级可不行,这也太高了。'文革'以前,一个华东局中南局的书记还不够四级呢!虽说瞎填呗,也得差不多。"小护士瓦片形的白帽子,因为晃动,像蝴蝶花似的颤抖着。

兰医生知道郁容秋的四级是确有其事——她是厂里的普通四级车工。

"能住你们这儿的最低级别是多少?"兰医生问。因为下垂得过久,蘸水笔尖聚起一滴椭圆形的墨水,根蒂部正在瓶颈般地变细,墨水滴渐渐变成饱满的鸭梨形,颤颤巍巍地闪动着柏油似的微光。

"怎么也得十级以内。"护士小姐毋庸置疑地说。

兰医生给郁容秋填了一个九级,相当于"文革"前的厅局地师级。

这是一间很大的病房,有吊灯、冰柜、遥控彩电……洋红色的地毯冲淡了医院里惯常的萧瑟之感,带来轻微的暖意。甚至气味都不是令人自惭形秽的消毒水味,而是像栀子花一样淡淡的幽香,像大宾馆豪华的客房。

郁容秋侧卧在半摇起的特制病床上,床旁的地灯像一支金笔,勾勒出她尖峭的身影。肩胛骨像倒竖的铁锹一样锋利,颈子像用灰白的铁丝编织而成,看得见一根根粗细不等的脉络。唯有裹在蓝条纹病号服里的双腿,仍旧是笔直的。由于宽大服装的遮掩,看不出瘦弱,仿佛一段美丽的桦木。

兰医生准备了满腔的怜悯,她预备看到一个被疾病折磨得濒死的妇人。劝慰和同情,像瀑布一样壅塞在她的齿间。

听得门响,卧床的女人吃力地转过身来,兰医生惊骇住了。

郁容秋像年画一般艳丽,面颊白里透红,双唇晶莹闪亮。翘起的睫毛像蝴蝶的触须一般轻盈颤动着……

哪里有这样美丽的垂危病人!这尤物般的女人难道会死吗?兰医生立即想到这是郁容秋同医生做了手脚。这个女人,什么事情办不成呢?

她家住在兰医生楼下。也就是说,她的天花板就是兰医生家的地板,是近邻了。但兰医生从不跟郁容秋打招呼。一是大家搬到这楼里不久,并不熟悉;二是这女人的名声很坏,外号"大篷车"。

"大篷车"很妖媚,是那种眼睛能抛出绊马索的女人。兰医生上楼的时候,亲眼见过她领着陌生的男人在开门。楼道不宽,"大篷车"正从精致的挎包里往外掏钥匙,男人脸朝墙壁,身子侧向一旁,友好地给兰医生让路,也许是怕兰医生筐里支棱着的芹菜蹭脏了他笔挺的西服。

兰医生回到家,放下芹菜,洗净手上的泥,去收凉台上的衣服。她听到楼下窗帘环在窗帘轨上小心翼翼滚动的声音,才确信人们关于郁容秋放荡的传闻,绝非虚构。

郁容秋就是这么个女人,她丈夫似乎知道这一切。兰医生也在楼梯口遇到过她丈夫领回陌生的女人。但实在讲,那些女人都没有郁容秋漂亮。逢到这种情况,人们总要问清是谁开的头,以便多少能排出个道理来。但郁容秋家的这种局面,已经好多年了,没有人知道谁打的第一枪。因为她男人是外单位的,跟大家没关系,厂里的人就把仇恨集中在"大篷车"身上,不让自己家的孩子同郁容秋的女儿玩,这种防范绝对是有道理的。郁容秋的女儿不过十六七岁,打扮得像个少妇,也常有男孩子来找她了。

有人敲门。兰医生打开一看,几乎不敢认这位楼下的邻居,她卸去往日时髦的服装,穿一套豆皮色的工作服,蓬头散发,简直像是上门推销被套的外地灾民。但细细观看,裹在粗糙衣服内的胴体,依旧是光洁而明亮的。

"跟您借样东西。"她笑眯眯地说,一改平日的风骚模样。兰医生不合时宜地想到了一个词:从良。

"我能有什么东西值得你来借？"兰医生惊讶地问。眼前的这个女人虽不敢说有多少财富，但男人们供给她的日常用品，都是奢华而昂贵的。

"借鞋。"郁容秋跺跺小巧玲珑的脚，一双雪白的半高跟皮鞋，把地板跺得像一面铁皮鼓，"脚上没鞋穷半截，您不知道这句古话呀！"

"咱们俩的脚倒是差不多大。但我绝没有比你这双更好的鞋。"兰医生斩钉截铁地说。

"您有，肯定有。我想了半天，最后判定这东西只有您有。您先别把话说死。我要这东西也不是为了自己，全是为了厂里。"郁容秋很诚恳地说，生怕兰医生一下关了房门，便把白鹿蹄似的脚，横在门轴处。兰医生糊涂了，不知自己朴朴素素的家里有双什么鞋被这女人看上了并且如此耿耿于怀。

"到底是什么鞋呢？"连她也好奇了。

"'军臭'。我想借您的'军臭'穿穿。"郁容秋回答。

"'军臭'是个什么东西？"兰医生真糊涂了。郁容秋赶紧解释："'军臭'就是解放鞋。"要不是兰医生当过兵，还真没处找这种古老的装备。

"大篷车"装上"军臭"的轮子，那副尊容，叫人啼笑皆非。

"你为什么要这副打扮呢？"兰医生虽说对郁容秋平日的张扬不以为然，但看到一个漂亮女人钻到这样一套不伦不类的行头里面，好像红玫瑰一下变成了狗尾巴草，还不如当初妖娆着顺眼。

"我当了黄世仁了！"她兴奋地在兰医生家洁净的地板砖上走来走去，崭新的解放鞋底留下一行"人"字形的橡胶花纹。

三角债是一个巨大旋涡，把庞大的国有企业淹得两眼翻白。这件事细说起来复杂透顶，简而言之就是赖账。你欠我的，我欠你的，像瞎驴走在一圈没有尽头的磨道上。兰医生所在厂的厂长是一位干练的女强人，她最初不愿意该人家的账，结果受害最深。账面上她有一大笔钱，但保险柜里空得能给耗子做窝。眼看连工资都发不出来，厂长组织了浩浩荡荡的讨债大军。机关干部全体出动，厂长财神爷似的供着他们。买来飞机票，带上土特产，最后厂长再亲笔签上一封言辞恳切情深意浓的信笺，恳求对方把拖欠的钱还了。

没想到杨白劳如今比黄世仁横多了！欠账不还，成了天经地义的事。各路兵马落荒归来，只带回极少的现钱。全厂几千人的嘴巴要喂，机器不能停产啊！女厂长心急火燎，恨不能用钢钎把太阳穴打个洞，让脑浆凉快凉快，想出一个好办法。

人一到没主意的时候，就想起老祖宗的招数。"贴黄榜！"厂长说，"我就不信，我偌大一个厂子，就没个讨债的人才！咱们的干部，一个个养尊处优惯了，高贵得不行，哪里像是讨账的，像新女婿上门，羞羞答答，客客气气，还能要得回钱来哇？债主就得像个债主的样！卑贱者最聪明，我要不拘一格选人才。甭管你是谁，讨得回钱来就是好样的！"

黄榜贴出来了。底下的工人觉得这是个出头露脸的好机会，不必一天八小时站在机车旁边苦熬苦挣。当干部，出差给补助，还能山南海北地逛逛。就算是讨不回来钱，谅也不能怎么着，大不了还回来当工人呗！真有胆大妄为的撕了黄榜。女厂长的榜同旧时代的不同，不是揭走了就算完，而是随揭随贴，能人多多益善嘛！

过了几天，新贴出的黄榜就没人揭了。听说对每个敢揭榜的人，厂长都在百忙之中亲自面试。没有人能过得了这一关，厂长一挥手，你该回哪儿回哪儿，你该干什么就干什么去。

有人问女厂长是如何面试的,这些落第之人都守口如瓶。

一时间,谁能加入讨债帮,成了一件大荣耀的事。

一个阳光明媚的早晨,"大篷车"郁容秋走到布告栏前,把黄榜扯了下来,团在手里,却又并不马上离开,用涂着蔻丹的指甲,细细地剔残留的黄纸屑。相当一段时间内路过大门口的人,都看见她站在那里抠纸屑,不明底细的人还以为她又犯了作风问题被人抓住,罚在那里打扫卫生呢!

郁容秋从来没有这么近地观察过女厂长,她觉得自己在靠近一块冰,有一股端庄的威严,从这个女人身上逼射而出。

这是厂里的外宾接待室,最豪华的房子,女厂长把它当作了考场。郁容秋从来没有进过这间屋子,满屋的金属光泽晃得她睁不开眼睛。虽是自己的厂子,却有到了外地的感觉。主要是因为空调使屋里像秋天一样凉爽,还有厂长没有穿惯常的工作服,而是一套质地高档的西装。

陌生的环境,陌生的人。女厂长正是刻意营造出这种气氛。店大欺客,你要是连我都不能说服,还想赤手空拳讨回钱来吗?

两个女人互相注视着。一个是这个厂的最高领导,一个是最普通的女工。

女厂长打量着郁容秋。她有许多工人,她不可能都记住他们。这个女人很漂亮。女厂长不喜欢漂亮的女人,她最优秀的女工程师和女车间主任,都不漂亮。她自己也不漂亮。漂亮几乎是女人事业上的大敌。但厂长很快纠正了自己的思维状态,这次要不拘一格选人才。价值观念要整个颠倒过来,因为索债这件事本身就是颠倒了的乾坤,平日里选拔干部要重学历,这回厂长完全不计较这点,而且私下里认为学历越低越好。学校在教授人们知识的同时,也教授人们矜持与自尊,而这两条,恰是于索债极不相宜的。还有平日里要注重表现，这回厂长豁出去了，无论是谁，无论用何种办法，只要把钱讨回来就是英雄好汉。

女厂长讨论过郁容秋的处分问题，那是几年前的事情了。女厂长记住了这个名字，但她不认识这个人。她尽量使自己公正平和地说："现在，假设我为某大厂的厂长，而你是我们厂派出的清欠人员，金额为一百万元，开始吧。"女厂长双手抱着肘，缩在巨大的皮圈椅内，好像一只肥硕而警觉的老猫。

郁容秋面对这个威风凛凛的女人，感觉自己像灰尘般的猥琐。美貌、机智、令男人神魂颠倒的手段，这些赖以支撑自己全部自尊的基石，都在顷刻间摇摇欲坠。她从前只在很远的地方看到过厂长，觉得她盛气凌人，不可一世。一大群男人簇拥着她，她颐指气使地吩咐他们，每一句话都是圣旨。在这样近的位置上观察厂长，她觉得厂长实在是一个姿色平庸的女人，斑白的头发，沉重的脑袋，皱纹像一把精致的折扇，铺满脸庞……

门无声无息地开了，像一股轻柔的夜风溜了进来，一位潇洒的小伙子夹着卷宗走到厂长面前，毕恭毕敬地放下，殷勤地打开到某一页……

郁容秋看惯了男人们讨好的嘴脸，她不佩服男人，她觉得自己能征服他们；她佩服女人，尤其佩服不用她这种手段征服男人的女人。她呆呆地望着厂长，这是在她有限的生活圈子里，活得最高贵的女人。

郁容秋的椅子与女厂长的皮圈椅等高，若论身材，郁容秋还更挺拔些，这样她双眼的位置与厂长是在同一水平，严格追究起来，郁容秋的眼珠还要比厂长的眼珠位置高上几毫米。

但郁容秋额头低垂，眼睑半旗似的降着。眼光透过密集的睫毛,仿佛夕阳穿过笔直的白桦树林。眼波飘带似的荡过单人床一般宽大的写字台,从青瓷笔筒的边缘溅落下来,绕过包绕着厂长的那团威严空气,像只小蜜蜂盯在厂长胸前第二颗纽扣上面。那是一粒像纪念章一样沉重而古老的铜纽扣。

"这个扣子不好,要是我,会选一种黑色有大理石花纹的扣子。"

郁容秋很奇怪,这个屋子难道还有第三个女人吗?她能看到自己大脑屏幕上闪现的字吗?要不怎么把自己心里想的话给说了出来?她可真够胆大的了!竟敢批评厂长!厂长是谁?厂长是郁容秋在这个世界上看到的最至高无上的女人。也许有许多女总统女总理比厂长更荣耀更辉煌,但郁容秋没见到她们。电视里见过的那不算。郁容秋在电视里还见过龙卷风和火山爆发呢,同她毫无关系。郁容秋知道全厂的人都崇拜厂长,出身于高级知识分子家庭,受过高等教育,如今是这样一家重工业工厂的掌门人。做女人做到这个分儿上,多么气派呀!

那个不知天高地厚的女人,藏在何处?她就不怕女厂长恼羞成怒吗?

女厂长挺满意这个开头。她面试应聘催款员,完全是即兴发挥。她被三角债搅得五内俱焚,急等着谁能把钱收回来。她是全厂几千人的当家人,像无米下锅的小媳妇,等着用这钱去还账、买原料,给大伙开工资,买过节发的肉鸡和活鲤鱼。

很多人见了咄咄逼人的女厂长就喏嚅不语,女厂长挥手就把他们赶出了这间华丽的办公室。这个样子还想索账吗?催款员要先有一种从气势上压倒对方的勇气,而绝不能被对方所屈服。

这个女人居然从指责她的衣服开始,这挺好。从来没有人指责过厂长的穿着,这套西服还是她出国考察时定做的。

郁容秋静等了半天,没听到那个胆大妄为的女人再说第二句话,才猛然醒悟到自己下意识把心里话说了出来。她看一个女人,首先是挑剔她的衣服。作为拥有出众姿色的女人,她对别人的长相很宽容。长相是父母给的,就像出身一样,但衣服可是随自己选择。她挑剔过全厂所有女人的服饰,觉得她们都不会穿衣服,她因此充满了自信,觉得自己很有眼光。但她没敢挑剔过厂长,厂长不是平常意义上的女人。没想到,面试竟这样开始了。

"穷啊!厂里没钱。发不出工资。扣子是随便买的,你说的那种扣子很贵。"厂长随随便便地说。

"那种扣子并不贵……"郁容秋只说了半句,就噤了声。女厂长已经开始扮演一个赖账的角色了。

"我临到进贵厂大门之前,先跟厂里的工人聊了聊,知道您厂子里虽说困难,可并没有到揭不开锅的地步。您看,我这儿有您厂工人的工资条,计算机打的,正经不少呢!不瞒您说,我们厂可真到了山穷水尽的地步。发工资那天,没给大伙儿发钱,发了一个纸条,说没钱,请大家勒紧皮带坚持几天,等借回钱就发,先发工人,后发干部。大伙儿一看,也不好再说什么了,最苦的是那些退休工人,腿脚不利落,顶风冒雨地跑到厂里来领钱,年岁大了儿女们嫌弃,全靠这两个钱给自己撑腰呢!我说的就是上个月的事,天气预报不知您还记得不?我们那儿下大雪,发不下钱,老头儿老太太这个骂哟,说厂里蒙骗他们,肯定是把工资存银行里赚利息了,又哭又闹。不怕您笑话,我家还真等着您厂里还了账,我厂里拿这钱发了工资,我拿这工资去买粮呢!我对孩子说,上回你过生日,你舅给你的那十块零花钱还在不?孩子说在,我没乱花,我说你真是妈的好孩子,这钱先借妈用吧。妈说话算话,一定还。只要厂里有了钱,妈就还你的,妈不会赖你的账。光天化日的,妈哪能是那种人呢?"

郁容秋慢条斯理地娓娓道来,一副良家妇女的忠厚相,话语中却机锋四伏。

好!哀兵必胜!女厂长不禁暗暗夸赞。不过她也更为焦虑,这女人谈到厂内的情况,不是事实,起码目前还没有到这种地步,但只要局势继续恶化下去,谁又能保证那种举债食粥的情形一定不会出现?

"今天你就是说出大天来,我也没钱。告诉你,要钱没有要命有一条!"女厂长恶狠狠地说。要她说出这些话来不容易,她是端庄而矜持的知识女性,纵是被逼急了,也不会这样发泄,但从那些灰溜溜回来的催款员嘴里,她听熟了这句泼皮语言。

郁容秋可不怵这个。女厂长咬牙切齿吐出来的话,在她听来那么亲切那么熟稔。她从小就是被这种语言腌出来的,明知厂长是在模仿别人,也顿觉亲热。

"我要您的命有什么用呢?自古以来,杀人偿命,欠债还钱,天经地义的事。真要赖着不还,咱就去打官司。您这个厂宣布破产,到时候来戴大盖帽的查封您的厂子和固定资产,拍卖产品,以资抵债。人死账不烂,这笔钱说到哪儿,您也是要还的!您这厂长当得挺滋润,为了这九牛一毛的事,何必咱们公堂上见?再说,我这回来,是立了军令状的。您的命金贵,我的命可是不值钱,您要是真敢赖账不还,我就敢写了帖子到处散,然后一根草绳吊死在你工厂大门框上!"

"别……别……"不论是作为现实中的还是假设中的厂长,女厂长都急忙摆动双手。

郁容秋轻快地笑了,厂长平日的威严都被这个动作抹去了,原来是个不禁吓唬的女人!

看来,她没有跟泼人吵过架!

女厂长毕竟是厂长,她迅速调整了思路,正襟危坐说:"我纵是有还钱之心,也没有还钱之力。真是没钱。人人欠我,我欠人人。要不然我把欠我厂钱的厂家名单抄给你,你能要回多少,全带回去抵账。这下总行了吧?"这又是一个讨债员们无法对付的杀手锏,女厂长转赠给郁容秋。

"您甭跟我说这个,我是一家不烦二主。是您欠我的钱,不是别人欠我的钱。我跟旁人说不着。冤有头,债有主,讲的就是这个理。您可以广开门路,清仓挖掘,俗话说船破了有底,底破了有帮,快沉了还有三百大钉呢!瘦死的骆驼比马大!再不然,我给您出个主意,前两年不是各厂都买了许多国库券吗?您就把它折给我们算了。反正您留也留不住,还谁不是还呢?给了我,我们全厂念您的好,我个人更是感激不尽,利率该多少算多少,保证不让您吃了亏,您要是同意,咱们这就去取国库券吧!"郁容秋说着站起身,做出要走的样子。

她虽平日里常同各色人等对垒,像今天这样滴水不漏地叫板,也着实费了精神。幸好临来之前多少看了会子报纸,说起来才有板有眼。

"国库券没有了。你来晚了,昨天有人在你前头要账,已经给搜刮走了。"女厂长已开始佩服这个卑微的女工机敏的思维和伶俐的唇舌,但她还要逼她一下。外出索债,什么情况都可能遇到。

"一点儿都没剩?不能吧,犄角旮旯里总还能再找出点儿。"郁容秋也觉得自己这话根底不足,可她没想出应对之词,只好借反问以争取一点考虑时间。

"我堂堂一厂之长,怎么能骗你呢?"女厂长扮演的厂长果然愠怒了。

"我哪敢怀疑您呢!"郁容秋已经思谋出了对策,反正事情已无理可讲,拿出女人斗法的手段就是了,"那厂长就请您多原谅了。打今天起,我每日到您这办公室外候着拿钱。钱一天不到手,我是一天不会走的!"说完,脸上配合语气布出严霜一般的神色。

"这么着吧!你大老远地跑一趟也不容易,我们厂现有一万台照相机,就抵给你们吧!"并不是女厂长突发奇想,真有一个厂要拿这笔货物抵债,她一时还没想好怎么处置。

"一万台照相机?"郁容秋喃喃重复,望着厂长阴晴莫测的脸色,她真不知该如何对答。她突然想自己来遭这份洋罪干什么?厂里有钱发工资,自然有她一份。若是都开不出钱来,天塌下来有高个子顶,也轮不到她一个妇道人头上呢!况且有那么多男人同她好,他们绝不会看着她挨饿受穷的!饿死谁,也饿不死老娘!

她想站起身来扬长而去,走出这间洋溢着冷气令人寒毛孔闭锁的陌生房间,回到她的车床前。她轻车熟路,手艺不错,车出来的活计像她的衣服一样清洁合体。

可她不能这就走了,得给女厂长一个面子。女人都爱面子,她之所以想当讨债员,不就是想给自己挣一份面子吗?她把厂长这个问题回答了就走。

怎么答呢?去他的讨债员吧!郁容秋顾不得这些了,她只从一个持家的女人来琢磨这件事:"一万台照相机,合我们厂每人分四台?我们要那么多这玩意儿干什么使呢?能熬能煮还是能穿能盖？况且您保修吗？零配件全吗？您不能这么打发我！再退一万步讲，就是我不跟您为难，我一个小小的办事员哪里就拍得了这么大的板！您看这样好不好，您把照相机就地拍卖了，便宜点儿会有人买的，再把现钱给我。我呢，也同时给厂子里发报请示，能有现钱实在是最好不过。万一卖不出钱来，厂里再定要不要相机的事……"

女厂长被折服了，不卑不亢，不温不火，真是滴水不漏、铁嘴钢牙啊！她站起身，两手撑着桌沿，用对一百个人讲话的声调说："郁容秋同志，从现在起，我正式聘任你为我厂清欠业务员！"说着伸出手来。

郁容秋吃惊地半张着嘴，任湿润的牙齿在清冷的空气中渐渐干燥……许久才伸出手去，仿佛试摸炉子烫不烫，小心翼翼地把半截手指送进厂长的掌心。

厂长很高大，她的手却是纤巧而绵软的。她吃惊这个身材窈窕的女人，手指却像手表发条一样坚韧而有弹性。她用力摇了摇。

郁容秋受宠若惊，她讨好地问："您扮的这个厂长是个男的还是女的？"

"男的或是女的，这有什么关系呢？是厂长，这一点就足够了。"女厂长不悦地说，她经常碰到这种性别上的歧视，对于来自男人的，她多少已习以为常；对于来自同性的，她更敏感而愤怒。

"当然很重要！"郁容秋对堂堂一厂之长对这个问题的忽视感到吃惊，她愿意为厂长弥补缺陷，"假如对方是女的，话谈到这里，就没有什么指望了，我只有等您的指示，是空手而归还是押回一万台照相机。假如是个男的，当然还有办法……"

"什么办法?"女厂长已约略猜到了,她眉毛下面的筋肉聚在了一起。但她毕竟是厂长,眉毛本身还停留在原来的位置,整个面容静如止水。厂长受过的高等教育和她良好的家教,使她不愿意以恶意去揣测别人,尽管那谜底已昭然若揭。于是就显出一种恶毒,彼此心领神会不行,她非要当事人把自己的心思明白无误地昭示在太阳底下。

郁容秋脸上有了悲壮的神色:"现在不是都时兴用兵法吗?三十六计里,可有美人计这一说。我既然敢揭了您的黄榜,就做了这个准备。为了厂子,为了大伙儿的利益,我也豁出去了。只是我有一个要求,倘若我把钱讨回来了……"

女厂长被这种卑贱和高尚混在一起的坦白打动了,她截断郁容秋的话:"我将给你以重奖,你还可以按比例提取数目可观的钱……"

"不!厂长!我不是指的这个。"郁容秋觉得自己也够胆大的,竟敢打断厂长的话,可她到这里来,不就是为了要说出这句话吗?"厂长,我只是想与您有个约定……"

女厂长静静地注视着面前这个女人,她的要求和她的坦率,都令女厂长深深不解。女厂长懂几国外语,有高超的管理经验,可她不懂这个与她生理构造相同的女人。不懂就不懂吧,这个纷杂的世界上有多少令我们眩惑的事件!只要能维持工厂的正常运转,其他的又算得了什么!

"好!我答应你!"女厂长郑重地说。

"我天南海北地走,一定能为您买到那种有黑色大理石花纹的扣子。"郁容秋说这句话的时候,像个调皮的少女。

女厂长正换下西服换上工作服,要到车间里去巡视。

"就是上门讨债,也不必跟灾民似的呀!"兰医生对借到了"军臭"的郁容秋说。

"穿成这样才好要钱呢!人穷志短,马瘦毛长。我一钻到这套衣服里头,自个儿都开始可怜自个儿了。递个小话,装个傻耍个赖的,都觉得那么自然。现在我可懂了,为什么演员一穿上服装就进入角色,道理是一样的。干什么吆喝什么呗!"郁容秋兴致勃勃。像兰医生这种地位的女人,在厂里平日要属第一世界,根本不屑理睬郁容秋,今天这么友好,自然是因为郁容秋位置不一样了。

"人凭衣服马凭鞍。有些大厂门禁森严,你这副打扮,恐怕连大门也进不去。"兰医生依旧忧心忡忡。当医生的本来不关心生产,可三角债空前地普及了大家的忧患意识。

"您等着!"郁容秋穿着"军臭",噔噔跑下楼,像士兵紧急集合时一般迅捷。

数分钟后,郁容秋回来了。浑身珠光宝气,像一位雍容华贵的夫人,没容得兰医生看分明,噔噔又跑下楼。这一次装扮成一位端庄清秀的女干部……兰医生一时间眼花缭乱,她家成了服装模特儿演出的舞台,楼下郁容秋家则是后台化妆间。

因为频繁的穿穿脱脱,郁容秋白缎子似的皮肤,沁出淡蓝色的网纹,兰医生给她披上一件军大衣,对这种讨债方式她无以评说,但人可不要冻感冒了。

郁容秋很感动。从来没有哪个女人这样关心过她,"这件军大衣也借给我好吗?我第一站是去东北。"

兰医生点点头。

从此她很难在楼道里再碰见郁容秋了。那女人来去匆匆,好像一股裹着巴黎香水的旋风。郁容秋转战南北,几乎每战告捷。为厂里索回了大量欠资。从此,她出去清债,都是坐飞机。何时回北京,一个电报或是电话打回来,就有小卧车到机场去接,俨然成了一个功臣。郁容秋偶尔出现在厂里的时候,总是穿着最豪华最时髦的服装,连兰医生都觉得供给她军用品,简直是受骗上当。大家背后议论,这个女人,过去是"大篷车",现在成了"国际列车"了。发奖金的时候,有的人做鬼脸说,这是"大篷车"卖×挣回来的钱。大家哄堂大笑,然后该拿钱买什么就高高兴兴地去买。骂归骂,表面上对郁容秋客气多了。头头脸脸的科长们,见了郁容秋也都点点头示意,毕竟她是厂长亲自发掘出来的能人,又给厂里索回可观的资金。经济滑轮抹了润滑油,别的都是小节了。

郁容秋从未有过这样的神采飞扬,走路的时候腰杆笔直,好像行进在硕大的席梦思床垫上,每一步都充满弹性。

兰医生以敏锐的职业眼光,觉察到郁容秋的苍老和消瘦。尽管施了很重的脂粉,仍旧像破旧门窗上的新漆,无法遮盖虫蛀剥脱的斑驳。

"最近怎么样?"兰医生问女邻居,她觉得她的气色越来越不佳了。

"账收得很有成效。"郁容秋忧郁地回答。她现在对所有以前伤害过她的人都趾高气扬,对一般人也爱搭不理,但对兰医生,始终十分尊重。

"账催完了,你就可以好好休息几天了。"兰医生说。

"我不喜欢账催完了,也不想好好休息。现在这样多好!"郁容秋说。

真是一个怪女人!原来她的忧郁,不是因为身体不佳,而是担心账快清完了。兰医生本不想再说话,但医生的直觉告诉她,面前这个盛装的女人,患了渗入膏肓的重症。

"要是觉得哪儿不舒服,早点看看。人不能太疲劳。当医生的,喜欢有点儿小病就大叫大嚷的病人,那样不耽误病情。"兰医生谆谆告诫。

"我就是头痛、恶心……全身没有力气。"郁容秋倚着楼梯栏杆说,全然不顾面粉似的尘土沾脏她华美的衣服。

"还有什么?当病人的没有什么不可以对医生说。"看到郁容秋欲言又止,兰医生循循善诱,"要是在这里说不方便,就到我家去吧!"兰医生以为她要说出什么怪症状来了。

"其实,我根本就没病!"郁容秋猛地把身子撤离栏杆,把披肩抖得像大风中的床单。

这女人,讳疾忌医,根本不值得可怜!兰医生在心里冷笑,疾病是最讲科学的一个妖怪。

果然,郁容秋在外地索债现场突然晕倒,那边怕出人命官司,立即给她买了机票连同欠款,专人护送她回来。兰医生奉旨到机场去接郁容秋,把她直送医院。她几乎不认识这个风流的女人了,不但因为郁容秋容颜枯槁,更因为她的打扮:破烂不堪的衣服,脚下穿着"军臭"……

郁容秋被诊断为晚期肝硬化。

看到兰医生这么晚来看她,郁容秋说:"兰医生,您来了。"打着招呼,眼睛却还痴痴地往外张望,好像兰医生把什么人掩藏在门外。

"就我一个,先来看看你。怎么样,好些了吧?"兰医生看出郁容秋病势危笃,嘴上还是说着宽慰的话。

凑近了看,才发现红妆之下,郁容秋的肤色已十分黯淡,幽冷的死亡气息,像一种最持久的香精,盖过一切化妆品的气味,从这个鬼魅般的女人身上散发出来。

"病人是不应该化妆的。你描了眉,扑了粉,打了唇红,医生就不知你病得怎么样了。"兰医生温和地说。对一个就要永远离去的女人,什么事不可以原谅呢!

"医生知道不知道,其实已经没有用了。我自己知道就是了。"郁容秋平静地说。

兰医生想起她曾矢口否认自己有病,就说:"要是早点儿医,会好得更快些。"

"我没有病。"郁容秋微笑着,露出雪白的牙。她全身已充满病态,唯有牙,还是美丽而洁净的。

病到死已临头,还这样固执!兰医生就是再想宽容她,也有几分愠怒。

"真的,这不是病,都是酒害的。我这几年跑外,您知道我喝了多少酒?我想一担担挑起来,能浇几亩好地了!我的肝就是叫这些酒给腌坏了。世上不是有醉枣吗?我的肝是醉肝。赶明儿火化我的时候,八宝山的烟筒里冒出的气都得是酒味……"郁容秋调整了一下枕头的高度,使自己侧卧得更舒适,用手轻轻捶击着自己的右肋:"我觉得我挺对不起我的肝,它跟了我这么多年,我原来都不知道肝在哪儿。想起来不知道肝在哪儿的日子,已经那么遥远了,所有不知道肝在哪儿的人,但愿你们永远别知道,我不能喝酒,有人说会喝酒的女人血管里有一种酶,能把喝下去的酒变成水,这边进那边走,喝多少也不醉。我不知道那种酶是个什么东西,可我知道我没有,我只要喝酒,就觉得那些藏着火苗的水,把我的胃烧得一块一块脱皮,就像尿碱沤了的墙灰,大片往下掉。我鼻孔里喘出的气,只要划一根火柴,就能呼呼冒烟,好像我是沼气炉子似的。酒顺着肠子进了肝,我能感到它们像四脚蛇似的在我肚子里爬。我买过猪肝,软软的,像是一顶红丝绒的帽子。我知道我的肝硬得像一块生锈的钢板,肝中间的每一个小孔都浸满了酒精,像冻豆腐的蜂窝里都结满了冰一样。我想,我死了以后,谁要是有兴趣敲敲我的肝,一定像用高跟鞋敲木鱼一样,又脆又响……"

兰医生椎骨发凉。她不怕死人,也见过濒死之人的侃侃而谈。当一个人要永远告别的时候,他所有的聪明才智,都会像蜡烛临熄灭前的最后一跳,爆发出凄艳的火花。但这个女人太清醒、太冷静了!她不知该怎样同她讲话,居高临下的劝慰或是设身处地的怜悯,都显得那样苍白。她嗫嚅着:"既然不喜欢喝酒,就不要喝嘛……"

"谁说我不喜欢酒?谁说的?"郁容秋涂着黑色眼影的眼帘,像海鸥翅膀一样忽闪着,显出肝脏病人特有的暴躁,仿佛要把那个说她不喜欢酒的造谣生事者从黑暗中揪出来。片刻之后,她又开心地笑了:"我可喜欢酒了。要是没有酒,天知道我的活儿可怎么干!男人们喜欢酒,他们是酒做的骨肉。我跟他们对着喝,酒场上的男人都不愿输在一个女人手里,可他们没有我这种决一死战的气概。他们醉了,我不醉。或者说我连说的醉话也是向他们要账,酒可是个好东西,它能叫人的嘴巴特别快,根本不听大脑指挥。您是研究医学的,您可以查查是不是酒能在神经上钻成洞,让人的思维乱窜?我口袋里有台录音机,我把他们酒桌上说的话都录下来,等他们酒醒了放给他们听。他们比听世界名曲还专心致志。听完了,什么也不说,立马就地还钱然后就赶我走……"

兰医生真没想到自个儿每月发的奖金，竟散发着腥烈的酒气，像一篓子醉蟹。她搓着手说："嘿……真没想到……"

几乎没有人来看郁容秋。她的丈夫不知和什么女人寻欢去了，女儿也早已有了自己的幸福。厂里的有关业务部门来看过郁容秋，进了门，屁股连椅子也不沾，好像病毒会透过厚厚的衣裤，像蚊子似的叮进他们肉里。郁容秋每天都用仅存的气力，把自己化妆得很美丽，端庄地等待着……今天总算来了一个人，她怎么能控制自己谈话的欲望呢！

"当然也有不近烟酒、花岗岩一块的。这样更好办了。我就打扮得花枝招展到他家去。他当然躲着不见。这正中我意，我对他夫人说，你丈夫欠了我的钱，从此后天天来，什么时候还了什么时候算。这一招，简直灵验极了。当天晚上他们家里就不会安宁。我不知道枕头风在别的事情上有多大效力，这桩事上可是马到成功。其实，外地小市的土厂长，我哪能看到眼里去，不过是吓他们一跳看着好玩就是了，谁跟他们当真……"郁容秋咯咯笑起来，声音可是无法化妆的，干瘪粗散，像是从啄木鸟凿空的树洞里发出来的。

戴着瓦片帽的护士小姐走进来，她不去谴责嘎嘎怪笑的郁容秋，反倒向兰医生竖起了手指：请安静！兰医生明白，这种对危重病人的迁就，也是死亡确已逼近的征兆。她顺势说："你好好休养，我改天再来看你。"心里说，要赶快向厂长报告，郁容秋的日子不多了。

郁容秋恋恋不舍地欠了欠身，算是送行。突然她说："等一等，我有样东西要给你。"吃力地从床头柜里拽出一双鞋。

是"军臭"。刷得很洁净，像一条背面是绿色、腹部是黑色的干鱼。"医院里找不到鞋刷，我是用手指头捅着刷的。可能不干净,请多包涵。"

兰医生接过鞋,黑色胶底的花纹已经基本磨平了,可见这女人在外地时是经常穿着它的,"我留着也没用,你以后穿吧。"兰医生又往回送。

郁容秋嶙峋的手腕拦住她:"我大概没有机会再穿这鞋了。"

"别说这话!你能好!能好!"兰医生诚心诚意地说。

"病在谁身上,谁自己知道。"郁容秋凄然一笑。也许是觉得气氛太伤感了,她转了话题,"其实,就是我的病真好了,这活儿我也干不长了。"

"为什么呢?这活儿全厂再没有比你干得更好的了。"兰医生谈的是真心话。无论对郁容秋怀有多少成见的人,也得承认这是一个事实。

"是啊!从前骂我是破鞋的人,现在乖乖地冲我笑。以前有不少男人跟我好过,可他们当着人从不理我,好像我身上刷了一层永远不干的油漆,谁沾上就像斑马似的,走到哪儿都会被人辨认出来。为了他们的这份怯懦,单独相处的时候我加倍惩罚他们。他们不愠不恼,我都搞不清谁是真正的能人了,有时候,看着昨天还在我胯下受辱的男人,今天变得冠冕堂皇当着众人讲大道理,大家还挺服气他,我就想,我征服了这个男人,也就征服了所有佩服他的人。兰医生,您别笑我,我是普通人家的女儿,偏巧又生得心比天高。我想做个出类拔萃的女人,可我没有这个机会。没想到清理三角债给了我一个扬眉吐气的好机遇。我从来没有这么舒心过,从来没有这么被人尊重过。别说喝的是酒,就说喝的是毒药,我也眼睛不眨地咽下去。甭管我在不认识的人那儿受了多大委屈,可一回到我认识的人堆里,我心里甭提有多快活。这回不是靠哪个男人抬举,这是我自个儿挣回来的面子。所以,我巴不得老这么乱,你欠我的,我欠你的,永远也理不出个头绪,我就可以一辈子在天上飞来飞去的清欠,病了住进这带空调铺地毯的高干病房……还是九级……九级啊!我们家祖祖辈辈连见都没见过这种州官府官级的干部……"郁容秋的声音低落下去,好像是梦呓般地模糊起来。兰医生知道垂危病人往往有这种情况,时而神采飞扬,时而委顿如泥,情绪像潮汐陡升陡降,她蹑手蹑脚地退到门口,打算通知护士前来照看,然后自己赶快离开,后事还需要张罗呢。

"兰医生,托您给我带个话。"郁容秋突然扶着床沿睁开眼,声音清朗得如同婴儿的第一声啼哭。

"行,行。带给谁?"兰医生忙不迭地答应,心想这一定是同她相好的一个男人。兰医生是标准的贤妻良母,但听了郁容秋这一番披肝沥胆的剖白,她决定哪怕是违背常理,也一定把这可怜女人的口信带到。

"带给厂长。"郁容秋说。

"哪个厂的厂长?"兰医生掏出随身带的纸笔,预备记。这女人四处周游,定然认识很多厂长。

"就是咱们厂的厂长啊!"郁容秋反倒对兰医生的一本正经惊讶起来。

"什么话,你说吧。"兰医生松了一口气,她回去的第一件事,就是要向女厂长汇报郁容秋的病况。

"我同厂长有个约定。"郁容秋神秘地说。

"什么约定?"

"您回去同厂长说,我跟她有个约定,她就一定记起来了……"郁容秋又像雪人似的委顿下去,充满不愿被人打扰的疲倦。她的头枕在蓬松的鸭绒枕垫上，只压出一个极浅的坑，好像头是一只空水罐。罐子将最后一滴水都倒了出来，就异乎寻常地安静下去，等着岁月的风沙将它掩埋。

"你放心，我一定带到。好好休息，会好起来的。"兰医生说。

"您说，我真的会好起来吗？"不知从哪儿来的力量，郁容秋突然用两手环住兰医生的手腕，兰医生有一种被铐住的感觉。

都病成这种样子了，怎么还存这种不切实际的幻想！刚才不是挺明白的吗，怎么眨眼间又糊涂了？不过，兰医生什么都见过，她小心翼翼地把手退出来，然后毫不踌躇地撒谎："一定能好！"

"郁容秋真的没有康复的希望了？"女厂长问。在自己家里，厂长卸去了西服和工作服，只穿一件华丽的精纺羊毛衫，像一位尊贵的夫人。

"是的，不但没有康复的希望，而且依我多年医务工作的经验，她的时间也只有这几天了。"兰医生拘谨地说。她虽然常给厂长看病，但这一刻是汇报工作，厂长不是病人。

"你是说她一定会死了？"厂长逼问。

"是这样。"当医生的并不避讳死这个字眼，也许是刚从郁容秋那儿回来，谈到一个目前还活着的女人的死期，毕竟令人不安。

"如果她会活下去，我以后会看她。她给厂子里立下了汗马功劳，她在厂子经济形势最恶劣的困境之中，给了我们以莫大的帮助。假如没有郁容秋的努力，我们不会这么快地从困境之中走出，我们会永远记住她的功绩的……"女厂长竖着茶杯盖儿,轻轻拨动茶面上浮动的梗叶,缓缓地像念一段讣告。

兰医生预感到了某种不祥的气息。

"现在,她要死了,我看,我就不必去了,叫有关部门安排一个后事即可。我很忙,我有许多事。全厂几千工人,我不可能每一个离世的时候,都在他身边守着……"女厂长很响亮地把茶杯盖儿扣上了。

"可是,郁容秋不是一般的工人啊……"兰医生说。

"是啊,她不是一般的工人。她不如一般的工人,她受过处分,名声很坏……"女厂长平视着兰医生,她不明白这个平日很聪慧的知识分子怎么这样不开窍!

"可是郁容秋她说与您有个约定!"

"郁容秋说的?她告诉你了?她至死都不忘这件事吗?"女厂长显然紧张起来,她焦躁地站起身,在地毯上走出很急速的步伐。

兰医生没想到厂长的反应如此强烈。那究竟是怎样一个女人与女人的约定呢?

"厂长,我只是想与您有个约定。不是钱。我的丈夫对我不好。我的女儿没有钱已经这样轻浮,有了钱,更不知会怎样,我不要钱。我只是希望,假如我能出色地完成规定的清欠指标,我想让您给我鞠一个躬……您是不是觉得我太狂妄了?不,您是我最敬佩的女性。您不仰仗任何男人,凭着自己的本事,堂堂正正地立在这个世界上,所有的男人和女人都尊重您。我一辈子也做不到像您那样,可我渴望也光荣一次,也像模像样地立在人前头一次。厂长,别笑话我这个想法冒昧,我愿意一千次一万次地给您鞠躬,只求倘若我是个合格的催款员,您能代表全厂,给我鞠一个躬……"在那间充满冷气的房间里，郁容秋脸庞上淌过透明的汗水，仿佛粉脸上覆盖了一片水色的香叶。

这真是一个奇怪的先决条件。尽管突兀，女厂长还是感到惬意。"我的腰弯一弯就那么值钱吗？"她戏谑她说。

"我说过了不是为了钱。"漂亮女人低下头，口气却毫不退让。

"好！我答应你！"女厂长郑重地说。鞠个躬算什么呢？这在国际上是普通的礼仪。你可以故作清高地不谈钱，但一厂之长必须谈钱，钱已经像厂长自身的血脉一样宝贵。况且，这个女人能否搞到钱来，还是一个不明底细的神话。女厂长巴不得能早点儿给这个女人鞠躬，那证明严冬即将过去，春天就要到了。为了工厂，她已经付出了全部心血，再加上脊柱倾斜一下角度，算得了什么牺牲！

今天的厂长望着那天的厂长，觉得她很愚蠢。她没有想到启用这样的女人，在全厂掀起轩然大波，人们普遍认为厂长已经山穷水尽，穷途末路。女厂长坚决顶住了这一点，就像洪峰到来的时刻要不断加高堤防，她苦口婆心地开导大家：不论人怎样，钱总是干净的。厂里的种种传闻她都知道，她不止一次庆幸自己是女人。假如是男厂长，重用这样的女人，会被人们用舌头编织而成的绳索，活活勒死。她以自己卓越女企业家的人格，在为一个下贱的女人做名誉上的担保。这种牺牲和这种代价，只有身在其位的人才能体验到。

"郁容秋没有说她同您约了什么，只是说让我带话给您，说您一定记得的。"兰医生小心翼翼地说。

"是的，我记得。"女厂长决定对女医生敞开心扉。一个工厂就像一个海岛，厂长像个孤独的渔夫。

"她要我向她鞠个躬。"女厂长已经平静下来。

好个独出心裁的女人！兰医生在吃惊的同时，也佩服郁容秋的匪夷所思。

"我不鞠！"厂长斩钉截铁地宣布。"作为女人，我很可怜同情这个女工，不管是什么原因造成她的命运，她的一生是不幸的。假如我是普通人，我完全可以鞠这个躬，作为生者对即将逝去的人的安慰，我还可以做得更周到一些。但是，我身不由己，因为我是厂长！厂长向这样一个卑贱的女人屈膝，会成为厂内经久不息的新闻。在可以预见的不久的将来，它甚至会演绎成骇人听闻的传说。"

兰医生点点头。厂长绝非多虑，工厂的休息室像远古时先民们居住的洞穴，可以诞生最神奇的想象。

"实在讲，像郁容秋这种人的崛起，是由于不正常的经济形势造成的，就好比饥不择食一样。现在，作为一个历史阶段，它已经从我们面前翻过去了。她就要死了，我却还活着，还要给几千人当家。好比一个家里的爷爷，给一个不肖子孙鞠躬，你说我以后还能否有权威？"

兰医生不语。

"所以，请对郁容秋讲，并非我一厂之长食言而肥，实是在官身不由人。假如她为了这个厂子，已经付出了重大的代价，那么，请求她再做最后一次牺牲，她想借我这一躬以提高自己做人的价值，我却不能鞠这一躬，要保持作为厂长的价值。作为一个女人，我失信于她，她可以在九泉之下怨恨我。作为一个厂长，我别无选择。"

夜，静寂得如同一张无边的桑叶，无数不知名的声音，蚕似的噬着它，留下大大小小朦胧的空洞。

兰医生的思绪像秋千一样徘徊在两个女人之间,她觉得环境太能左右人的意志了。在充满华贵和死亡气息的干部病房里,她义无反顾地同情郁容秋;在女厂长家被焦急的脚步磨擦的女人的步伐踩出战壕样的痕迹,她想:"女人能够干的事业,除了从医,实在是很有限的……"

"兰医生……您给我带话……带到了吗?"郁容秋终于没有气力化妆了,像一片剪纸,平展展地架在白色的被子下。各色抢救胶管,像一把怪异的伞,笼罩着她。

"带到了……带到了……"兰医生忙不迭地说。

"那她……怎么还……还不来啊?"郁容秋像一个等妈妈回家的小女孩子,怯怯地问。

"她忙。她可忙了。咱们都不知道她有多忙,她可是真忙啊……"兰医生语无伦次但非常坚决地说。

郁容秋闭了一下眼睛,再睁开的时候,像拧去盖子的墨水瓶,漾着幽蓝的光。

"兰医生,您知道我这一辈子什么事干得最漂亮吗?"

"不……不知道。"兰医生夸张地摇头。只要郁容秋不谈厂长,什么话题她都乐于奉陪。

"就是讨账了。"

兰医生点点头。这一次,没有夸张。

郁容秋又闭起眼睛。兰医生以为她就此疲倦地昏睡,觉得很好,没想到她又像打开一本沉重的字典一样,翻开眼皮,刚才是在积蓄力量。

"所以,我一眼就能看出谁想赖账了。厂长觉着我没用了,她放不下面子。她想赖了同我的约定。对不对?兰医生,您甭骗我,我什么都知道。厂长赖了我这笔债,我就要死了,我没地儿去讨了……兰医生，您跟我说实话，我说得不错吧？"郁容秋的双眼，像极地生满了苔藓的荒原，在一片惨白的背景下，暗淡而执着。

"不不！绝对不是这样！你想到哪里去了！厂长说她一有空，第一件事就是到医院里来看你，她说你给厂里立了大功。你不能这么不相信人！你要是这样，连我都信不着，我这就走！"兰医生佯装发怒。一般人都不敢对病人发火，但兰医生敢。只有这样，病人才能相信谎言，而谎言是对病人的最高仁慈。

郁容秋果然慌了。"我信，我信。兰医生，别生我的气。我纵是信不过厂长，也不能信不过您。只是我这一辈子，被人骗的次数太多了，我也骗过人……我知道您不会骗我，厂长也不会的，不过是我一天自个儿待着没事，瞎想得太多了……"郁容秋没有闭上眼帘，兰医生却看不到她的眼神。这其中隔着水幕，像汽车大灯厚而瓷的玻璃罩，把郁容秋的瞳仁放大得如同古井……

兰医生再也不想多待一分钟，否则对自己对别人都是煎熬。刚想溜走，听到郁容秋对着空洞的天花板说："我等着您……"

兰医生在其后的几天内，坚决不去医院，她怕自己抵不住那充满死亡智慧的诘问，反倒更添人痛苦。但她终于忍不住了，她跑到了医院。她想郁容秋是个聪明的女人，隔了这么长的空白，她该不会再追问什么了。

兰医生猜得真对，郁容秋真的不再追问那件事了。

"这是你们的高干女病人最后一直握在手里的东西。"戴瓦片帽的护士小姐平摊开手。

三枚像围棋子一样润泽的扣子，有着黑色大理石样的纹路。

紫花布幔

这封信，真难措辞。梁阿宁写好后，交给丈夫沈建树，焦急地等着反应。

沈建树看得很慢。

尊敬的伯父、伯母：

你们好！

我是你们的侄女梁阿宁，常听父亲谈起你们和老家的事，觉得很亲切。以后有时间，一定回去探望你们。

不知老家今年收成怎么样？我的堂兄弟、堂姐妹们都好吗？我很想念他们。

有一件事，想同你们商量：我有了一个男孩儿，现快半岁了，找不到托儿所。双方的老人也没有精力帮我带。我马上就要上班，这件事太难办了。不知家中的堂姐妹们，可愿意到北京看看，顺便帮我照顾一下孩子？

爸爸常说起家乡人的淳朴和热心，我想，你们一定不会叫我们失望的。

哪位堂姐妹来，请事先通知我，我到火车站去接她。

……

"怎么样?"梁阿宁问。

"还行。事情说清楚了。只是这么多年从没跟人家打过交道,临时抱佛脚,行吗?"沈建树没多大把握地说。

这正是梁阿宁心中顾虑的。父亲在老家只有这一个哥哥了,多少年不曾回去,也极少在言谈中提到家乡。阿宁从没有回过老家,听妈妈说,那简直不是人待的地方。至于伯父有几个女儿,谁都说不清,只知他孩子多,生活困难,总不至于都是清一色的男孩儿吧!在找托儿所、找保姆连续碰壁之后,梁阿宁好不容易想起这股可借用的力量,能否成功也没有把握。气可鼓不可泄,这种时候,不该说丧气话。

"都怪你!都怪你!"梁阿宁的脾气变得很坏。

"怪我什么?"沈建树不解。虽说已经习惯了妻子的思维逻辑,无论什么事发了愁,最后总能找到他头上,但这一次,毫无来由。吃饱喝足了的费费,像个驯服的大熊猫一样,平躺在床上,安静地看着他的父母。

"要是你像外国的男人那样,挣回足够的钱,还用我扔下费费去上班吗?"阿宁说完俯下身去亲她的宝贝儿子。

沈建树吃了一惊。昔日的计算机软件工程师,何以短短半年,就变得这么婆婆妈妈?好像不单将血肉,而且将魂灵,都给了这个胖胖的婴孩了。女人啊,真没法说。

"我看就这样发吧。死马当活马医。找保姆和托儿所的事,我也不放松,双管齐下吧。"沈建树安慰着妻子。

阿宁找出一个牛皮纸信封,路途遥远,可别半路上磨坏了。然后像小学生默写似的,一字一蹦默念着,写下那个偏僻闭塞的小山村的名字。

"不管怎么说,我还有个老家。"她略有点儿得意。

沈建树没话。他祖辈都在城市。只有那些从父辈才进城的人，农村才有一个悠长的根。

阿宁原以为像科学没有祖国一样，以后的人也没有籍贯这个概念了。想不到，一条小小生命的问世，竟把她同那个古老的地方联系起来。那些从未见过面的亲属，会理会她的呼救吗？她在信中把北京的美好，着实描绘了一番，不知是否能够产生足够的诱惑力？再有，她有意识地几次三番提到了爸爸。爸爸是乡下亲人们的骄傲，他们不会太怠慢爸爸的女儿的。

该写的都写上了。想一想，还有什么更充足的理由？对了，给外地的爸爸妈妈写封信，请妈妈以爸爸的名义给老家施加点儿压力。

现在能做的唯一的事，就是等待。

沈建树锲而不舍地为费费寻找归宿。找亲戚，这是没把握的事。阿宁一厢情愿。社会上到处物欲横流，几句好话就有人给你帮忙？还是走正经途径保险。

附近没有托儿所。远处有，但又不要三岁以下的婴儿。于是只剩下找保姆一条路。

"请问家庭服务员介绍处在……"墙角下晒太阳的老头儿年岁挺大，沈建树特地大声说。

"在这儿……"老头儿的反应竟相当敏捷，他不是听清了，而是从沈建树皱皱巴巴的西服和焦灼的眼神中看明白了，用镶着铜头的拐杖捅了捅地。

轮到沈建树吃惊了。地是水泥的，被太阳烤得暖烘烘，像个巨大的饼铛。站在上面，感到一股股热气蒸腾，倒挺惬意。介绍处难道是座地下宫殿吗？

介绍处果真设在这座高层住宅的地下室里，房间格局完全同居民住家一样，给人一种家庭的气氛。沈建树觉得亲切，预感到自己将得到帮助。

"我们有一个孩子，他妈妈产假就要满了，要上班。我们需要……"

"知道，知道。"负责接待的女同志，态度和蔼但不容置疑地用手势截断了沈建树的话，"我很愿意帮助你。这是表格，你填一下。"

沈建树乖乖地填了表，当女同志往回放表的时候，他看见铁皮柜几乎挤满了。

"请问，什么时候……"

"这可说不准，也许一年，也许半年，也许三个月，但这种情况很罕见。要等。僧多粥少。服务员的来源很有限。农村富了，没有人愿意出来伺候人。来的也是各有动机。比如旅游的，北京最贱的旅馆一天要几块钱？住上半年，哪儿都逛遍了，合算。再比如想学点东西的，什么外语呀，缝纫呀，北京有各式各样的补习班，有些雇到老教授家，本身就是学校加图书馆……"

沈建树听得脊背发凉，这样的保姆，他可雇不起。忙打断说："请问，除了您这儿，还有哪儿管这事？"

"就我们一家！想不依靠我们，那你可大错特错了。建国门那有自由市场，你可以去试试。不过我可以告诉你，前几天有这么回事，有人从那儿找了个保姆，说得好好的，头三天还真勤快，到了第四天，你猜怎么着？"女同志停下话头卖关子。

沈建树尴尬地赔着笑脸。他知道结局好不了，又不愿妄加猜测。女同志得意地告诉他："屋里东西被连锅端了不说，连孩子都一块卷跑了……"

沈建树道着谢,逃似的离开了地下室。他后悔没有早想到这一步。要是他和阿宁在登记结婚之前,先到这儿填个表,这会儿也就不必如此抓瞎了。

只得到"人市"上去撞撞运气了。沈建树小心翼翼地扶了扶眼镜,好像他不是去跟人打交道,而是要踏入雷区似的。

人市并不像想象中那么恐怖,都是些普通的人,有的还相当落魄,沈建树多了几分信心。

"侬要雇阿姨?"有人迎上来问。

沈建树摇摇头,目不转睛地往前走。他打定主意,凡是主动找上门来问的,一概不理。

因为这更像是一个陷阱一个圈套。终于,他在人群外围发现了一个小姑娘,既不时髦也不漂亮,这使他很中意,心想阿宁也会满意的,就径直走过去问:"给人带孩子,你干吗?"

"嗯哪。"小姑娘回答得很简洁,很实在。

沈建树觉得一切比预想的顺利,高兴地介绍说:"我有个孩子,叫费费,快六个月了,很结实,一点儿也不爱哭……"

沈建树突然发现小姑娘有点心不在焉,循着她的目光看上去,见另一个与自己年龄打扮相仿的男子,也朝这里走来。真是僧多粥少呢!他不禁暗暗叫苦。

小姑娘觉察到了自己的失态,忙稳住他说:"我很喜欢费费呢,只是你们家的其他情况我还不了解。"

"您是指哪些方面?"沈建树有些莫名其妙,不知指的是家庭出身还是工作单位,慌乱中竟将你换成了"您"。

"你们家有彩电吗?有冰箱吗?有双气吗?不过现在天暖和了,有没有暖气倒不很重要,煤气可一定要是管道的……"

沈建树略一沉吟，后来的小伙子忙接上去说："我家有，都有。"

小姑娘挺讲义气的，面孔还对着沈建树，等他回答。

"我也有。"沈建树一咬牙，撒了个谎。他家没有管道，是煤气罐。

小姑娘好像有点儿为难。忽又想起最重要的一条："住房呢？"

"两室一厅。"那男子答。

这一回，沈建树再不能撒谎了，他嗫嚅着："我们只一间，但也是独立单元。"

小姑娘听了这话，有些惋惜地说："那我就不去你家了。一间屋请保姆，叫我住哪儿呢？"

"我们的走廊挺宽敞，放个单人床不成问题……"沈建树还想最后挽回。

"怎么能让人睡走廊里呢？我那个孩子的情况是这样的……"那个小伙子插进来。

小姑娘调过头，同她的新主顾交涉。

怎么办呢？可怜的费费！倒霉的费费！

沈建树只得加入热切等待的行列。

挂历上有一个用红笔圈起的日子，那是阿宁产假满了该上班的日期。像个负隅顽抗的土围子，它前面只剩几个不多的黑色士兵在英勇抵抗。

"这些乡下人，把邮去的路费贪污了不算，连信也不回一封！"阿宁气愤地说。

一天天过去了，信还是没来。

来了一封电报：

"×日×次接小髻"

"髻"字是人工手写的。在一行电子计算机打出的拘谨字体中，显得大而懈怠。

这个字怎么能当名字呢？髻是女人头上挽的发髻，看这名字，该不是个古色古香的农村大嫂吧！也许，她有一头悠长的黑发？

对这位即将到来的亲戚保姆，阿宁只知道这些。北京站来来往往的人浩如烟海，唯一可依靠的，大约就是阿宁和小髻同属一个爷爷，兴许有血缘的感应。

"你是小髻吗？"阿宁在站台出口，向所有她认为可能是小髻的乡下姑娘（不管有没有浓黑长发）打招呼，年龄范围大约控制在十五岁到三十岁之间。除了名字，她对这个堂妹几乎一无所知，乡下人多半老相，宁可错问一千，不可漏问一个。然而阿宁还是错了。车站出口有好几条通道，她就是眼观六路，耳听八方，也终免不了遗漏。不由得后悔起来：应该举一个木头牌，上书"接小髻"。又一想，谁知道这个小髻识不识字呢？

出站口冷清下来。阿宁有点急了：一个乡下姑娘，若是碰不到接的人，心里不定多么害怕呢！忙掏出站台票进站去找，一边又埋怨自己糊涂：人生地不熟的，那小髻是不会自己出站的，没准儿正蹲在月台上哭呢！

月台上安安静静，好像刚才嘈杂的人流不是从这里发源的。零零散散几个负重过多的旅客，将身体弯成S型，艰难地移动着，哪个也不像是小髻。阿宁不死心，挑了一个嫌疑较大的，迎上去问："你是小髦吗？"

"小鸡？还是小鸭呢！"旁边的一个男人怒气冲冲地回答，把无人来接的怒气，发泄到阿宁身上。

无端受到抢白，阿宁白皙的面孔腾地红了，却不知该如何回敬这种粗鲁的人，只得反身出站。站台口已聚集起接下一趟列车的人群，其中也并不见面容焦虑黑发浓长的乡下姑娘。

阿宁焦虑之中平添了怨愤：这个小髦！明明大家互不相识，也不把事情办周到一点儿。起码要在电报上写明穿什么衣服有什么特征吧！你以为北京也像你们家那个小村子一样，站在门口就能看清大路？

怨愤归怨愤，当务之急还是找人。阿宁烦躁地仰头看钟。人真怪，一到了火车站，便不再看自己的手表，而只相信那座像珠穆朗玛峰一样高耸的大钟。

时间过去得还不多。小髦就是出了站台，也肯定不曾走远。阿宁开始在站前广场上寻找。

北京站是一个缩小了的世界。到处都是人、物品和五花八门的语言，搅缠在一起，令人眼花缭乱。正是薄暮时分，暗色已经像潮水似的漫了过来，路灯却还没到亮的时候，于是竟成了都市一天中最混沌的时候。拂面而来的人脸像一张张灰色的圆饼，此起彼伏的人流裹挟着阿宁来回乱撞……她没有目标地碰着运气。此刻可以凭借的，只她和小髦那四分之一完全相同的血统了。

可惜，爷爷的在天之灵，不肯保佑他这一双没有见过面的孙女。阿宁一无所获，吃力地倚靠着一根粗大的廊柱，胸前涨动不安。准是费费饿了。母亲的乳房是孩子的粮仓。

这个小髦，肯定有点儿傻！再不就是莽撞得出奇。不在月台里等,又不在出站口停留,自己乱跑,出了事自己负责,与阿宁无关!

费费,别哭了。妈妈就回来了。

阿宁离开了火车站。

阿宁用钥匙打开门,没见到人就嚷:"费费,费费——"

沈建树抱着孩子走过来。

"真倒霉!转了一晚上,也没接到什么小髻,谁知道她到底来了没有?"

建树笑笑:"已经来了。"

阿宁一惊。尽管她在火车站找人耽搁了时间,小髻到家的速度也够快的。她越发急着去见这个堂妹。

走进里屋,她惊呆了。

哪里是什么小髻,分明是十年前的自己!

白衬衣,蓝裤子,一双黑布鞋。在城里自然显得很土气,但这种曾风靡过整个中国的服装,也自有一种安宁端庄的美。更不消说,它是穿在如此美貌的一个少女身上。

略显圆形的瓜子脸,像蝉翼一样黑亮的眉毛,单眼皮的杏核眼,小小的鼻梁周正而挺直,嘴唇红艳艳的,像刚吃过紫色多汁的水果。她的眼睑低垂,带着乡下人的羞涩与不安,听到声响,将长长睫毛的眼睛缓缓抬起,像受了惊动的小麋鹿,观察着对方的反应。

阿宁对这张脸简直太熟悉了。多少年来,她无数次在镜子里看到她。看到她快乐时的模样,看到她故意生气时的模样。(真生气时,就没有心思照镜子了。)看到她的皮肤怎样显出褶痕,眉毛怎样稀疏浅淡,眼角怎样网起不易察觉的纹缕⋯⋯对于这一切,她倒并不怎样伤心。她有事业,她有费费,有时竟感到一种奉献的快意。但这些突然像魔术一样复原了,一张酷似她的然而却极年轻蓬勃的脸,正旋着同她一样的笑靥,向日葵一般地迎着她。

小髻真聪明。一个人这么快就从火车站找到家来了。阿宁心中暗自赞叹。她不愿意跟太笨的人打交道,那简直是对人的精力体力的最大浪费。但一个用人,这样年轻伶俐,恐怕未必是什么好兆头,以后倒要严加管束。

小髻沉浸在惊奇之中。自从坐上火车,她就不停地想象这位没见过面的堂姐是什么样子。想不到堂姐竟长得这么像自己的亲姐姐,就像一千年前就认识一样。

"小髻,想不到你到家比我还早。"阿宁夸奖着,"路上辛苦了吧!"

"姐,一路打听,按信皮上的地址,也不很难找。要是在火车站碰上,我一准儿能认出来。你……长得太像咱姑了……"小髻本想说咱俩长得像,怕阿宁姐不爱听,便说起了她们共同的姑姑。

姑姑?可能有一个吧?记得前几年因病去世了,爸爸还寄过钱。阿宁有点不悦,她已经老到那种样子了吗?

小髻还以为自己说了一句很得体的恭维话。把同辈人比成长辈,是很尊重的。

不管怎么说,小髻千里迢迢赶来,救了燃眉之急,阿宁还是很高兴。

火车厢特有的烟霉汗酸气,从小髻身上发散出来。也许还有什么寄生的小动物。阿宁第一件事是带小髻去洗澡。

澡堂里真是天下最平等的地方。女人们取下胸罩、腹带、头饰、项链，披散开头发，赤裸裸地站在水的帘幕之下，像每个人最初来到这个世界上一样，无遮无掩。女人们在不动声色地打量着，比较着，评判着自己与别人。发育尚不成熟的少女，虽然挺拔，却像还没熟透的青果子，显露出过于分明的棱角。生育过多的老妇们，松弛的腿和臀几乎分不出什么界限，下垂的腹部围裙般地耷拉着，线条糊涂混乱，令人感到人生的悲哀。唯有成熟的姑娘们和少妇，才是浴池的公主与皇后。

小髻很脏，也许自出了娘胎，也没用过这么多热水洗过澡。阿宁用带着香味的浴液，毫不吝惜地朝她泼去，浴液刹那间变了颜色，香味俱失，褐色的汁液像咳嗽糖浆一样黏稠，汇成一道道小溪流下。

终于小髻身上能搓起泡沫来了。雪白轻盈的香泡沫，云彩一样簇拥着，像给她穿了一件纱衣。当着这么多人赤身露体，虽说都是女人，小髻也不习惯。刚开始，她不停地用手捂着胸。阿宁要帮她搓脖子，洗后背，她的手只好放下。慢慢地也就习惯了。水温暖滑爽，待到阿宁拧大龙头，让瀑布一样的水流将小髻冲洗干净，全澡堂的女人们，只要她不是瞎子和存心嫉妒，都惊叹起小髻的美丽和健康了。

这是单位的浴池，人们多半熟识："这是谁呀？"有人羡慕地问阿宁。

"是我妹妹！"水声哗哗，阿宁用压倒水声的嗓音说。

小髻实在是太像年轻的阿宁了。脸庞像，身段像，所有的地方都像。这是造化的功劳。

阿宁好像隔着历史的水雾，在观察年轻时的自己，不由得发出感叹。

"走吧。"阿宁催小髻。

这么多的不用柴烧自天而降的热水,多舒服呀!小髻本想再冲一会儿,想到来时妈妈说过要听姐姐的话,就跟着出来了。

出了浴池,该换衣服了,阿宁像变戏法似的拿出内衣外衣,要小髻从头到脚换个彻底。

"姐姐,这使不得。怎么好都用你的?"小髻忙推辞。

"自己姐妹,还说这些见外的话干吗?再说,这些衣服也都是我不能穿的。"阿宁说的是实情,但还有一个理由她不曾说出:妈妈说过,乡下人身上有虱子。

那个肮脏土气的小髻丢在浴池的污水里了。走回家的小髻洁净而芬芳。

"小髻很漂亮,是吗?"阿宁抽空问沈建树。一间屋子半间炕的,小小房间住进这么一位姑娘,她索性先给丈夫打点儿预防针。

"你连我也不放心吗?"沈建树难得地红了脸,"我只是觉得,她穿了你以前的衣服,简直同那时的你一模一样。"

"那我现在怎么样?"阿宁希望听到丈夫的恭维。

"你现在也很美。只是比以前稍微……"建树谨慎地挑选着字眼,"稍微疏松了点儿,像一个堆起的雪人,叫人忍不住要拍打拍打……"

小夫妻说笑着,为小髻在走廊里铺了个小小的床。

墙上揳进一颗钉,牵起一根长长的铁丝。再挂上帘子,小髻的床就成了一间独立小屋。

夜里正屋的人出进,就看不到小髻了。

阿宁给了小髻几块钱,叫她上街去买块布缝帘子。

小髻在街上走。看看别人,又看看自己。忍不住偷着笑。人们再不像头一天下火车后像看怪物一样打量她。不就是一身衣服吗!小髻就变成另一个人了。

走进商场,人可真多。阿宁说过几天抱上费费,领小髻去动物园。其实动物有什么看头呢?山里什么动物没见过?养在园子里的动物,还能有活性吗?到城里来,主要该看人,城里人比乡下人好看多了,那么多衣服式样,真叫人眼晕。小髻忽然发现对面走过来个姑娘,不用正眼看人,却一个劲用眼角瞟她,一副瞧不起人的样子。哼!你瞧不起我,我还瞧不起你呢!话是这样说,小髻还是没勇气直视人家,便闷着头往前走。

当!小髻和那女孩子脸对脸地撞到一块儿,只觉得冰凉一片。原来,商场的一侧墙壁是一面巨大的镜子,小髻同镜子里的自己贴到了一起,不由得又惊又喜:那就是自己吗?小髻没照过这样大的镜子,连自己的鞋子和土袜子上的花都照得进去,在家时只有个鹅蛋镜,还不敢当着人照。小髻回转身,快步退到商场门口,慢吞吞地往里走,眼睛眨也不眨地注视着前方。这一回,她看清楚了,对面那个美丽的姑娘,也微笑地看着她,一步步朝她走来。同四周乱哄哄熙熙攘攘的人群相比,这姑娘一点儿不逊色,还要比她们强呢!

"扯块布。"小髻兴冲冲地对售货员说,还微笑了一下。心情好的人,对谁都充满善意。

"要哪块?说清楚点。"售货员可不那么容易被感动。

"要那块。"小髻一眼就看上一匹绿叶红花的布。

"你刚还说这布没人要呢,马上就来了买主了。乡下人,还是喜欢这种花红柳绿的。要几尺?说话呀!"

"不！不！我不要了。"小髻像被人识出身份的逃犯，慌不迭地离开了柜台。

"神经病！"两个售货员一齐说。

真奇怪，他们怎么就认出小髻是乡下人呢？也许是小髻的外地口音太重了。

在街上走走，小髻又恢复了信心，她走进另一家商店。没有那种绿叶红花的布，小髻看中了另一种，等了半天，也没见有一个人买。小髻明白了，这布也是买不得的。城里人怎么这么不识货呢！小髻很怨恨，却也不敢由着自己的性子买，钱是阿宁姐给的，买回的布也该符合人家的心气。小髻这次学乖了，站在一旁静静看。人们都在买一种紫色的花布，底儿是紫的，花是紫的，深紫加浅紫，像一大片夏天的马莲花。只是每朵花都不完整，好像被谁掐去了一瓣。小髻不喜欢这花布，但也说不上太嫌恶，大家都买，她也决定了买这种。

"哟！小髻买的花布又雅气又新潮，真是很有眼光！"阿宁惊叹起来。

小髻反倒有点后怕。若是真买回绿叶红花，阿宁姐又不知该说什么了。

"现在我来教你怎么给费费喂西瓜。费费是一年到头要吃西瓜的。今年的西瓜还没有下来，这是从冷库里买出来的，先用羹匙把瓤刮在瓷碗里，再把瓜籽挑出去。一定要仔细。然后用纱布过滤，才能用瓜汁喂费费。羹匙、纱布、奶瓶、奶嘴，一定得煮开消毒……"

阿宁手把手地教小髻，末了还要抱着双臂看小髻单独做一遍。她很严格，特别是在卫生方面，简直近乎苛刻。

"都是亲戚，不要搞得这么盛气凌人。"建树暗下劝阻道。

"你认为,我是缺一个漂亮的妹妹,才把小髻从那么远的地方找来吗?"阿宁缓缓地说。

阿宁习惯了做一个优秀的工程师,一个好妻子,一个好母亲,现在学着做主人。

阿宁变得格外勤快。假如平日擦地只擦两遍,那么在给小髻示范时,她一定拖三遍。她希望小髻比她更勤快。

做主人不是一件很难的事。以前你看到什么事该干,就得站起身去干。现在不用了,你只需要说出来,自有一双勤劳的手替你干。你要觉得不好,还可以让她重干。

这很惬意。指使别人是一件有意思的事。但阿宁多少有点儿不习惯,她察觉堂妹并不是那么心甘情愿争先恐后地干,你说一说,她动一动。有时你连说几遍,她才去做,而且并不全令人满意。

难道是自己对她不好吗?这几天阿宁还在家,活儿基本上是两个人干,等她上了班,全部家务落在小髻身上,像这样的工作态度怎么行?因为小髻远道而来,阿宁在伙食上特地搞好了一些,破旧衣服也给了她,还要怎么样呢?

阿宁细细琢磨着,她需要调动起小髻的积极性,最好能像个上了发条的机器人一样,把阿宁想到没想到的活计,都主动干好。

"姐,你要在老家,就不叫这名字了。"小髻说。她又想家了。

"为什么呢?"阿宁想不通,那个遥远的小山村,怎么还管得着她!

"有家谱啊!梁氏宗族谱,蓝皮黑字,可贵重了。咱们这一代女孩子,名字中间一个字都是小。我这个'髻'字,还是老辈给起的呢!"小髻很愿意同堂姐说老家的事,这是她唯一可炫耀的知识。

阿宁确实被唬住了。想不到远在她出生之前,在数千里外的一处穷乡僻壤,就把她名字的一部分确定下来了。她觉得有一股无名的力量,企图主宰她。

"那么费费在家谱上该叫什么名字呢?"阿宁立刻想到她的孩子。

"费费是他们沈家人,该去查沈家的家谱啊!"小髻觉得好笑,那么聪明的姐姐,怎么糊涂了!

沈家家谱?沈家有没有家谱还不知道,城里人谁还保存这个!就是有,八国联军攻占北京时没烧,也叫红卫兵给烧了,沈费费的命名极其简单,费时费力费钱,仅此而已。

阿宁觉得自己愚昧,竟对这种落后的东西这么感兴趣。家谱与她有什么干系,她不叫梁小宁而叫梁阿宁,这么多年不是活得兴旺发达?这名字不是写在毕业证、职务聘书以及所有严肃而正式的登记表上吗?梁氏宗族谱上的老祖宗们,谁又曾使她的生活轨道改变过一分一毫!

真好笑。也许人对所有有关自己的事,都感兴趣,听过之后,才觉出是无稽之谈。

小髻很伤心,自己以为那么神圣亲切的东西,阿宁姐竟一笑了之。她想念那个温馨平和的小山村。老牛迈着缓慢的蹄子,路边的野花被踩倒后,一场小雨,就又直愣愣地挺了起来……村子里所有的人都是亲戚,哪里像城里的人,见面都只称呼名字……

阿宁对小髻的手脚迟钝,刚开始以为是懒。小髻是伯父家最小的一个女儿,穷人也有娇女嘛!后来才发现不是。小髻上过初中,手脚也蛮伶俐,轮到给她自己缝紫花布帐子,就干得又快又好。阿宁继而认为是小髻眼里没活儿。比如费费的衣服,阿宁认为要一天一洗,就是没有明显的污渍,也要去去奶味和汗气。小髻嘴里不说,脸上的神气却不以为然,洗的时候也不用心,只在水里荡荡了事。

这不行。也许每个人头脑里有一条对待清洁和舒适的衡量线。有的人认为地面有一片碎纸屑就算不干净,需要拿起笤帚打扫。有人则不然,满地碎纸,跟抄了家似的,他们仍旧安之若素,觉得蛮好。乡下人,屋里屋外到处见土,很难觉得这四白落地的房子,还有什么必要打扫不停。

要想办法提高小髻对洁净的热爱。阿宁自以为抓住了症结,耐心地告诉小髻:这是浴液,这是洗发液,这是护发素,这是油污洗净剂,这是玻璃洗涤灵,这是除臭剂……

小髻紧锁眉头地听着,记着。这么多瓶,瓶子都很漂亮,里面装的水,颜色也差不多……

她依旧像算盘珠子一样,不拨不动。阿宁几乎气馁,培养一个精干的可人意的保姆,真比培训一个合格的程序设计员还难!后院不稳,她怎么能安安心心地上班!该优抚的优抚过了,胡萝卜既然没用,只有用大棒了。于是,她硬起心肠,训了小髻几句。

"不是跟你说过几遍了吗,挤瓜汁的纱布一定要煮开,你怎么只烫烫就算完事。这我还在家呢,要是看不见,你更不知要省多少事呢!"

小髻哭了。眼睛大的人,泪珠也大,沉甸甸地落下来,像久旱之后的雨。

"就算小髻不对,你也完全可以和气些嘛!"沈建树于心不忍。小髻太像年轻时的阿宁，使他生恻隐之心，好像成了妇人的阿宁，在训姑娘时的阿宁。

阿宁还气鼓鼓地不肯松动，倒是小髻自己使事情有了转机。

"姐，你这儿我不想待了。我来时带了回去的路费，我娘说要是给姐帮不上忙还添乱，叫我早些回去。"

天哪！这哪行！找保姆的种种艰辛困顿，霎时涌上心头。阿宁这才发现自己铸成大错，官逼民反，事情就不可收拾了。

阿宁立刻软了下来，得想个办法，无论如何也得把小髻留下来。亲不亲，一家人嘛！可这个弯子也不能转得太急。不然，以后一有风吹草动，小髻总拿出回家这杀手锏要挟人，阿宁可受不了。

事已至此，阿宁索性把话挑明了。大家老在一团温情脉脉的亲戚情分里裹着，反倒把简单的事情搞得复杂了。主意已定，她先把毛巾递给小髻擦泪，然后拿出几十块钱。

"小髻，姐姐刚才说话声重了点，你受了委屈，姐姐给你赔不是。"

小髻止住了抽泣。不管怎么说，姐姐年纪大，能给她服软，她也就知足了。

"你真要想家，要回去，我也拦不住你。"阿宁叹了一口气，自己的眼圈也不由得红了。并不完全是为了出感情效果，小髻真一甩手走了，她可实在是求告无门。

"你是我请来的客人，回去的路费哪能让你自己掏，真要走，你就拿上吧。"阿宁把钱往前推推。

小髻手像火烫了似的往回缩。来时妈嘱咐过，要听姐姐姐夫的话，别惹人家生气。远的不说，你叔叔这些年常接济咱家，这回你婶子也来信说叫你去。你得对得起人！现在这么跑回去，该怎么和家里人交代！"

"姐，那也用不了这么多钱……"小髻怯怯地说。

"剩下的，是你这几天的工钱。都是自家姐妹，还没来得及商量具体的数目。你也别嫌少。"阿宁声音冷淡地说。不在乎这几个钱。她不愿叫人家说自己占一个乡下姑娘的便宜。

"这，这怎么成？我是来给姐帮忙的。姐愿意，就给几个零花钱。不给也应该。小髻绝不是冲钱才来的。"小髻慌忙地往回推钱，神情十分真挚。

阿宁先是一愣，旋即明白了。原来症结在这里！古老乡俗，耻谈金钱，亲友间的互助，完全是无偿的。愿干就干，不愿干谁也说不出什么。小髻一直以为她是在姐姐家做客，哪里来的踊跃工作姿态！

阿宁连叫自己糊涂，也许怪自己那封求援信太含混，谁知乡下人竟按着自己的逻辑去理解。亲戚归亲戚，帮佣归帮佣，要想处下去，第一是要把这条界限搞清楚。

阿宁拉开抽屉，找出她和沈建树的工资条，递给小髻："你看看。"

字条是细长的一条纸带，密密麻麻都是数字，小髻看不懂。

"你就看最末尾这个实发数字。"阿宁指点她。

嚯！真不少哇！怪不得城里人可以这么讲究，挣的钱一个月抵乡下人一年了。小髻的家乡至今还很穷困。

"别看挣得多，城里的开销也大。吃穿用，房租水电，费费的奶粉橘汁，都从这钱里出，四下里一分，也就不多了。城里人有城里人的难处，不像乡下，烧柴吃菜都不花钱。"

小髻点点头，阿宁姐说的是实话。城里什么都要钱，连楼下掏垃圾的老头儿，还一个月收五毛钱卫生费呢。

"要是我每天在家带费费，便一分钱也没有了。"阿宁把自己那张工资条团成个球，桌上只剩下沈建树那张孤零零地趴着。

"所以，我得上班。你帮我带费费，就是你付出了劳动，我该给你钱。至于多了少了，咱们可以商量，这是你应该得的，何必推辞呢！"

小髻愣愣地听着，觉得姐妹间怎么这样生分。私下里又觉得挺好，要不谁都愿意歇着或是玩，这样干活也有劲了。

姐姐妹妹推让了一气，小髻还是把头一个月的工钱预收下来了。

阿宁很高兴。这样小髻再不能动不动就说走的话了。再者，她把小髻的工资定得比街上的保姆要少，小髻还挺知足。这样双方都好。

费费今天穿了一套白兔服。雪白的棉绒布，配上带长耳朵的白兔帽，真像只胖兔子呢！

小髻爱给费费穿好看的衣服，心里又有点儿不以为然。有钱打扮十七八，没钱打扮屎嘎巴。像费费这么大，正是屎嘎巴的年纪，却有这么多衣服。乡下孩子，十七八了，也没几件囫囵的衣衫。城里人和乡下人，真是不能比呀！等自己什么时候回家走，跟阿宁姐姐说，把费费穿剩下的衣服给上，拿回去，可以送人，也可以留着……小髻想到这儿，脸红了。虽说屋里没人，还是觉得挺不好意思，看看费费，费费正张着手要她抱。小髻抱上他，思绪还沿着刚才的坡往下滑：日后我也会有一个孩子,甭管是男是女吧,也穿这件白兔服,只是衣服里头的人不一样……再以后,费费长大了,上大学、出国,当研究生、博士……另一个孩子呢?上山割草,下河捞鱼,长大了日日种田,识得几个字,终于也忘光了。在低矮茅屋中过一辈子……小髻已经记不得羞怯,她被自己设想到的这种铁定的结局震撼了,这是不会错的,没有世界大战那样的变化,事情就不会是两样。

费费因为无人理睬,哭了起来,小髻一摸刚刚换上的白兔服尿湿了,不由得火了起来。

这孩子,生在福地福窝,还这样不知足!她气得直摇晃费费。她不敢打费费,就是家里没人也不敢打。一是阿宁姐对她那样好,不该背着她打她的孩子,二是费费挺招人喜爱的,她舍不得打。但这一刻,她真火了,手上使劲,下死命摇费费。费费刚开始觉得挺好玩,止住了哭声,随着前仰后合,一会儿发现事情不对,哭声再起,颇有点儿受了惊吓的意味。小髻不敢再晃,赶紧哄他,又给费费换上一套小小的猎装,抱他出去玩。猎装上绣着一架小小的雪橇,雪橇上蹲着一个小小的猎人,拿着一支小小的猎枪。猎枪小到绣不出上面细微的机关,看起来像一根棍子。

暮春的阳光明晃晃的。费费伸出手去,在空中乱抓。他看见空中飞舞着许多金色的小蜜蜂。当然以他的年纪,还没见过蜜蜂,只知道是一种毛茸茸的有着许多纤细毫毛的飞虫,如果说他看到的是些金色的苍蝇,也可以。

小髻在头顶部梳着一根长长的独辫,垂到颈部又弯折回去,将辫梢隐藏在茂密的发丝中,从侧面看,像在后脑挽着一个巨大而柔软的环。她的头发很好,这么长的辫子竟丝毫看不出细下去的趋势。发式是阿宁姐为她设计的。起初她不习惯把额头露出来,总爱留稀疏的发帘,直遮到眼眉。"你的前额这么漂亮,为什么要怕别人看呢?"阿宁不解地说。于是小髻顺从地把头发一根不剩地甩到脑后,露出光洁得像剥了壳的鸡蛋清一样的额头,她现在有一种特殊的风度了。柔软的腰肢像春天的柳枝,随风俯仰又很有韧度,臂弯里托着费费这个胖胖的小猎人,像擎着个精致的洋娃娃。

看自行车的老太太正在同卖冰棍的老太太聊天:"听说了吗?人肉包子!弹棉花卖网套的乡下姑娘,进城来叫人给害了。刚开始谁也不知道,后来您猜怎么着?"

卖冰棍的老太太惊恐地瘪着嘴,好像刚被人强迫她吞了一口苦冰棍。

"咳!有一天,有一个人,突然从包子里吃出一块带指甲的肉!"

小髻听不下去了。到处都在糟蹋乡下人。再说这个故事也太可怕,可别吓坏了费费。她正要走,却被看车的老太太叫住了:"姑娘,你是给那家看孩子的吧?"

小髻尴尬地停下了。老太太怎么认出她是给人看孩子的呢?她穿着打扮举止,不是都很像一个道地的城里人了吗!又一看,老太太的手指正斜指着阿宁姐家的楼房,看来老太太是这儿的老熟人了。在熟人面前,就没什么可装模作样的,人家什么底儿都知道!以后,抱着费费到远处去!

小髻不情愿地点了一下头。随即又补充道:"那是我姐姐。"

"知道。都说是姐姐,还不如外边请的保姆呢!"老太太颇有含意地眨眨眼。她的眼睛很小,加上有几根倒翻的睫毛遮掩，除了略显发红外，看不出深浅。

这是什么话！难怪姐姐三番两次告诫小髻不要同外边的人瞎聊，人多嘴杂，有些人专门爱刺探别人家的事。

小髻转身要走。看车老太太受了冷淡，反倒很高兴。她喜欢嘴严实的人。

"劳驾你给帮个忙，帮我看会儿车，我有个事出去一会儿。这事不难，规矩是后收费，谁往外推车，你收他两分钱就成了。"

"这……"小髻是个热心肠的姑娘。只怕因此委屈了费费。回头一看，费费正用小手将自行车的铃铛抹得亮闪闪。"大妈，您可得快点儿。一会儿我还得赶回家做晚饭呢！再有，这取车要什么凭证不？"受人之托，总要把事办得稳妥些。

"不要凭证。只要他是拿钥匙，不是拿老虎钳子打开的车锁，就行。"老太太掩饰起自己的满意之色，又格外补充了一句，"看车这活儿没个定数。多呀少的，就那么回事。"说罢，扭呀扭地走了。卖冰棍的老太太，可能觉得同个年轻的姑娘没什么好聊的，也推起吱吱响的冰棍车走了。

到处都是车，列得很整齐。新车的车圈亮得像镜子，旧车就要柔和得多。小髻抱着费费挨个儿按车铃。有的脆亮，有的暗哑，还有的干脆默不作声，按得重了，才发出生涩的嘎嘎声。车多车架少，先来的车就有一个固定的位置，钢筋凹成的弯曲，像牙槽一样将车轮咬合在其中，结实而牢靠。多余出来的车，只好孤零零地挤在队阵之外，显得凄凉。小髻可怜那些车。都是一样的车，为什么早来的就有位置，晚来的就丢在一旁？车跟车，怎么就那么不平等！

一场电影散了。小髻忙得够呛，她不知道看车大妈并未走远，正在僻静角落里清点着出入的车辆。

"大妈，这是收的存车费。"天色不早了。小髻交代清楚，抱起已经待腻了的费费，预备赶紧回家。

大妈不动声色地扫了一眼钱箱。凭着对硬币特有的直觉，不必点算，就知道同存车数是相符的，不禁为自己识人的眼力自得。她伸手拉住小髻："我姓田。住得离这儿不远。我打第一眼见你，就喜欢上你了。也许是咱们有缘。"

小髻笑笑。田大妈的手背很硬，手心却是软的。只有那种生性绵和后来却经了许多磨难的女人，才有这种外刚内柔的手。

小髻愿意有个人同她聊聊。田大妈好像随口问起她的种种情况，她都照实答了。

"你又带孩子又做饭，主人家一个月给你多少钱呢？"

"二十。"小髻回答。

"没给涨过吗？"田大妈露出骇怪的神色。

小髻摇摇头。

"太少了！姑娘，你也过于老实了。头一个月二十，以后是要给涨工资的。这是规矩。"

小髻不知道这规矩，原以为二十块钱就够多的了。谁想自家的姐姐还不如外人！她的心发冷，不急着回家了。

"回去跟你那个什么姐说说，要涨工资。她要是不给，你就不给她干了。"田大妈打抱不平。

这恐怕不成。少给就少给吧，姐姐不仁，小髻不能不义。以后，自己的力气节省着点儿，不给她家那么尽心尽力就是了。不管怎么说，阿宁还是姐姐，家丑不该外扬。小髻摇摇头。

田大妈心里很矛盾。她喜欢这姑娘的厚道，可人心隔肚皮，也许是故意装的呢？便说："那边商场来了新式样的衣服，你不去看看？"

"我有。都是姐姐给的。"小髻不知怎么觉得有点对不起阿宁，赶紧表白，给姐姐说句好话。

"料子倒还不错。只是样子不时兴了。"田大妈挑剔地打量着，"小姑娘家，就该好好打扮打扮，年轻时不穿，难道成了我这样的老婆子再捯饬吗？"

小髻不语。这几句话确实厉害。哪个姑娘不爱美，不喜欢漂亮时髦的衣服呢！

小髻没有钱。钱都按月寄回家去，贴补家用了。

"当保姆的每月还该有两天休息，他们让你歇不？"

小髻摇摇头。阿宁姐从没说过这事。刚摇完头，又后悔了。这田大妈有些心术不正，自己不该跟她说这许多体己话。

"想不到，自己亲戚比外人还刻薄。"田大妈叹了口气。

小髻抱着费费要走。这些事，还是不说得好，知道了，叫人伤心。

"说实话，大妈是试探你呢！看不出，你是这样一个仁义的姑娘。"田大妈慈眉善目地笑了，"这样吧，我有心帮你找个能多挣几块钱的活儿，不知你愿意干不？"

小髻好奇地问："也是看自行车吗？"

"傻孩子，看车能挣几个钱呢？不过是大妈这样的睁眼瞎混碗饭吃罢了。后天是星期天，早上九点，你到前头那个路口等我，到时候就知道了。"

小髻想了想，田大妈天天在这儿看车，是个有根底的人。路口又是个繁华大街，大白天的，不会出什么其他事，就答应下来。

聊天最耽误工夫了。天色实在不早,阿宁姐说过晚饭吃饺子,得赶紧做。小髻去买韭菜,两边货色差不多,自由市场摊上每斤比公家要贵一毛钱,公家菜站却排着挺长的队。往日,小髻总是买公家的菜,哪怕多排一会儿。今天,实在是怕来不及。

择菜、剁馅、和面、擀皮、包……好吃莫过于饺子,费事也莫过饺子。还好,赶在姐姐姐夫下班之前,小髻一个人忙活完了。

"姐,你回来了。"小髻招呼着。听了田大妈的话,她不满意阿宁;自己又说了姐姐的坏话,心有点儿虚。饺子总算包好了,多少有点显摆功劳的意思。

阿宁随便"嗯"了一声,她没精力去品评这声招呼中的味道,急急叫着"费费",冲进里屋去了。

其实阿宁每天都是这样,小髻原来怎么没发现?她默默端起盖帘,去下饺子。

"韭菜多少钱一斤买的?"阿宁问。买菜的钱由小髻掌握,隔三五天阿宁查对一次,从未出过差错。今天不过是随便问问。

小髻觉得不顺耳。倘是一家人,不该这么盘问,真当保姆看,就该给做饭买菜的那份工钱。但姐姐到底是姐姐,不好忤逆,便低着头报了价目。

"怎么这么贵?"阿宁吃了一惊。也许是出自主妇的癖好,也许是家里有外人总有戒心,她有意无意地经常注意市场上的菜价。小髻平日说得还相符,今天怎么这么大差别?

"我买的自由市场的。抱着费费,公家排队太长……"小髻不服地为自己辩解。

"不是早跟你说过,公家有就不要去买私人的吗!你倒越学越大方了。我们挣的钱是死数,全靠平日里能省一分是一分。你怕排队,你的时间又不值钱!咱们现在是一家四口,还要付你的工资,再不俭省,真该到了北京的贫困线以下了!"阿宁越说越有气。在现在这种物价上涨的时候,当个主妇太不容易。同样的货物,多花了冤枉钱,不但经济上受损失,心里总憋着一团火,好像被人骗了或抢了一样愤愤不平。

建树回来了。小髻再没说话,阿宁也住了嘴。两姐妹都不愿让别人知道这争吵。

饺子锅翻腾着,一会儿就得了。

"小髻上来一起吃吧。"姐夫招呼道。

小髻自然是不能去的,但心里感到一阵温暖。

饺子也许是天下最不平等的食品。永远得有一个人煮,而不能所有的人团团围坐在一起吃。

家里的大柴锅没煤气灶好烧,锅开得很慢,可每锅下的饺子多……小髻是娇女,每回都和爹吃头一锅饺子……

正屋里的话语,随着酱醋香油的气味一同飘了过来:"调动的事,怎么样了?"阿宁焦灼地说。

"老萧还是不松口。说是像我这样的人才,就是暂且用不上,过三五年也有用处。"沈建树苦笑了一声,"只怕到那时,我也成出土文物了。"

"他只不过是你的领导,又不是太上皇,怎么能这么一手遮天!"梁阿宁愤然了。她和丈夫是大学同学。毕业以后,她一直搞应用技术,沈建树搞纯理论研究。研究院里近亲繁殖,一点用武之地也没有,阿宁活动着想把沈建树调出来,接收单位已经有了,这边又死扣着不放。

"我死说活说,他总算松动了一条缝。可这一条缝,有和没有一样!"

"到底是怎么回事,快说出来。一块儿想想办法。"

"老萧说,我们这些人都是单位的财产,一定要走,得赔偿单位的损失,也就是交纳一笔赎身费吧!"

"多——少?"阿宁真心希望自己能付得起。

"本科生八千,研究生一万。我对他说,我不是金子铸出来的。值不了那么多钱。他说,这就对了,年轻人,好好待着吧!"

"我们是服务于某个单位,又不是卖给他们的奴隶,怎么能这样?"阿宁气得摔了筷子。

"有什么办法?真是受雇倒也简单,他可以炒我们的鱿鱼,我们也可以卷铺盖走人。现在是家长式……"沈建树也停了筷子。

小髻又端来一盘饺子。

"饺子煮得太过火了。你看,皮都煮破了。"阿宁强打起精神,给小髻下指示。

小髻的脸被厨房热气烘得红彤彤,她鼓足勇气说:"这是我成心煮破的。"

什么?这不是故意捣乱吗!家里家外,到处都乱了套了。"你……你……"阿宁气得找不到合适的话。

"这是取个吉利呀!按咱们老家的风俗,煮饺子一定要煮破,意思是'挣破',主一年过好日子,事事如意呢!"这是小髻能给姐夫帮的唯一的忙了。

"什么迷信风俗!不过是糟蹋了上好的馅!这些破饺子,

— 059 —

放不好放,煎没法煎,小髻,你都挑出来吃了吧。"阿宁可不领情。

"我来吃。"沈建树说。

晚上,小髻抱着费费在看电视。姐姐姐夫抓紧时间看他们的专业书。

这是一部外国电视连续剧。男主人公很英武,很潇洒,正含情脉脉地望着女主人公。可电视是从正面拍摄的,于是那个美丽的姑娘,便不知被排挤到什么地方去了。小髻看到的是一张年轻又很有个性的脸,线条刚毅的鼻子和嘴巴。尤其是眼睛,正深沉又满怀热烈地注视着小髻……

小髻的心不由得怦怦地跳。她还从未这样死盯着一个年轻的男人看,也从没有人这样温柔地看着她……啊,有过!那是妈妈!可妈妈的眼光跟这不一样……

镜头持续得相当长,然而小髻还是觉得一眨眼就过去了。费费已经睡实,按说该把他放回床上去,可小髻不敢动。她甚至嫉妒起片中的女主人公。

终于,又一幅男主人公的面部特写镜头出现了……

一只纤细而柔弱的手,拿起一个像电源插座般大小的小仪器,轻轻地按了一下。

屏幕上刷啦一下,全是茂密的雪花,然后一片昏暗。紧接着,出现了另一个频道的节目。

阿宁被沈建树调动的事,搅得心烦意乱,看不下去书,找了个自己喜爱的频道看起来。

没人想到要征询一下小髻的意见。仿佛她根本不在看电视,或是此时此刻根本没这个人一样。阿宁用遥控开关把英俊的男主角赶走了。

小髻把紫花布幔帐扯得刷刷响,早早躺下了。正屋的灯光透过花布,变成稀薄的紫色,轻柔地覆盖在小髻身上。

妈妈,妈妈现在睡了吗?是不是也在想小髻呢?

妈妈用苍老的手,抚摸着小髻的头发,掌心的皱纹刮起一根柔软的发丝,有点轻微的疼痛。小髻不说也不动,任发丝随着妈妈的手势慢慢飘起,任这疼痛像一条细小的虫子,在她的头顶慢慢爬行……

城里的叔叔,过的日子是和咱们不一样吗?小髻在问。城里的叔叔,是家里人的骄傲,小髻还从未见过。

是。他们天天吃饺子,家里有电灯电话还有电扇子……这是妈妈在回答,那时她还不知道世界上有带颜色的电视。

我要去城里看看,小髻坚决地说。

莫去吧。城里人眼盅子浅,怕看你不起。妈妈不愿最小的女儿受委屈。

偏要去!都是自家亲戚,能把我怎样!小髻听到自己无忧无虑的声音。

饺子是吃上了,彩电也算看了,可是……被幔子染成浅紫色的枕巾,吸进小髻思乡的不平的眼泪,变得湿润而凄凉。

不知是几时,费费哭了。小髻立刻惊醒。其实费费夜里跟他爹妈睡,与小髻并无关系。

小髻一天同费费在一起,听得懂他的哭声,这是费费要尿了,应该马上抱起给他把尿。可惜,阿宁虽然是懂多种计算机语言的工程师,对儿子的特殊语言却很生疏。费费是个干脆的小伙子,他的哭声很快停了,变成一种快活的哼叫。糟了!已经尿出来了。小孩子真怪,尿湿了自己身底下的被褥,该是很不舒服的一件事，怎么能如此自在而得意呢！屋里传来一阵忙乱。小髻想象得出，费费此时正睁着浅蓝色的圆眼睛，无辜地注视着他手忙脚乱的父母，好像一切同他毫无关系。小髻不觉无声地笑了。二十岁的女孩子的心境，明朗而单纯，经过一个美妙的春夜，立即将烦恼遗失在刚才的睡梦中。

遮天蔽日的紫花布幔帐，在黑暗中像一堵高耸的墙，小髻觉得自己仿佛睡在一个巨大的柜子或是夹壁墙里。突然，她又听到窸窸窣窣极细微的响声。

"多长时间……没有了……"姐夫的声音轻柔得像一团温存的棉花。

"轻些，小髻在。"阿宁姐说。

"她睡实了。"

小髻赶紧屏住气，预感到要发生什么。也许她该弄出点儿什么声响，阻止将要发生的事，但她内心里却充满着渴望和好奇。她觉得自己很坏，却越发僵硬得毫无声息，不过事与愿违，从她身上发出咚咚擂鼓般的声响。她绝望地松了一口气，才发现不过是心在嗓子下面跳动。

极短暂的平静后，声音又起。

"小髻来了以后……你好像……少多了？"阿宁姐的话，慵慵懒懒的。

"这样年轻的一个姑娘……你不是对我也正规多了……"

"不说这些好吗？好不容易……"姐夫有些急躁。

"那……你得去洗一洗……"

"今天，就免了吧……小髻会醒……"

"今天……以后要先去……"

"以后……嗯……以后我每天都先去，然后……等着你……"

小髻一下子觉得自己的耳朵不好使了。其后的声音是确确实实的,但因为想象不出是如何发出的,声音也就变得模糊不清了。当她焦急地睁开眼睛,紫花布幔帐无情地遮断了她的视线。她极轻灵地挑开一个幔角,幔外仍是一片混沌。通往正屋卧室的门虚掩着,露出一扇极细薄的光栅,像一片金属板,笔直地立在那里。

小髻感到一阵儿燥热,从屋内分明往外发散着一种炙人的气息,烤得她想冲出房子,赤足站在冰凉的野山坡上,让带着露水的夜风,打湿她的头顶。

因为长时间憋气,她只得微微张开口,让胸内火热的气流无声无息地吁出。

屋内竟连一点儿声音也听不到了。小髻怀疑起自己的耳朵,也许什么也不曾发生,刚才只是自己的一个梦境?她只得借助于眼睛。这一次,是不会错的。那片薄薄的金属样光栅,因为有人影不时遮断,竟像一个有生灵的翅膀,忽明忽暗地上下抖动起来。

然而,屋内依然是寂静的。小髻先是疑惑,继而惊异起来。乡下的孩子,远比城里的孩子要懂事早。草木欣荣,禽畜繁殖,人不是与它们一样吗?小髻听惯了吵闹,甚至半夜的扑打。对于那件事,以为一定是同各种各样的声音连在一起的。屋内的宁静,使她深深地感动了。

原来城里人是这样睡觉的;原来费费是在这样温馨美好的夜晚,来到这个世界的;原来世上还有这样和谐的欢爱;原来阿宁姐是这样一个幸福的女人!

小髻知道自己像一把锐利的小刀,深深揳进了堂姐家生活的断面。她知道他们爱吃什么菜，爱喝什么汤；知道他们刷牙洗脸时挤多长一条牙膏搓几下肥皂；她甚至知道他们有多少钱存款，储蓄单藏在哪里。那数字之和比小髻设想的要少。她并不是存了什么非分之想，只是一种不可抑制的好奇。她也不时感到，姐夫想亲吻姐姐，因为她的在场，只得改为温存的一笑，留下几许不满足的遗憾……

她曾以为这就是城里人的全部了。直到今天夜里看到——正确地讲应该是听到，或者是说什么也没看到什么也没听到的一幕，小髻才知道城里的女人怎样做女人。

城里人是该瞧不起乡下人的。

早上起来，小髻久久不敢正视阿宁，怕他们知道自己夜间不曾睡着。直到阿宁发现费费在发热，家里一团忙乱，小髻才自然起来。

阿宁把费费严严实实地包裹起来，同小髻一起去医院。

正是上班时间，路上的自行车群，逼得人不敢过马路。"小髻，给你买车票的钱，咱们俩万一挤散了，你在医院门口等我。"

"姐，我有钱。"小髻推辞。

"拿好。车来了。"

阿宁抱着费费从后门上，小髻被人流裹向中门。

"买票了买票了，没票的买票了。"售票员像在吟一首不曾断过句的循环诗。

人们无动于衷，全神贯注地对付拥挤。这是由真正北京人构成的货真价实的拥挤（绝不像外地人多时那种里糖外涩式的赝品）。假如从车厢顶掉下来一根针，它会洞穿几个人的肌肤，而绝不会掉在地上。到站了，人们左右俯仰，靠压缩肉体腾出下车者通行的甬道，然后像被风分开的青纱帐一样，又严丝合缝地密闭起来。没有人说话，没有人抱怨。甚至踩了脚，也没人说对不起，更不用说回答没关系了。车厢里挤满了人，寂静得却像一片荒漠，这是真正的北京人的拥挤和对拥挤的默契。

阿宁姐不知在什么地方，她抱着费费不知有没有座？小髻什么也看不到。她想买票，售票员惺忪着眼，无精打采地垂着头，像受了冻害的瓜。小髻拿不准该不该叫醒他，她希望另有人买票，这样小髻可以趁机递过钱去。可惜没有。人们似乎在无意中维持着沉寂。售票员也不检票，有几个人自觉地掏出月票虚晃一下，速度快得如电光石火，售票员看也不看。正是上班高峰，全都是正宗的北京人。

小髻忽然萌生出一个大胆的想法。她觉得自己同其他人并没有什么区别。她很想得到更多人的承认。她的手在衣袋里，把那张潮湿的角票松开了。手从衣袋里抽出时，感到一种冰凉的寒意。

下站就是医院。真正考验人的时刻来到了。小髻镇定了一下自己。正宗的北京人。这时是要说着"劳驾，换一下"，然后奋不顾身地往外挤。小髻却是不能说话的，她的北京话还不纯正，会露馅，于是她硬往外挤。人们虽略有不满，还是很配合地为她放出一条小径。像这样漂亮的姑娘，有时常常是不注意她们应有的礼貌。现在，小髻站到售票员眼皮子底下了，离车站却还有漫长一段距离。

"下车的同志把票打开了打开了。"售票员又开始唱他那古老而无韵的歌。精神虽不见其怎样好，眼皮却是睁开了。

小髻一阵腿软。现在买票，还来得及，一切还没有开始，结束它谁也不知道。小髻的手不听使唤，急切地直想去够那张角票,但内心深处有一股更倔强的念头,阻止了手的冲动。

于是颤抖的手指只掸了一下衣角,在外人看来,这个动作还挺优雅的。

不能退缩!你已经很像一个城里人了。售票员扫过你的目光,没有一点儿异样,为什么要在这最后一分钟退缩下来呢?要是小髻现在掏出钱来买了票,她会一辈子为这一刹那羞愧后悔的,她失去了一次极好的鉴定自己的机会。于是,小髻格外笔直地挺起了腰,尽管她的腿紧张得发麻。她甚至命令自己故意露出了一个笑容,并且大胆地瞟了售票员一眼。

售票员这会儿是完全清醒了。他很高兴有这样一个妩媚的姑娘对自己瞩目,回敬给她一句"先下后上"。

终于——到了。车门发出像开水溢到火红炉盖上的蒸汽声,木偶动作般地打开了。小髻真想一个箭步跳下去,然后撒腿就跑。然而,不能,正经的北京人,应该是从容不迫地将小巧的书包挽到胸前,轻轻跺跺脚,然后潇洒地用鞋点地,从蜂拥而来的上车者中挤出去,嘴里还要说着:"挤什么挤……"

小髻都照着做了,就是没说那句道白一样的京韵。当她从人流中穿过的时候,感到一种神圣的莫名的喜悦。如今,她在外表上,已经是一个道地的北京人了!

"同志,请打开您的票。"

小髻一怔,一时竟不知道这声音是从哪儿传出来的,抑或只是自己的错觉,因为她不止一次设想过售票员会这样问她。

公共汽车开走了。

"同志,请打开您的票。"声音又不屈不挠地响了一遍,已稍微流露出某种不满。

这一次,小髻听清了。声音就从她正前方发出。那人臂戴红箍，正毫不客气地打量着她。

小髻傻眼了。这是汽车公司站台上的查票员，这种情景很少见，但今天小髻碰上了。

她的第一念头是逃。哪怕登上刚才开走的那辆车，她可以立即买票，在下一站下车，一切都来得及补救。然而这肯定是不能实现的。第二个念头是寻找阿宁，只有姐姐能救她。

左顾右盼在查票员眼里，等于招供了身份。小髻因此失去了宝贵的时间，她本应立即服罪补票认罚的。

"想溜走呀？有没有票？说话呀？哑巴了？"查票员一旦碰到时髦新潮而又蓄意逃票的人，嘴巴便格外尖刻。

围过来一群人，有些人看看表，惋惜地叹了口气，恋恋不舍地走了。

小髻的头脑里一片空白。她不知道自己该干什么，只知道自己不能说话。便紧紧钳闭着紫葡萄一样的嘴，惊恐地瞪着查票员。

"甭装可怜！掏钱，罚款！"查票员把小髻的态度误认为是对他职权的藐视。越发来了火气，"还挺宁死不屈的！说不说话？不说从哪儿上车的，从起点站罚！"

小髻执拗地紧闭着嘴。从自以为是一个城里人的美好感觉中坠入当众受辱的窘境，她完全失了方寸。

梁阿宁看到小髻的时候，正是这样一番情景。她的脑袋轰的一声变得很大，踉跄了一下几乎摔倒。她自诩不属于小市民，而且受过良好的高等教育，从来不屑于注意这种闹剧式的纠纷。想不到，小髻竟这么丢人，被当场揪出来示众。看到那张酷似自己的脸庞在众人逼视下红一阵儿白一阵儿，她只觉得全身的血往脑袋上冲。

站出去，救下小髻？这类执法队，说上几句好话，认罚认错，事情也就过去了。

小髻被围在中心，像陷阱中的羔羊一样，用充满泪水的眼睛在寻找着自己的姐姐……

阿宁的脚却像钉在地上一样，僵直不动。丢人呀丢人！她梁阿宁要在众目睽睽之下，领回一个逃票犯，还要被人劈头盖脸地奚落一番，她从未遇到过这种尴尬，小髻是小髻，她是她。小髻既然自己不拿脸面当回事，就让她自己去蒙受这耻辱吧！我可不愿意代人受过。

梁阿宁铁青着脸，紧紧地抱着费费，冷漠地站在围观的人群中，执拗地沉默着。

小髻在众人的逼视下，抬不起头来。她找不到姐姐，只看到一条条宽窄不一的裤腿和一双双大小不等的鞋……姐姐也许从另一个车门下车走远了，费费正生着病……

费费从睡梦中醒了过来。他一眼看见自己的小髻姨姨站在离他不远的地方，就张开双手，奶声奶气地发出模糊的"一"声，要小髻抱。

这真是出人意料的小插曲！已经感到乏味的人群，立即像打了一针似的兴奋起来，连稽查队的也跃跃欲试：怎么，还有一个同伙？

阿宁不得不站出去了。她先把兜里的月票冲大家端正地出示了一下，然后用从容不迫的矜持口吻问道："怎么了怎么了？"

阿宁的气度不凡，稽查队稍微收敛了一点儿气焰："你问我，我问谁？你妹妹坐车不买票，问她话还装聋作哑，真不嫌寒碜！"一边斜着眼，打量着她俩。

"姐——"小髻满含委屈地叫了一声,为稽查队的话,充当了极好的注脚。

"噢——"围观的人一阵起哄。

"谁是你姐!"阿宁冷冰冰地抛给小髻一句,然后,对稽查队说,"一个乡下人姐呀妹呀地乱叫,你们就相信?她是我们家雇的保姆,新来乍到不懂规矩。你们也犯不上这么厉害。该补多少钱的票,我来买。"

小髻蹒跚地跟在阿宁后面,好像腿脚受了很重的伤,众人的目光,像锥子一样戳在身上,终能洗去,阿宁姐那句话却是扎在心上,永远也拔不掉……对了,不能叫阿宁姐了,她不认我这个妹妹的。小髻把手伸进衣袋,把那张被汗水濡湿的纸票扯得粉碎。

"明天,我想休息一天。"小髻惊讶自己怎么这么轻易就把话说出了口。请假的事,她一直犯怵怎么说才好,想到不过是雇人的与被雇的,心里反倒轻松多了。

阿宁觉出今天的话头味道有点不对。往日小髻有什么事,就说什么事。比如上公园,比如逛商场,总是快去快回,什么时候到家,就马不停蹄地开始干活,并不曾说过"休息一天"之类的话。

"费费病了。你的事改天再办行吗?"阿宁强压住不满,跟小髻商量。

是的,费费病了。小髻一阵儿心软。可答应了田大妈的,怎好悔约?再说,星期天你们都在家,干吗非得剥削我这一天?"不行。"小髻还不曾当面顶撞过阿宁,但这一次,她坚持自己的要求。

这个小謦，近来学坏了！想必是听了什么人的闲言碎语，变得这样不安分，阿宁思忖着，话说到了这份上，闹僵了对大家都不好。便点了点头："好吧。你就休息一天吧。"

星期天的城市，苏醒得比平日晚些。干燥凉爽的晨风在打扫洁净的街道上快活地跑着，小謦的衣衫像风帆一样鼓起。

田大妈已经在那里等着了。地上是一大堆杂乱的书刊和一块大塑料布。

"把它们按类归好。摆在地上。"田大妈指挥。

书摆好了。都是过期刊物。封面花花绿绿的，像地面突然铺起一块斑斓的地毯。

"看好了吧？这事再容易不过了。卖书一毛钱一本，一手交钱，一手交货。留神别叫人白拿跑了就成。你看着卖吧，我还得看车去呢！"田大妈交代完了要走。

事，按说不难，可小謦心慌意乱："大妈，我可不会吆喝呀！"

"我的傻姑娘！这不用吆喝。你给我老老实实站着看摊就行了。自有人来问你，只怕你会忙不过来呢！"

会是这样吗？小謦孤独地站在那里。寂寞的杂志被风掀动书皮，发出哗啦啦旗子一样的声响，小謦听起来，有点像家乡风吹苇叶的声音。

要是这样一直站下去，就糟了。小謦开始后悔轻易地答应田大妈。

幸好这只是很短的一个时间。过往的人们，先是注意到这个眉宇间略含忧郁的姑娘，其次注意到她脚下斑斓的书。

"这是卖的吧？"有人问。

小謦点点头。她的普通话已经很纯正了。但她不自信。能用姿势的时候,便不张口。

"怎么都是旧的?"

小髻不答话,自己能看明白的事,何必再问。

"多少钱一本?"

"一毛。"这是非回答不可的,在这么多生人面前抛头露面,真是太难为人了。

"什么新的旧的!没看过的,就是新的。"人们被一毛钱的低价所感动,自我解着嘲,纷纷挑选掏钱。

北京人爱凑热闹。见这儿围拢了一群人,凑上来的人就更多了。一手交钱,一手交货,小髻买卖兴隆。不知不觉中,脚下的地毯菲薄起来,有的地方已露出灰白色的空地。

"请问,这杂志有第四期吗?"一个很清朗的男低音隔着几个人问。

"没有,有的都在这儿摆着,找不到就是没有。"小髻抬起头,不觉愣了。

问话的正是姐夫沈建树!"不卖了!不卖了!"小髻手慌脚乱地将剩下的杂志归拢到一块儿,好像这样能弥补自己的失态。

沈建树只看到一个小姑娘在低头售书,没想到竟是自己的堂妹。

在窄窄的家里,他们原没有多少机会说话。所有支使小髻的指令,都是由阿宁发出的。

沈建树没有精力也没有心思管,他缺一本资料,想在这旧书摊上碰碰运气,不想竟这么巧!

早知如此,该绕过去。

"姐夫,你别对姐姐说。"小髻央求道。

沈建树点点头。看到小髻风尘仆仆的样子，又很有些于心不忍。一个小姑娘，若不是为了给自己带孩子，何至于背井离乡呢！想起阿宁说小髻不买票的事，他总有点儿难以相信。纵是真的，也只能说小髻家的经济太窘困了。他去过家庭服务处，知道阿宁给的工资太少，私下说过几次，阿宁也不听，反说他把亲戚当外人了。

沈建树掏出身上的钱，说："你这些书是帮别人代卖的吧？就算我买了。你把钱交给人家，回去吃饭吧。"

小髻很感动地看着姐夫，突然觉得他有点像电视中的那男主角，那么亲切。当然，沈建树绝没有那么潇洒，可他的神气像。

小髻不接钱："我答应了帮人家卖书，就得把这事办好。我不光是为了挣点儿钱，我想看看自己能不能在北京这干点儿事。"

沈建树微笑了，这已经不太像最初那个拘谨的乡下姑娘了。

"怎么，姐夫不相信？"

"不是，我是说，你真要干事，就该干点儿比这有意义的事。你可以看书，学点儿东西，电视里每天都有讲座……"

小髻若有所思地点点头。

姐夫走了。

田大妈好像从地里钻出来似的，突然出现在她面前："饿了吧？我给你带了包子，快趁热吃吧！"

小髻顾不得说谢，狼吞虎咽地吃起来。全忘记了城里的女孩子，即使在这时候，也是一小口一小口地去揪，斯文而娇柔。

吃饱了，小髻这才恢复了平日的安静。有些腼腆地说："大妈，这是包子钱和粮票。"

"快别这么见外！大妈这就给你钱。"田大妈说着，将手绢包里的卖书款抽出一张，"这十块是你的辛苦钱，别嫌少。"

小髻双手推拦："大妈，这书是有本钱的。我不过站着看看摊，哪能要这么多钱！"

"姑娘，你要是硬不要，就是嫌少，大妈可就拿你当外人了！"田大妈佯装着沉下脸。

"这……"话说到这个分上，小髻只好把钱收下，心里高兴得怦怦直跳。十块钱，抵上给姐姐干半个月了。

大妈没有说以后还要不要小髻帮忙卖书，小髻自然也不好问。

"今天有个人，想找一本《计算机》第四期。"这个问题，小髻可得问清楚。

"这可难了。咱们的书，是从废品收购站买回来的。按废纸的价买，照咱们这个价卖，哪能不赚钱呢！当然这得有熟人。请客送礼，不过还是咱的赚头大，这你也看到了……"

小髻点点头，她拿的钱，不过是几分之一。

"话又说回来，人家卖什么书，咱才能有什么书。所以，要想指名道姓地找哪本书，那才是大海捞针呢！你知道人家卖没卖呢？就是卖了，那么多废纸旧报，谁能担保一定能过咱们手给挑出来呢？也许这期在咱地摊上摆着，下期在哪个小贩手里，正给人包五香花生米呢！"

阿宁感到了小髻的离心离德，又苦于没有办法弥合。日子疙疙瘩瘩地朝前过着。小髻每月请两天假，既不多，也绝不少。如果阿宁批的时候不那么痛快,小謦就会甩出一句:"那你扣掉一天的工钱好了。"阿宁不由得想起政治经济学里讲过的工人自发反抗之类的话,不敢再坚持了。要知道,她每天不在家,小謦若真来个消极怠工,冷淡了费费,她可吃不消。

沈建树和小謦的关系倒很密切。沈建树给小謦带回一些书,有时阿宁吩咐小謦干事,沈建树听到了,不声不响就去做了。

"这算怎么回事!一家子人,就我唱黑脸。你想让小謦在咱们家学成一个大学生吗?"

阿宁冲沈建树嚷。当然是趁小謦不在家的时候。

"读些书,总没有坏处。我总想,小謦到咱们家一趟,该让她学点儿东西。大家都是一样的人嘛!"建树很诚恳地说。

阿宁再说不出什么。一个受过高等教育的女人,总不能反对自己的堂妹学习现代科学文化知识吧?于情于理都说不过去。可一个当保姆的,学这些还能安分守己地做家务带孩子吗?小謦刚来时多淳朴老实,现在变得油滑多了,城市真是个大染缸。小謦的心思,她现在越来越摸不准了。

阿宁把上班时必带的一本资料,放在家里。

小謦抱着费费看电视,不时亲亲费费的小鼻子。费费的鼻子很像姐夫,高挺而周正。费费的嘴很像姐姐,薄而棱角分明,并不难看,却总叫人觉得不可亲。

费费这阵儿听话,小謦正好安心听课。不想,听见钥匙开门的声音。

会是谁呢?小謦凭着女人的敏感,立即断定这是姐姐。她迅即扫了一眼四周,房间很整洁,费费浑身上下也收拾得很干净,就是厨房里还泡着一个碗。那是给费费蒸完蛋羹的碗,不泡很难洗。这该算不了什么吧,阿宁姐也常这样做的。

"下面,请同学们把书翻到第九十页……"一个温和的女中音,打断了小髻的忙碌。

怎么把这个给忘了!小髻赶紧走过去,啪地把电视关上,把罩子蒙好。

"有份资料忘记带了,只好跑回来一趟。"阿宁面色有些发红,对小髻解释。

这是姐姐的家,姐姐什么时候想回就什么时候回,犯不着说这么多话。话说得多了,就露馅。然而小髻还是很紧张,这是主人在冷不丁抽查她的工作。

还好。一切都井井有条,不是匆促之中现收拾打扫的,费费也很乖,身上散出好闻的儿童霜气味。无论阿宁眼光多么挑剔,应该说小髻是一个称职的保姆。

不过,屋里有一种气氛。那是人片刻之前还沉浸在另一种情绪中,一刹那转不过来的表情。连费费都直瞪瞪地看着她,好像没缓过劲儿来。

阿宁又不动声色地环顾屋里。电视机罩是歪的,她走过去抚平,用手指触了一下荧光屏,温热如费费的额头。

"小髻,你在看电视?"

"嗯。"小髻回答。

"这么好的天,该多带着费费到楼下去玩。一天关在家里让他看电视,眼睛该受影响,也许变成对眼。"

"没那么严重吧?"小髻心里不服。

"你再来看。"阿宁走到电表前,"这个月走了这么多度,天天看电视,光电费,就是一笔不小的开支。"

小髻不语。电表转盘飞速旋转着,红色三角标志一晃而过，片刻后又折返回来，好像一个红衣小姑娘在骑旋转木马。

"电视机我已经关了。"小髻低声说。

"这是电冰箱在耗电。"阿宁叹了口气，"你也许觉得我太小气，可钱就这么多，不当家不知柴米贵，你也得体谅我。"

小髻点点头。她不是不讲道理的姑娘。阿宁姐说的是实话。

"彩电显像管是有寿命的。看一小时就少一小时。我和你姐夫，除了工资，没别的钱。一天多开几小时，别人家的能用十年，我们这台五年就得坏。就算到时候能攒出再买一台的钱，求人走后门，还不知买到买不到呢！"

阿宁买这台彩电真是费了力气。父母在外地为官，是很清廉的那种。她和沈建树都是普通技术人员，朋友也都是清高而没有实权的，为买彩电，颇费工夫。后来还是出高价托人从黑市买到的。

作为亲戚，小髻该体谅难处。作为保姆，主人把话说到这份上，小髻还有什么脸面再看下去呢。

"姐，我有封给家的信，你帮我发了吧。"小髻领着费费往田大妈看车方向走，那边没有邮筒。

阿宁并不是从一开始就打算拆看小髻的信。如果她在路过第一个邮筒的时候把信丢进去，就什么都不会发生了。可惜，她忘了。职业妇女步履匆匆，她走过好久才想起来。往回走，去发一封信？算了吧，投到单位收发室也一样，最多慢上一天半天的，那有什么呢？农村生活节奏慢，早一天晚一天有什么关系！

收发室正巧锁了门。待一会儿再进去吧。阿宁把信放在自己办公桌上。信封上那个熟悉而又陌生的地址，唤起了她的记忆。曾几何时,她曾那么热切地盼望过它的回音。他们把小髻送来了,小髻不知同他们说了我些什么?她对北京的一切满意吗?大概不会太满意,我对小髻不错,起码是尽了我的能力。小髻要求太高,她总以为是亲戚做客,帮你的忙,干多干少都只凭自己高兴。大家的价值观不一样,衡量起来就有差距。但我希望小髻不要说我的坏话,多想想彼此的好处,多体谅一下对方的困难。最好不要把闹过的那些纠纷让她的父母知道,那样,也许会给老家乡亲们一个坏印象。阿宁不在乎印象好坏,她一辈子也不会回那个鬼地方。可阿宁怕因此影响了父亲在家乡的口碑。爸爸虽然因为忙,多少年不曾回去,但老人心里是很眷恋那块故土的。

小髻稚嫩但很工整的字迹,神秘地摆在面前,里面是对家乡亲人讲的心里话。

阿宁把信封拿起来,对着阳光晃了一下。信封很厚,隐约可见折成两叠的信纸轮廓,字却一个也看不清。

阿宁拿起剪刀。这很容易,只要咔嚓一下,所有的秘密都尽收眼底。可是,慢着。她受过高等教育,她是国家干部……阿宁把剪刀放下了。

信封庄严地面对着她。

为什么不可以看看呢?要知道,我是她的堂姐,这是至亲至爱的关系。我有权利知道她在想什么,也许遭遇什么困难,碰到什么解不开的难题,需要帮助或出个主意……

无数冠冕堂皇的理由涌上脑际。干练的女程序设计工程师不再迟疑,她把剪刀换成一枚小巧的大头针,把信的封口处轻轻挑开,这样复原的时候,不容易留痕迹。

"哼!看过之后,我差点想给她撕了!哪能这样釜底抽薪!"阿宁气得全失了平日的矜持。

"到底是怎么一回事?"沈建树着急地问。

"小髻在信中跟她父母说,一个人在外,没人管没人疼,天天想家。叫她父母接到信后,发封加急电报,就说她母亲病了,她就回家走了!"

怎么能有这种事!

"你怎么能偷看她的信呢?"这是沈建树觉得不妥的第一件事。

"幸好偷看了。要不然,哪天她卷起包袱一走,给你个措手不及,看你怎么办?"阿宁冷笑道。

找托儿所保姆的艰辛又浮上心头。小髻,你这又是何必呢!你愿意干就干,不愿意干可以走,这样惊动家长一块儿骗人,弄得我们不知道还要为你和你母亲着急,费费又没有人管。不要说人世间,单一个家庭,就这样复杂!沈建树没有办法。

"实在不行,我再到家庭服务处看看,也许我们的表快排到了……"沈建树没多少把握。

时至如今,阿宁又想起小髻的种种好处来,这一年她能安心上班,从不担心家里,不都是因为有小堂妹吗!也许,自己做得太过分了?

是啊,以前归以前,现在重要的是怎么办。

"信,你怎么处理了?"沈建树念念不忘的还是那封信。

"我给她发了。你放心,粘得牢牢实实,看不出破绽。"阿宁这点起码的道德还是有的。

"这么说,电报很快就会来了?"

"是的。"阿宁有气无力地说。

小鬈罢工了。这也许是雇工们最严重的反抗行为。阿宁对沈建树说:"这两天,咱们都对小鬈好一点儿。"

"只怕来不及了。小鬈又不是孩子。"

"姑且一试吧。硬拦着不让走,不可能。再说强扭的瓜不甜。真要撕破了脸,大家都不好看。咱俩不是每人有半个月的休假吗,先拿出来看费费。走一步说一步吧。"阿宁的主意是唯一的办法了。

电报是邮递员交给沈建树的。他真想推辞不要,请邮递员直接给小鬈。

"给,小鬈。你家的电报。"沈建树低着头,没看小鬈。

"什么事?"小鬈故作镇定。

"我没看。"沈建树真不愿看到那张单纯明朗的脸上,出现虚伪的表情。

"哎呀!我妈妈病了!这可怎么办呀?也不知道是什么病,我得赶快回去,看看我妈妈呀!"小鬈惊呼一声,就哭了起来。刚开始还偷偷观察一下姐姐姐夫的表情,一会儿,就真的痛哭起来。这么长时间,她从没有机会大声呼喊过自己的妈妈,看着电报,好像妈妈真在望眼欲穿地盼自己回去,不禁热泪滚滚而下。

阿宁急忙过来劝慰。看堂妹哭得这般伤心,她几乎怀疑这封电报是真的了。不管是真是假,如果她还想留住小鬈,只有拿出最大的热心和关切来。

"小鬈,别哭了!我这就托人去给你买票。再给你父母带些北京特产和各种补药,也许就会好的。要是你们那儿医疗条件不好,你回来时和你妈一块儿来,我们找最好的医院……"

沈建树真想逃出这间房子。他不能容忍面貌这么酷似的两姐妹,他那么喜欢的两个女人,彼此情真意切地欺骗着。

"建树,你抽个空问问小髻还回来不?咱们也好做个长远打算。"阿宁趁小髻不注意,丢给沈建树一句。

"小髻,你还回来吗?"这也是一句虚伪的话。小髻既已处心积虑想出要走的计谋,她怎么还会回来呢!沈建树却不得不问。纵是欺骗,他也需要一个回答。

"我妈病要是好了,我就回来。要是病不好,我就得在家伺候她老人家了……"小髻不敢望姐夫的眼睛。那眼睛正深沉地注视着小髻。

这该不算一句谎话吧?

大人们在做什么?沈费费好奇地用浅蓝色不曾见过人间丑恶的眼睛,从这个人身上,转到那个人身上。

火车隆隆地响,车厢里亮着幽暗的光。窗玻璃很黑,像一面黝亮的墨镜,照出小髻白净椭圆的脸。女人比男人爱照镜子……法国女人平均每人每天要照一百回镜子……这是小髻从田大妈那些杂七杂八的杂志上看到的。电视讲座阿宁姐不让看了,抽空看点闲书总管不着吧,况且看这种书比学虚无缥缈的外国文要有意思得多。既不觉得虚度了光阴,又迅速地充实了知识。小髻终于发现城里人的秘密了:不就是头发怎么烫,衣服怎么穿,加上毛衣编出多少种花样,一块豆腐能做出几十种吃法吗?!这没什么了不起,小髻也学得会!只是这次走得匆忙,没来得及同田大妈道个别,小髻觉得有点儿过意不去。

别了北京!这个巨大而明亮的城市渐渐向后隐去,小髻听到有节奏的铁轨在千百遍地重复着同一句话:快快回家!快快回家!这声音愈来愈响地进入了她的梦乡。

"髫儿！你总算回来了！看瘦成了这个样子！我早知道城里人不实诚，你偏要去！快歇歇，妈这就给你做顿饱饭吃！"妈妈用手摸索着小髫，好像单用眼睛证实不了这就是朝思暮想的女儿！

这就是故乡！小髫每晚在紫花布幔里想过无数次的故乡！距离像一块模糊的毛玻璃，滤去了所有不美好的印象，留下的只是一个朦胧而温暖的轮廓。待你真的走回家乡，才发现她依然古老而陈旧。

"妈，别冤枉人。阿宁姐家饭是管饱的，是我自己想苗条些。"小髫轻轻将妈妈的手挪开了。那痒酥酥像小虫子爬一样的感觉，虽然亲切得令她想偎依到妈妈怀里，可新做的发型禁不住妈妈粗糙的手摩挲。

苗条是个啥东西呢？妈不懂，妈到城里去的时候，城里还是以壮为美。时代不一样了，乡下人也讲究用城里的眼光看人。要不，怎么能有人光看了髫儿捎回来的相片，就托人上门提亲？

"是个万元户呢！人家上门求的咱，说要找一个见过世面的女孩。妈生怕不让你回来，就拍了电报。"

家乡也有了万元户？！小髫与其说是对婚事，不如说是对万元户的能干来了兴趣。在阿宁姐家，每逢看到电视里的农村，她就想到自己的家乡：什么时候才能富裕起来？没想到这么快，家乡就有了万元户了。

走在山村羊肠般的小路上，小髫才从从容容打量了生养她的这块土地。山是绿的，水是青的，天空湛蓝湛蓝，和梦中多少次出现时一模一样。只是房子变小了，人的背仿佛也更驼了。也许是小髫的眼睛变大了。就像自家住的那栋破屋，歪歪斜斜好像就要倒塌，其实它已经那样歪斜了几十年，再歪斜几十年，也不成问题。小髻越发急切地想看到那个农村中率先富起来的人。

一幢新盖的房屋，确实不同凡响。到处散发着新鲜木料的香气。进到屋里，气味变成了浓烈的油漆味，使小髻想到北京马路上飞驰而过的摩托车或是抛锚的拖拉机。

小髻忽然想上厕所，便一个人溜出来。这么漂亮的一所新宅，厕所该盖在隐蔽处。小髻便寻往后院，突然，她闻到一股焦煳的橡胶气味，像是塑料底鞋踩在红煤球上，呛得人喘不过气来。

"这是什么味？"她问身边一个短打扮的年轻人。看来是这家雇的伙计。

"这是钱味。"那人一本正经地回答。

小髻越发不明白了。

年轻人给她解释："我们就是干的这个活儿。从城里收来旧橡胶内胎，把它化了再成型，做出东西卖，就赚大钱了。"

"做成什么东西呢？"小髻想不通。黑色的汽车内胎除了打足气扔到江河里当救生圈，还能有什么用途？

小伙子却不肯讲下去了。"你到茅厕里看一看，自己就知道了。"

小髻越发急着要找茅厕了。

踏破铁鞋无觅处，使劲用鼻子去嗅，山野中的空气虽然清冽，加上橡胶味遮掩，却提示不了方位。小髻突然醒悟到自己错了。房子是新的，茅厕可还在老地方。她退回到大门前。果然，在祖祖辈辈遗留下来该建厕所的地方，与崭新院落极不相宜地搭着一处简陋的茅厕。

小髻提着裤腿走进去。地面潮湿阴暗，搞不清是雨水、露水还是尿水，实在无处下脚，只得翘起脚尖，让高高的鞋跟委屈在泥泞之中。地上甩着些边缘圆滑的石块，外表不甚粗糙的树棍，结成团的土坷垃，叠成一堆的阔树叶……小髻知道，这就是乡下人的手纸——经济实惠，还可以再生。在人眼看不到的犄角旮旯，还隐藏着女人们专用的物件。蜘蛛在上面结网，蜗牛从上面爬过，留下一条鼻涕般银亮的线……小髻不由得打了个冷战，她看见一条肥胖的蛆虫，正沿着她红色的鞋跟往上爬，沉着地像闹市中的无轨电车……她猛地一跺，蛆虫像登山队员一样坠落下去，片刻之后，又毫不气馁地重新开始……一只贪婪的猪娃，正从与茅厕相连的猪圈摇摆着走过来，尾巴快乐地卷出一个漂亮的"8"字。人的粪便，是它一顿佳肴。

一切是那样熟悉，又是那样陌生，小髻在这样的茅厕中进出过多少年，今天竟觉得一分钟也待不下去。阿宁家的厕所，是一间小小的独立水泥房间，姐姐很爱干净，终日打扫得清清爽爽，还有一种淡淡的消毒水气味。临街有一扇不大的窗户，白天可以看到过往行人，晚上可以看到闪亮的路灯，靠墙的搁板上，还放着几本消遣的书……在远离北京的地方，小髻竟如此鲜明地回忆起阿宁家厕所中的所有细微之处。包括第一次上厕所时，因为居高临下，因为能看到那么多人影，她产生出一种不安全的恐惧感……农户的院落，第一是实用。院子的一边是柴草垛，另一边就是茅厕和猪圈。为什么不可以移到院落背后？可以的。但没有人做这种移动，随着一股刺眼睛的腥臊气，小髻终于明白这户富裕人家生产的是什么货色了。

靠墙处摆着几个橡胶外带，水囊一样，厚而结实，农民们买了去，盛满稀薄的粪尿。用扁担挑着，去肥各家的责任田。

陶罐易碎，木桶易糟，唯有这再生橡胶的，轻便省力，想必生意是很红火的。庄稼一枝花，全靠粪当家。乡下人并不认为粪便是什么可耻的东西，也不觉得打造盛粪便的器皿是什么不光彩的职业。但小髻受不了。她想念阿宁家那间小小的水泥房子，弯弯曲曲的下水道管子，才是排泄物的归宿。直到这时，她才发现自己的心，已经不再属于生养她的这块土地了。

"髻儿，看了这么半天，你到底觉得怎么样，也该给妈一句痛快话。妈不糊涂，不包办，大主意你自己拿。"妈妈做出很开明的样子。

怎么样？妈妈问小髻，小髻问谁去？单看了一面，谁知道谁怎么样？那个人不难看，谈吐也还精明，小髻的一辈子就跟他过了？婚姻就是这么一回事，怎么跟电影电视剧里那些缠绵悱恻的故事一点儿不一样，还没开始就要结束了？

"髻儿，妈知道你的心，进过城刚回来，看哪儿都不顺眼。可城里不是咱们的家，乡下人的根子在土里。孩子，收收心吧。成家过日子，就不会想那么多了。"

妈妈的声音，苍凉而悠长，山里女人一辈一辈就是这样走过来的。小髻难道能挣得脱吗？

阿宁姐和姐夫，不要埋怨小髻的一去不返。好心的田大妈，不要奇怪小髻怎么不辞而别……不懂事的费费，忘了你的小髻姨姨吧，我们原不是一种人啊！

小髻痛苦地点了一下头，她的终身大事，就算这么定了，她到城里去过，就这么回事，什么也改变不了。城市像一口巨大的樟木箱子，每一个装进去的人都沾染上一种城市味，风吹日晒，用不了多久，就会稀薄下去，被山野的雨露，冲刷得无影无踪。

小髻站在自家屋后的树丛里，任泪水无声流下。脚下有极细微的声响。她俯下身，借着朦胧的月光，看到地面有个纽扣般的小洞，一个丑陋的马猴一样的小昆虫挣扎着，从背上裂开一道不规则的细缝，一个柔软细腻的躯体从中奋争而出。它的翅膀是嫩绿色的，敛在一起时像一柄优雅的折扇。翅膀一点点张开，像是一件翠绿色的纱衣。这是蝉儿。到了明天早上，它的翅膀变成透明的黑裙，驾着它，飞上高高的树梢，把久居地下的梦，变成现实。遗下孤零零的蝉蜕，任下落的树叶将它掩埋，最后像炸得过薄的油饼屑，化为碎尘。

蝉儿也许不该到高处去，那儿太冷……

"髻儿——回来——"是妈妈在叫，像是儿时唤她回去吃饭。爸爸不管小髻的事，女儿终是人家的人，嫁给谁都一样。小髻朝自家灯光走去，农村的窗口也要比城里的小，不需要读书写字的人，不需要那么多光亮。窗户小些，夏天少进阳光，冬天少进冷风。

一个老迈得分不出男女的声音在说："人都讲'底下都一样，脸上分高低'。不对，不对，人和人哪儿都不一样。"

"婆婆见得多了，自然一眼就看得出。"这是妈妈在答话。

屋里是谁？噢，想起来了。大家都叫她稳婆婆，会接生的。小髻还是她接到这个世界上的呢！只是自己家里并没有产妇，这么晚了，稳婆婆到这儿干什么？小髻感到隐隐的不祥，朦胧之中好像有什么危险向自己迫近。她倚在门旁。人在弄不清底细的时候，往往愿意先藏住自己，也许，是为了更有效地躲避吧！

"小髻这孩子，怎么还不回来？"妈妈的话中流露出焦急。

"不慌不慌，今日不在，还有明日。那家央了我来，原也说要在白花花的日头底下，才好看得分明……"

"那就又要辛苦婆婆了。"妈妈不过意地说。

"若是髻儿一直在乡里，也就不必过这道手了。哪家的妹子咋样，人人都看得见的。进了城，抹了层洋釉子，人家就不放心了。"

小髻好像听明白了，心中咚咚跳，血突突往上顶，又好像什么也不明白，不到那话清清楚楚说出来，她便不敢去想。

"自己的女儿，我还是心里有数。"

稳婆婆察觉到了妈妈隐隐的不满，忙说："我也是这样讲，从小看大的妹子么！可人家有钱了，气也粗了，一定要验明是童身的姑娘。还说什么，给姐姐家帮佣，谁不知小姨子有姐夫的半个屁股……"

小髻如同被雷击了一样，歪歪斜斜站立不住，只觉得一盆尿水自天而降，兜头兜脑洒遍全身……

家乡在泪水中模糊起来，眼前闪出一排排亮晶晶的星星，那是城市不夜的灯火。阿宁姐和姐夫，还有小费费在等着她。在那里，她有可能开始一种新的生活，而留在家乡，她一生的命运，今天晚上就定下来了！

不！不能！

"我家小髻，随婆婆怎样看，也是不怕的。"妈妈口气里颇透着自信。

不！妈妈！小髻怕，怕得心里胆寒。她用手紧紧护住腰身，好像黑暗中有一只巨手，就要将她全身衣服掳掠而去，赤身裸体扔在野外。

"是嘛！听说城里也都兴起婚前检查，谁想我这稳婆婆，老了老了，又派了新用场……"

小髻无力地垂下头。稳婆婆是年老而衰迈的,但小髻敌不过她。古老的故乡有那样强大的威力,它能容纳进一切却不会被改变。连生她养她的妈妈,也加入了进去。小髻不怕查,她一如妈妈生她到这个世界上时一样清白。可她不能忍受这无端的侮辱,让一双老眼昏花的眸子,在阳光下像贼那样窥探,然后把一个姑娘最珍贵的秘密,讲给一个愚昧而粗俗的男人……不!无论他多么有钱,他没有权力像出售他的尿桶一样挑选小髻!

门吱嘎一声响了。"婆婆走好,明天我和小髻到你家去。"

最后的一缕血脉断了。飞上树梢的蝉儿,无论它愿不愿意,都再不能回到蝉蜕里去。这是蝉的悲哀,也是蜕的悲哀。

"妈,明天我就回去了。您多保重。"小髻尽量平静地说。

"放着现成的好日子不过,怎么一定要去伺候人?告诉妈,是不是城里有什么人,勾住了你的魂?"妈妈自以为猜得很准。女孩家除了嫁人,还有什么更重大的事?

该怎么跟妈妈说明白?也许,这本来就是说不明白的一件事。小髻支吾着:"就算……有吧……"

"真的?"妈妈绝不是好哄骗的,"莫不是骗你妈吧?你仔细讲讲是个啥样人?"

谎话是不能开头的,小髻只好顺着编下去。"他个子很高,戴一副眼镜,嘴巴抿得紧紧……"

"妈不是问这个。长相好坏倒在其次,这人是干什么的?"

"是……"真难煞人也。小髻一顿,一个现成的答案又像是早就准备好了,脱口而出:

"是大学生。是工程师……"

妈有点狐疑。天下会有这么好的事?该不会是个骗子吧?

"那人的脾气品德怎样？你好好给妈说一说。"乡下老女人自信凭着多年看人的经验，只要女儿详详细细讲个周全，她就能识出其中的真假。

话说到这个分上，只能前进，不能后退了。小髻不忍心骗妈妈，可她知道，唯有这个强大的理由，才能帮助她再次离开，她强自镇定自己，有板有眼地说下去："这个人呀，又忠厚又老实，从不大声说话，脾气可好了，心肠也好，对小孩子特别亲热……"小髻突然停了嘴，她被自己吓了一跳。

这个人是谁？高高的个子，紧抿着的嘴巴，大学生，工程师，好脾气，好心肠……这不是姐夫吗！

姐夫呀姐夫！小髻可绝没有恶意。姐夫是小髻唯一见过最值得佩服的男子汉，慌乱之中，只有依照姐夫的模样，画出自己心中的那个人。

妈妈还是听出了破绽："对小孩子好不好，你怎么知道？莫不是个离了婚拖着孩子的男人？"

"妈，你为啥偏要把女儿的事往坏处想呢？"小髻实在无法继续圆说她的谎言，真的气恼起来，积攒下的满腹委屈，化成抽抽噎噎的泪水，洒在妈妈怀里。

妈妈长长地叹了一口气，算是结束了这场艰难的对话。女大不由人，妈是管不了啦。许久许久，妈妈像是自言自语，又像在谆谆告诫小髻："这样好的一个城里伢子，有多少姑娘争抢，他为何一定要娶你这个乡下妹子呢？"

小髻必须回答这个问题，她给自己打造了一柄锋利无敌的矛，还需给自己铸一面更加坚固的盾，她必须说服妈妈，也就是说服自己，在城里寻找她的幸福，可是，她到底有什么，值得那个在实际中并不存在的男人娶她呢？除了自己的身体，小髻一无所有。

于是,她只好说:"因为妈妈把我生得漂亮呀!"说完之后,小髻不好意思了。每个姑娘,可能都在暗地里自信自己的美貌,真要当着外人,哪怕是自己的妈妈说出这一点,还是难为情的。

美貌是上天赐给女人的田地,它一代一代传了下来,既长莠草,也长大树,全看每个女人自己怎样耕耘。

妈妈相信了小髻的话,并因此生出淡淡的欣慰。她对得起女儿,凭着祖先和妈妈所给予的,女儿毕竟要过跟妈妈不同的日子了。只是好脸蛋好身段,带来的可不一定是好运气,女儿终有老了的那天。小髻太年轻,可不要被人骗了。城里是人人向往的地方。乡下老太太虽不知道户口工作的安排,究竟有几多艰难,单凭阿宁父亲那么大的官职,几十年来不曾安排下家乡的一人一丁,也深知此事不易了。母亲没有本事把女儿生在城里,女儿自己要去闯,挡也挡不住。她只有充满慈爱和忧虑地说:"一定要明媒正娶。要先把照片寄回给我看看。娘家相亲时人不在,叫你阿宁姐去看看。结婚的时候我要去的。婚事一定要办得像样,不然会一辈子被人看不起的,记住了吗,髻儿?"

小髻不敢看妈妈。一个谎话,竟惹出妈妈这许多话。不管怎样,她要再到城里去一次。乡下自然会慢慢好起来,但小髻等不得了,好起来是几辈子的事,小髻却只有这一辈子。城里人也并不见得怎样聪明,只不过他们的运气好罢了。父亲和叔叔,当初不就是只差一步吗?要是爸爸去当红军,今天阿宁姐的位置,不就是小髻的吗?可惜,现在不打仗,也没有人招红军了。小髻觉得如今自己这样受难,都怪父亲当年错走了一步，便有些怨恨自己的父亲。又一想，若是父亲当了红军，枪子不长眼，没有叔叔的运气好，不定在哪个荒郊野外做了烈士，又哪里来的小髻呢！父一辈的事，都过去了，小髻要试试自己的命运。

妈妈睡着了，小髻抚摸着妈妈嶙峋的手臂。小时候，她觉得这手臂温暖粗壮，无论有多少烦苦，妈妈都会把她解救出来，都会把她香甜地送入梦乡。如今，手臂上的皮肉松弛了，里面包裹的骨骼疏松而脆弱。小髻暗下决心，以后要堂堂正正接妈妈到城里去，过安逸的晚年。

小髻错了，妈妈并没有睡着。

小髻复归，阿宁欣喜异常。费费没人带，打扫房屋买菜做饭，两个人轮流值日，眼看到了重新上班的日子，真是一筹莫展。小髻突然风尘仆仆地出现在面前，怎不令人喜出望外？终日辛苦，使阿宁意识到小髻平时所付出的巨大劳动。疲惫之余，小两口不停地念叨小髻会不会回来。堂妹离去造成的空白，使阿宁像怀念一个死去的朋友一样，检点起自己的苛刻，回忆起小髻的许多好处来。

小髻这一次回来，仿佛长大了许多，勤俭而恭顺，时时皱着眉头，像有一肚子的心事。对阿宁，有时简直逢迎讨好。连沈建树都看得纳闷起来。

"姐，我不想回老家去了。你帮我想个法，长留北京吧。"小髻鼓起勇气对阿宁说。偌大一个北京城，她要想站住脚，只有求这唯一的亲人。话是对阿宁说，小髻还是挑了个姐夫也在的场合。她知道，沈建树不会不管的。

这些天小髻变乖的缘由原来在这里！阿宁恍然顿悟，她原以为是老家的伯父伯母对他们的女儿进行了某种教育，没想到是这样！只是留北京，谈何容易！就是最现代化的电子计算机，只怕也解答不了这个问题！

只有一条路，就是读书。成绩好的考上大学，从此进入另一个阶层。这是所有向往城市的农村孩子，唯一光明正大的出路。

只是，小髾行吗？多少教授工程师的孩子都进不去的大门，会对一个只读过初中的农村姑娘敞开，这不是虚伪的欺骗吗？纵是阿宁舍得她的电视显像管，不吝惜她的电费，小髾终日在家里读书，阿宁也没把握她能闯过那座独木桥。

望着小髾那双酷似自己的渴望的眼睛，阿宁真不忍说出真实的想法。小髾想得不算过分，假如没有四十几年前那场变动，也许她和小髾的位置恰恰颠倒。今天就不是小髾求她，而很可能是一个粗鄙的乡下农妇在求一位盛装的城市小姐了……她不由得打了个愣怔。有许多事情是不可以这样退回去重新"假如"的。现在的问题是：她梁阿宁需要一个踏踏实实全心全意照看费费的小阿姨，她不应绝了小髾的望，应该有一束希望的火花总在前方闪烁，小髾才不会再演出假电报之类的活报剧。但她终不能红嘴白牙地骗人，给小髾打什么保票，于是便含含糊糊地说："这个事，别着急，我这就给你托人打听，看有没有办法留下。"

沈建树皱着眉头没说话。除了岳父动用自己的权力，小髾的事或许有一点儿办法，其他的主意，他认为都不现实。搞一个北京户口，真是难于上青天！也许阿宁愿意求求她父亲，只是那个倔老头儿为人清廉，只怕未必能办。况且他人在外地，鞭长莫及。但沈建树不愿把自己的顾虑说出来，不愿让这件事还没办就罩上阴影。

小髻满怀希望地开始了等待。在她眼中,姐姐姐夫都是有大本事大学问的人。他们既答应帮助她,那事情就有了希望。她唯一能报答他们的,就是尽心尽力照看好他们的孩子,不让费费受一点委屈。帮姐姐姐夫洗衣做饭,再不提一句有关钱的话。

沈建树实在不忍心,私下里对阿宁说:"你还是叫小髻多休息一会儿。"

"我并没有叫她这样拼死拼活地干,是她自己愿意的。"不管怎么说,小髻近来工作的积极性如此之高,阿宁还是很满意。

"你答应了她,她自然要报答你。而实际上,咱们是办不到的。"沈建树叹了口气。他想调出一个单位尚且如此不易,更何谈对人有生杀予夺干系的户口了!

"我并没有答应她,只说帮她想想办法。我最近托了人去问,有没有愿意找农村姑娘做对象的,人家还没给回话呢!"

想到小髻要用出嫁这种古老的办法,换到进入北京的权利,沈建树不由得心中一阵悚痛。

小髻正好走进来,夫妇俩不愿把八字没一撇的事让小髻过早知道,便急忙把话岔开了。

阿宁姐和姐夫天天不动声色,小髻等得心焦,又不敢贸然去问,只有更加努力地干活,把地板擦得光可鉴人,费费收拾得像个漂亮的瓷娃娃,谁见了谁爱。借此提醒姐姐,感动姐姐,使大家想到她的问题。

费费已经会学简单的话了。费费要吃棒糖,唆在嘴里,像嚼一根融化得很慢的冰棍。小髻把棒糖从费费嘴里拽出来。

费费张着小手要他的棒糖。他不明白一向和颜悦色的小髻姨姨怎么变得这样霸道。

"姨姨……糖糖……"

小髻把糖举在离费费鼻子很近的地方。糖味像小虫子一样钻进费费的鼻孔："费费好孩子,听姨姨的话……"

费费像个幼儿园的小布熊,憨憨地使劲点头。

"等晚上妈妈回来,费费对妈妈说,不让小髻姨姨走,费费记住了吗?"小髻晃着棒糖说。

"记住……告妈妈……不让姨姨……走……"费费吃力地重复着。

"真乖!"小髻响响地亲了费费一下,又给他买了一根大大的棒糖。

阿宁听完费费好不容易学说完的口舌,微微笑笑,没有答话。

小髻的心有些发凉。看来,不能在这一棵树上吊死,小髻自己也得想想办法。

报纸的左右下脚和中缝,登满了招生招工的广告。闭起眼睛一想,就像全北京都摆满了课桌和机床。然而所有的校长和厂长,都绝不吝惜广告费,雷打不动地率先写上:报名者需持有北京市正式户口……

小髻沿着马路,漫无目的地走着,当一个外乡人企图在这座城市永久居留的时候,你才会发现,北京是多么狭小,多么严丝合缝。小髻置身于北京人之中,他们义愤填膺地抱怨着物价,咒骂着交通,说着只有他们才懂的充满儿化音的俚语,好像他们是普天下最受欺压的劳苦大众。但小髻听得出其中的骄傲和自得。只有真正的北京土著,才能肆无忌惮地攻击这座城

— 093 —

市。这是一个巨大的透明鱼缸,却没有小髻遨游的地方。

粗壮的金箍棒一样的水泥电杆上,密密麻麻贴着些油印的复写的换房换工作城市对换的启事。小髻百无聊赖地打量着。阿宁姐放她一天假,她有足够的时间。她想象着每张条子各自的主人,有的还附有联系电话、具体地址。她突然想记住其中的一个名字,给他打一个电话,跟他说几句话。只是,说什么呢?就说她想要他纸上所写的那间房屋那个工作?只是人家要问她用什么交换呢?她的房子她的工作在哪里呢?在那个遥远的人所不知的小山村,她的工作是修理地球?想象中的那个人,恼怒地放下电话,小髻羞愧而又不平地快步而去。

她踩在这块土地上,这土地却不收留她。

突然,她眼前一亮。一间油漆一新的门脸儿,一张黄白色醒目的告示:本店拟招售货员若干名,待遇从优,欲报从速!附注:只收女性。

小髻几乎觉得这是自己想象过多出现的幻觉。怎么会有这样的好事?怎么没有正式户口一说?

她迟迟疑疑地走进这间小小的店铺。若干名是多少名?会不会早已招满?求职的勇气和乡下姑娘的怯场,使她举步维艰。

"请问,招工……是这儿吗?"她尽量大声说,声音还是含糊不清。

店主人是个长着络腮胡子看不出年纪的男人。他用篦子一样细密的目光,将小髻上下刮了两遍,才说:"是。"

接下去是难堪的沉默。小髻不知道再说什么好,那人也并不急着问。

屋内光线很暗,小髻这才看清是间经营服装的商铺,已经有几个与小髻差不多大的女孩子在码放衣物。

原来已经招满了。小髻真后悔,为什么不早一点儿上街,早一点儿来到这里!

"你真想干吗?"那男人的话里好像露出某种转机。

"真想干!真想干!"小髻忙不迭地说。

"你要真想干,我就把她辞了,要上你。"那人用粗糙多毛的手指,点点姑娘中的一个。

怎么能这样?小髻就是再想找份工作,也不能抢别人的饭碗!"那我……另找个地方。"

"看不出,你还挺仗义的。"老板嘉许地说,"你要是肯干'全活',我就收下你。"

"全活"是什么东西?小髻只知道理发馆把洗、理、吹、剪全上,临了再喷一头花露水叫作"全活"。服装店里,大约是指搬、扛、运、卖叫"全活"吧。无非是苦点累点,小髻不怕。她很肯定地点点头。

"那就好。每个月二百,真能让我高兴了,以后再给你涨!"络腮胡的男人很有魄力地一挥手,事情就这么定了。

什么样的"全活"这么值钱?小髻正在狐疑,络腮胡的手,已经毫不留情地在她脸上拧了一把。

猝不及防,小髻一愣:"你!——"

络腮胡哈哈大笑。

小髻愤怒地斥骂道:"你要什么流氓!"

"耍流氓?"那男人倒觉得奇怪了,"你不是'全活'都干吗?这算什么!"

原来,这就是"全活"!

小髻失魂落魄地往家走。今天的事,跟谁也不说,永远也不说!

小髻的工作热情显然低落下来。倒不是她有意要怠慢姐姐一家,只是一个年轻姑娘,心里压了这许多的心事,妈妈又一个劲来信问她说过的那个对象怎么样了,闹得小髻再没个能说心里话的人,连对至亲至爱的妈妈也只能说假话。每晚早早钻进紫花布幔,去想自己总也想不出头绪的心事。

这可不行。保姆的工作,数量和质量都很难有确切的标准,但干好和干坏可大不一样。阿宁需要一个可靠的后方,费费应该有个快活的童年。只是现在要调动小髻的积极性,实在不是件易事,几块钱,几件衣服,包括温暖体贴的热情话,全失去了效力。一个人如果时时刻刻在忧虑着自己今后的命运,哪还有心思照顾身外的事情呢!得想个办法,使小髻重新振作起来,像上了发条的机器人一样,井然有序不知疲倦地工作。

"小髻,你过来一下,有个事要跟你说。"阿宁破例坐在小髻床上,把紫花布幔拉过一半。沈建树在正屋里看书,阿宁不想让他听见这场谈话。

"哎。"小髻乖巧地答应着,紧偎着姐姐坐下了。不知怎么,她心有点儿跳,好像预感到姐姐要同她谈重要的事情。为掩饰自己心中的不安,她用手缠扭着紫花布幔的边角。

"小髻,你也别不好意思。我考虑过了,你想留在北京,最保险最稳妥的办法,就是在北京找个对象。我们单位有个小伙子,大学刚毕业,各方面条件都不错……我跟他把你的情况谈了谈,他说可以考虑……"一向伶牙俐齿的阿宁,这一次竟有些结巴,也许是不善充当红娘的缘故。

天下竟有这样的巧事!大学生,工程师,一切同跟妈妈说过的一模一样!也许真是上天对小髻格外恩慈,竟早早给了小

— 096 —

髻一个预兆！小髻真是从心里感谢姐姐。

看着小髻不由自主地把手中的紫花布幔拧搓成了一根紫布绳，阿宁忙补充道："这事成不成，现在还很难说。你也别寄太大的希望。成了不要太高兴，不成，也别怨我。"

"姐姐！我怎么能怨你呢！不管成与不成，你待我的这片心，小髻一辈子是忘不掉的。"

紫花布幔抖开后，皱得很厉害。以至于小髻不得不尽量拉向头这一侧，以挡住自己兴奋的脸。至于脚，就让它们露在外面吧。

"哎呀，我的髻姑娘！你到哪儿去了？可把大妈给想死了！"田大妈一边往自行车的闸缝里塞着邮票大的存车收据，一边热辣辣地招呼小髻。

小髻一阵儿感动，忙向田大妈说明。

田大妈再不敢实施她放长线钓大鱼的计划。一切得抓紧进行。不然，小髻哪天再消失一次，到哪儿去找！

"小髻，有件事，人家托我多时了，你也不要害臊。若是愿意呢，就算给大妈一个面子。若是不愿意呢，就直说，大妈绝不会为难你。"

什么事需要这么长的开场白？田大妈慢慢说下去："我家邻居有个儿子，岁数与你正相当。干的工作是工艺美术。人家求我给你们俩牵个线。"

莫非冥冥之中真有什么贵人在相助小髻？早知有今天，又何必她没头苍蝇似的乱撞？真没想到，她的难题竟这么容易解决。人家找上门来，媒人又是知根知底的田大妈！

最初的惊喜之后，曾经萦绕过妈妈的迷雾，又像鬼魂似的出现了。既然对方一切都好，为什么偏要找一个乡下姑娘呢？小髻知道自己漂亮，但北京城的漂亮姑娘多的是，小髻绝不是最出色的一个，就算小髻是最出色的一个，还有远比漂亮更值钱的工作、文凭、房子……是什么人把这一切都抛弃了，来找小髻呢？

想到暗中曾有一双眼睛，将自己审视再三，左右衡量，才做出这个决定，小髻不禁悚然。她固执地保持沉默。田大妈应该知道更多的理由，她理应把事情再讲清楚些。

一向精明的田大妈，稍稍有点儿紧张：成败在此一举了，弄不好，鸡飞蛋打。她清清喉咙，说："小伙子别的都不错，就是有点儿——"她像怕吓着小髻，放低了声音才说出来，"——残疾。"说罢，大气不喘地盯着小髻。

原来是这样！小髻的第一个反应竟是——松了一口气。她原以为是个刑满释放犯呢！第二个反应才是：这事，不妨一试。成与不成，见了本人才好定论。

见小髻脸上并没有多大变化，田大妈又恢复了平日的精明与口才："说是残疾，其实没那么厉害。不过是小儿麻痹后遗症，微微有点儿跛，干什么活，都不耽误。"

小髻试着想象了一下。不成。想象不出来。平日上街，她注意的都是青春勃发、神采飞扬的年轻人，没有留心过跛子。

田大妈半是解释半是发泄地说："北京的姑娘，如今连个中国人都嫁腻了，抢着去嫁洋毛子。就是种菜的老农民，也说不嫁残疾人。其实，脸上抹多少增白粉蜜，也挡不住那黑！"

小髻心里像打翻了五味瓶。这席话，只能使她哀叹自己的命运。她连在北京郊区的菜农都不如。她憧憬中等待的那个人，朦朦胧胧之间，眉目永远看不清，但绝不是个跛子呀！只是，那个人在哪儿？就算找到了他，他会不会要小髻呢？小髻就是心气再高，也只有等别人来择她。何况，阿宁姐至今也没让她同那位大学生见过面。

小髻答应了田大妈，星期天去她家见那位跛邻居。

跟不跟阿宁姐说实话呢？还是不说吧。一个跛子，这太伤人心了，小髻对这件事也没有太大的兴趣，只因为田大妈盛情难却。

小髻穿上阿宁姐给的茜红色羊毛衫，外面穿上阿宁姐的驼色呢子大衣，戴上一顶白雪蓝毛织的帽子（这是她自己买线织的），收拾停当出了门。

打扮起来给谁看呢？给那个跛子吗？不是的。小髻是为自己打扮的，这毕竟是她在城里的第一次约会。

田大妈家不远，是幢同阿宁姐家一模一样的统建楼房。暗淡的灰色，给她一种亲切感。

按照地址，就是这间了。小髻不忙去敲，把旁边的两扇门细细打量了几眼：那个跛脚的邻居，不知住在哪一边？又一想，说是邻居，并不一定挨着住，也许隔着几座楼房，田大妈是个关系很多的人。

敲门。田大妈非常热情地把小髻迎进家。原说好由田大妈领她到邻居家去。

"不忙去，先坐坐。家里没旁人。吃糖。"田大妈嘴里招呼着，端出一盒糖。盒里装着廉价的水果糖，浮面上有几颗金光闪耀的酒心巧克力。田大妈剥了一块递过来。小髻噙在嘴里，竟吃出一股清凉油味。仔细一看，那糖盒原是装药的铁皮盒，一侧还写着：活血化瘀，主治跌打损伤。

"小髻，你看看我这个家怎么样？比你姐姐家不差吧？"田大妈像个博物馆的讲解员,领着小髻参观。

田大妈家也是中单元。不过比阿宁姐家多了一小间。在小髻摆单人床挂紫花布幔帐的那侧墙壁上开了一个小门,田大妈就住在这间。刚才小髻一进门,也就是坐在这里,几件简单家具,一床半新的被褥,墙上挂历上有一个巨大的美人头,正对着人笑……其余的走廊、厕所、厨房,都同阿宁家走向一样,只是没有那么干净。厨房里的炊具也很少,搁板上也冷清,全不像阿宁姐家有诸多的不锈钢锅盆和麻油辣酱腐乳陈醋等瓶瓶罐罐。看得出,田大妈家是清贫而寡淡的市民家庭。小髻沉静而矜持地跟着走动,不知不觉中用阿宁的眼光打量这一切,含着淡淡的俯视。

就剩下相当于阿宁卧室的那间大房屋了。田大妈搓搓手,将房门推开一道细缝,然后示意小髻自己接着去推。那神情,有点像东海龙王显示他的定海神针。

小髻不以为然。她虽是乡下人,但阿宁姐是上等人。她因为带着费费,也颇去过几家有学问有地位的人家。一个看自行车卖旧书报的老太太,再精打细算从嘴里抠食,也是不能比的。门缓缓地开了。小髻虽然做了足够的思想准备,还是被屋内的繁华景象惊呆了。落地的纱帘,吸顶的吊灯,使这间不大的房屋显出一种局促的豪华。一套浅茶色的组合家具里,摆放着电视机、录音机。地中央,是镀铬床头,镶有小天使图案的席梦思软床,缀着璎珞的床罩直垂到地面,将主人的温馨与甜蜜都笼罩在一片蓬松之中。墙壁上挂着电子石英钟,正值报时,奏出像钢琴一样悦耳的声响。地面上铺着几何图形的地板革。小髻移动了一下脚步,地板上像盖了章似的留下一双脚印。倒不是小髻鞋脏,而是地板革柔和的反光,被鞋子涂抹得不那么清晰了。多宝格的文物架上,安放着花瓶和其他叫不上名的瓷器,当然还有唐三彩马。最下层矗着一枚巨型彩蛋,足有小号暖水瓶那么高。于是小髻很想走过去摸一摸——它真是一枚鸟蛋,还是白石头雕成的?

这房子不知属于哪一对幸福的小鸟!小髻由衷地羡慕他们。阿宁姐没有这样的"席梦思",说是怕费费睡驼了背,但也说过这样一张床,价钱贵得会使人做噩梦。阿宁姐也没有这样的"多宝格",说是玩物丧志会使人堕落,但每逢领费费出去,总要买回些便宜的小工艺品。阿宁姐也不买石英钟,说是轮到她出国时,带回一架誉满全球的"西铁成",要便宜得多……

"这是我儿子住的。怎么样?"田大妈带着掩饰不住的得意。

"想不到这么讲究,都能拍电视剧了。"小髻说的是真心话。阿宁姐活得神气,但田大妈的儿子活得似乎更滋润(这是小髻刚学会的一句北京土话)。

"你喜欢吗?"田大妈紧接着追问了一句。

小髻有些意外。这话问得不近情理。房间又不是衣服,不可以换着穿。对别人的家,她喜欢怎么样,不喜欢又能怎么样?当妈妈的,也许是高兴糊涂了。

"你若是喜欢的话,这里就是你的家。"

猝不及防的小髻,突然明白了。这里的一切摆设像个新房,但它不是新房。墙上该挂夫妻合影的地方,只挂着一幅青年男子的半身照片。隔得远,眉目看不清楚,影影绰绰只觉得是个很清癯的面孔。

这就是那个跛子——田大妈给小髻介绍的那个对象——她

唯一的儿子!

难堪的静寂。

田大妈怎么能这样做呢?儿子就是儿子,邻居就是邻居,为什么要骗小髻?小髻在家中,设想过事情的种种结局。碍于田大妈的面子,她也想亲眼看一看对方有没有诚意,究竟残疾到什么程度,她梳洗打扮了一番,还是来了。无论成与不成,她都要留给人家一个好印象。同一个跛子谈朋友,在感觉受了委屈的同时,她也感到了自身的优越。主动权是操在小髻手里的。现在,她保持不住这种镇定了。田大妈不愧老谋深算,不知从何日起,她就开始周全地计划着今天的一幕了。小髻在完全不设防的情景下突然受袭,她对新房陈设毫无掩饰的羡慕,使她失去了矜持,又被对象实际是田大妈儿子的变化,惊得手足无措。

姑娘慌了。这很好。聪明而平静的女孩子对别人的相貌往往太挑剔。现在,她被突如其来的变化震慑住了,失去了从容判断的能力。田大妈不失时机地说:"国兴等在邻居家,我就去叫他。"

"国兴"——就是他的名字了?——那个跛子!小髻木呆呆地坐着,几乎不会思索。他是个什么样的人?对面墙上就有他的相片,在炯炯地注视着小髻。小髻有心想走过去,细细端详一下对方的容貌,又怕田大妈他们突然回来,便越发将身子板得笔直,掩饰着自己的想法。

也许只过了几秒,也许过了几个小时。有脚步声走近,门开了,来人站到了小髻跟前。

小髻多么想早一点儿看看这是个什么样的人!但姑娘家的羞涩和隐隐的自卑,使她端庄地垂着头,眼角却不动声色地打量着。

她首先看到的是脚。两只完全不同的脚。一只与常人无异,甚至可能还更坚实稳重一点儿。另一只则像被虫子作茧蜷缩起来的病树叶,菲薄而枯萎,可怜地耷拉到地上。其次是腿。两条粗细不等长度不一的腿。病残的腿倚着健康的腿。像是主轴失灵的连动杠杆,拖拉运行,在光洁的地板上,甩出一个个不规则的半圆。再往上是胯,是身,是胸……他的整个身体,是由两半部分拼凑而成的。一半强健,一半病弱。由于长时间的用力不均,他的衣物鞋袜,都显出两侧不同深浅的色调,好像它们原本就不是用同等材料制成的。

小髻用浓密的睫毛,把自己的眼光封闭起来。还用再看脸吗?不用了。这是那种很厉害的残疾,哪里还像个顶门立户的男人!再说,这样死盯着一个残疾人看,是不道德的。小髻是个心软的姑娘,她可怜他,要是这个残疾人穿上极破烂的衣服在街上乞讨,她会把身上的零钱给他的。和这种人过一辈子,这怎么可能呢?

"你们俩坐吧。我上街去买菜,午饭在这儿吃!"田大妈不容置疑地说着,匆匆走了出去。说实话,当两个孩子相距很近的瞬间,她觉得自己对不起这个像花朵一样的女孩子。但紧接着升腾起的,是对自己孩子更深切的爱。她不为自己做过的事后悔。现在,他们应该开始谈点什么了。国兴是个好孩子,他会听妈话的。小髻也是个好孩子,起码田大妈不在家时,她不能拂袖而去。

国兴忍受着。作为一个残疾人活在世上,第一条基本功,便是忍受形形色色的目光。然而,今天太痛苦了。一个如此生机勃勃的少女,用她年轻得像匕首一样的眼光,直刺到他的骨头里，还要测出他的一条腿骨比另一条腿骨要细许多……

小髻缄默着。说什么好呢？除了怜悯，她说不出别的话，还是什么都不说？国兴忍耐不下去了。"小髻，我见过你。"总得说点儿什么。

小髻吓了一跳。小儿麻痹大概不侵犯声带，国兴的声音像正常男子汉一样。小髻这才意识到对方是个年纪比她大的男人，而刚才她觉得好像是她弟弟。

"我……没见过你……"她慌乱地支吾着。

"我妈早就跟我说起过你的事。你卖书的时候，我也去过。当然，你是不会注意到我的。"国兴苦笑了一下。

"买书的人，很多……"小髻还是解释了一句。

"这事都是我妈操持的，希望你不要怨她。我父亲死得早，她一个人拉扯我不容易。因为这病，她总觉得对不起我。我也不愿意伤她的心，就按她的意思办了。其实，人怎么不是一辈子呢！"国兴的语调是安宁而平和的。虽然带着掩饰不住的苦涩。

小髻这才抬起头来，审慎地打量了他一眼。

小儿麻痹病毒留下了最后一点仁慈。国兴的颜面多少有些不平衡，但基本上是属于正常人中清秀的那种。他的眼光忧郁而沉静，似乎比他的年纪苍老许多。

"看得出，我把你吓坏了。我知道这件事成不了，咱们太不般配。你也不用为难。你要觉得碍着我妈不好说话，由我来说。我告诉她，说我不愿意就是了。"

小髻深深吁出一口气，立时轻快起来："那太谢谢你了！"她活泼地说。

国兴心里一阵刺痛。这个美丽的姑娘，居然为了被人拒绝而感谢他!他身有残疾,心却是完整的啊!

不管怎样,屋内的气氛活跃起来了。

"这是什么蛋呢?"小髻走过去,用手指轻轻抚摸巨大的彩蛋。蛋壳很粗糙,画着极其险峻的高山。

"这是鸵鸟蛋。"

"我能拿起来看看吗?"

"拿吧。"国兴宽厚地说。

小髻小心地捏起蛋壳。它很轻,像是纸糊的。上面的高山立即失去了分量。

"这是谁画的?"小髻惊奇地问。

国兴反倒不好意思了,低声说:"我。"

"你真不简单!"没有了谈恋爱的思想顾虑。小髻本不是个拘束的姑娘。

"我喜欢画我去不了的地方。"国兴说,"有时候也卖卖旧书。就是没有你卖得多。"

"以后没事时,我可以帮你卖书。"小髻真诚地说。

国兴难得地笑了。其实他知道,倘若真是"没事",妈是不会让小髻再卖书的。但人间,总需要真情。

田大妈是踩着笑声进屋的。见此情景,着急后悔手里提的鱼买小了。一斤只差几毛钱的事,可谁又能料到事情进展得这般顺利!吃饭的时候,她一个劲地往小髻碗里夹菜,竟把一向受宠的儿子,冷落在一边。

"小髻,下个星期天,早点来大妈家啊!"

屋内的气氛一下子紧张起来。小髻和国兴相对而视,知道发生了某种误解。

"妈,是这样……我看小髻……就不要来了……"国兴斟酌着字眼，慢吞吞地说。

"行！不愿在家里，到外头去也行。只是大冬天的，到处冰天雪地，还是自己家好……"田大妈喜滋滋地说。

"不……我是说……小髻她……不太合适……"国兴艰难地说着。

"好你个小兔崽子！人家漂亮的姑娘，不挑寻你，你倒找人家的碴儿！我看你不知天高地厚了！"田大妈这才明白，一时间火冒三丈。不明白一贯顺从的儿子怎么变得这样不听话。当着小髻的面，竟说出吹的意思，她几个月的处心积虑，不是全白花了吗！过了这个村，没有这个店，顾不得小髻在场，她就骂起儿子来。

小髻好为难，真想赶快跑出去。

"妈……我哪能挑人家的不好，只是想……想户口问题不好办，您不是也担心过这个吗……"国兴左右支吾着。

"嘿！这事妈早给你们想到了！请客，送礼，托门子，求人，妈就是给人磕头下跪，也得给把户口办上！不就是花钱吗？妈不穷。这几年挣的钱，我处处俭省，就预备着这一手呢！"

小髻听得愣神。想不到一个孤老太太，竟打算给她办成户口！

田大妈眼神一扫，似乎悟到了什么，紧接着又说："这是黑道，官道我也走。不是说照顾残疾人，还有什么基金会吗！我写信求告，就说总不该让我家绝了后吧！时下不是兴接班顶替，一个萝卜一个坑吗？说句难听话，妈就是豁上这条老命不要了，也得把这个户口留给小髻。就这样，还不行吗？"田大妈真动了心，竟有些眼泪汪汪的。

话说到这分上,谁还能再说什么?国兴木讷着,不知该怎样履行自己许下的诺言。小髻也被感动了。不管怎么说,在这茫茫人海中,有一家人真心实意地欢迎她。

"傻儿子,我猜你不是不喜欢小髻,而是怕小髻。"田大妈不紧不慢地说。

这话从何说起!小髻有什么可怕的?年轻人都想不通。

"怕小髻以后不跟你好好过日子!对吧?我说傻小子,你妈多大岁数的人了,还能看走了眼吗?小髻是个好姑娘,不是那种水性杨花忘恩负义的骗子。听妈的话,没错!"

好个厉害的老太婆!这话哪里是讲给国兴,分明是叫小髻听的!

事已至此,国兴是再说不出什么来了。小髻心里很乱。叫户口的事一搅,她不想一口回绝。推托道:"这么大的事,得跟我姐商量商量。她要不同意,我也没办法。"

田大妈眉头一皱:半路上又杀出来个姐!但知道这事是强迫不得的,便说:"也好。我们是实实在在的人家。你姐姐愿来看看,就更该放心了。"

一个未婚女孩,追着人问谈对象的事,就算对方是自己的堂姐,也实在难张口。可小髻不得不问。自从阿宁姐说过她们单位的那个大学生,就再没了下文,偶尔露出一句半句,那个人不是出差,就是开会去了,至今小髻还没见过他。可现在这事不能再拖了,田大妈等着要回话。小髻当然看不上一个跛子,那个大学生要强上百倍。可谁知人家怎么看小髻?

得赶快见个面。可是这话怎么开口?小髻只得把实情托出。

"姐，楼下看车的那个田大妈，说要把她的跛儿子介绍给我……"小髻用一种看不上的语气说话。希望阿宁姐一来想起她的许诺，二来也很明白听出小髻的倾向。

没想到阿宁竟极感兴趣："噢，有这事？人你见过了？家里情况怎么样？"

小髻的心思完全不在田国兴那里，简单把田家的有关情况说过，又问："姐，你们那儿……"

"跛儿子究竟跛成个什么程度？你知道，跛跟跛可大不相同。轻的同正常人没什么区别，重的可就是残疾了。你能不能学学，他跛成什么样？"阿宁穷追不舍地问，沈建树也被惊动了。

田国兴长得什么样子，小髻已经回忆不起来了。只记得他的腿和脚。他的左面跛，腿和脚是人体最重要的一部分，没有它们，人就不能称为人，而只是半截身子的怪物了。国兴的腿是怎样跛的，小髻试着模仿了一下。好像是这样的，左边浮起，右边陷下……然后是扭胯，半侧身子像失去框架似的跌下，心也随之扑通一跳，人几乎跌倒。为了维持平衡，另半侧健康肢体不得不奋力向前……为了寻找新的平衡，残疾的手臂像被击伤的鸟翼，扑打着虚无的空气——这样的走法，不像是一个人，更像是一只扑动的鸟。

阿宁刚开始认真地端详着，最后终于忍不住微笑起来。看一个年轻秀丽的姑娘，把自己灵活的四肢变得僵硬而笨拙，很像是看一场怪异的舞蹈。

小髻的心却随着身体的颠簸而紧缩：一个人的一生要总这样走路，该是多么痛苦！她决不能陪着这种残疾人过日子！姐姐还笑，这是在笑话我呢！

只有沈建树看到了小髻眼中转瞬即逝的泪水。

"姐,不理他们吧!你单位那人回来了吗?"万般无奈,小髻只好把话挑明了问姐姐。

"如果田家对户口真那么有把握,我看可以再处一段日子。"阿宁避开小髻的目光,对沈建树说。

沈建树未置可否。事情来得太多太快,他得好好理一下。有些话,当着小髻,也不好问阿宁。

床头的落地灯,透过淡绿色的乔其纱罩,将椭圆形的光环,均匀地打在阿宁和沈建树的头上,四周一片静谧。

门外传来小髻细致而规律的鼾声。她真的睡着了。将久悬不决的难题和盘托出,她为自己赢得了片刻的安宁。

"你给小髻找了个对象?是谁?"沈建树把心中的疑团提出。两口子平日无话不谈,对彼此单位的同事也都熟悉,怎么没见阿宁提起过?

梁阿宁有点儿慌。那只是她的一个设想,并没有确凿的人选。骗骗小髻,做个精神诱饵还可以,真要同丈夫一五一十地说清楚,她还真犯难。

不过,阿宁到底是阿宁。她没有正面回答沈建树:"现在的年轻人,观念真新得可以。我把小髻的情况一说,特别是把照片往桌上一摆,还真有好几个挺感兴趣。"

"真的?"沈建树似信非信。他是循规蹈矩的那种人,想不通有人竟敢无视户口商品粮这道天堑。当然,小堂妹是个很招人喜爱的女孩,想到她的相片被几个小伙子品头评足,他又有点不悦。

"你跟他们说清楚户口的事了吗?"沈建树不放心地追问。这可是要讲明白的先决条件。就像他联系调动工作,先同对方说明赎身费的事，有人愿意赎买他，其他的问题才好接着谈。

"说了。人家说，户口算什么？不过是一张纸。"阿宁仿佛变成了那伙目空一切的年轻人，侃侃而谈。

沈建树一怔。真是闻所未闻的宏论。你以为面前横亘着一道无法逾越的鸿沟，现在有人对你说，只管闭着眼走过去，前面平坦得很，什么也没有，你能相信吗？

"没有户口，就没有粮票，吃什么？"沈建树毕竟要客观得多，设身处地为小髻着想。

"粮票算什么？外国人早就以肉食为主，只有中国人，才一天吃低热量的碳水化合物。"阿宁代人立言，摆出不屑的神色。

沈建树瞠目结舌。他一向认为自己属于观念比较开化的知识分子，想不到"芳林新叶催陈叶"，自己已经这样迂腐，看来，"代沟"这玩意儿，已经缩短到每相差几年就得挖掘一道了。沈建树一天关起门来搞学问，不晓得当今价值标准大有改观。惊叹之余，他又感到几分欣慰："小髻真要能找到这样的男朋友，咱们也算对得起她了！"

轮到阿宁坐蜡了，挖肉补疮，拆东墙补西墙。原还只是小髻相信这子虚乌有的对象，现在可倒好，连沈建树也信以为真。一个乡下女孩子没见过世面，你一个受过高等教育的工程师，也这么容易上当！阿宁真哭笑不得。其实，她这一回讲的话都是真的。她真心为小髻的事张罗过，摆相片，同小伙子们聊天，也都确有其事。包括大学生们那些指点江山傲视世俗的激昂话语，都是真的。只是小伙子们在慷慨一番之后，一到阿宁同他们进行具体的磋商，包括什么时候同小髻见个面这类实质性问题时，大家就都变得很客观了。"梁工，这事我没意见，只是还得回家问问我妈!"梁阿宁只好莞尔一笑,大丈夫走遍天下,婚姻大事还要父母包办吗?分明是托词!不过,这又怨得了谁?说归说,做是做,真娶个无户口无职业的女孩子,哪怕长得天仙一般,小伙子们也不敢贸然从事。事情就这么搁下了。

现在可倒好,别人开玩笑的话,沈建树这个书呆子却坚信不疑。骗骗小髻可以,阿宁可不愿跟丈夫玩这么吃力的游戏。

"看你还真当回事了!我问了几个人,人家最后都说不行。我不过是逗小髻玩的。"阿宁轻描淡写地说。

"你……你怎么能这样?"沈建树呼地从床上坐起,碰歪了落地灯纱罩,那片绿色的光斑,惊讶地在地面荡漾。

阿宁料想到沈建树会不满意,却想不到这般严重,为了一个保姆,竟同自己的妻子翻脸,沈建树也太过分了。她一扭脸:"你有本事,把小髻的户口办来,或是你出面给她找个对象!我不用这个办法,小髻出出进进吊着个脸,你爱看,我还不爱看呢!"

沈建树察觉到了自己的失态,小髻的事是个难题:"难道,你要小髻嫁给那个跛子吗?"他痛心地说。

"跛子的事,现在还不好说。"阿宁不想在这个问题上先表态。

沈建树沉思良久,缓缓说道:"我倒有个办法,万无一失的。"

"快说出来。"阿宁催促着。

"求你爸爸——也就是我的岳父大人,开一次后门,给小髻办上户口,找个工作。这并不是什么了不起的事。共产主义不是要消灭城乡差别,搞世界大同吗?"

"你真是个书呆子！莫说爸爸没有这个能力，县官不如现管吗！就是真能办，他老人家也不会办的。到处都在纠正党风，你该不会让一生清廉的父亲，为了这件事受通报挨批评吧！"

这也不行，那也不行，小髻的路在哪里呢？"谈对象的事，原来全是你编出来的！我真替你发愁，这西洋镜哪一天拆穿了，你怎么下台？"沈建树又想起这件揪心的事。

"车到山前必有路。我自有办法。"阿宁倒不慌不忙。这一会儿，她想出了对策。

沈建树也管不了这许多了。也许，他们不该为了自己的费费，把这个聪明的小堂妹，从那遥远贫瘠的乡村，叫到城里来。他不由自语道："也许是咱们错了？"

"谁也没有错。"阿宁纠正他。

"小髻唯一的路是——回去。"阿宁沉重地吐出了这后两个字，"回到生她养她的那块土地去。刚开始，当然免不了痛苦，时间长了，就会慢慢淡忘，就像看了一场电影，一部小说。当时挺感动，时间久了，也就是那么回事。当然，小髻对咱们家的恩情是不能忘记的。等费费长大了，让他到乡下去看他的小髻姨姨……"

沈建树没有答话。阿宁以为他睡着了，仔细一看，他正大睁着双眼，在看着雪白的天花板。

他真无法想象：当阿宁告诉小髻所谓的找对象，纯粹是一场骗局时，大家脸上该是怎样一副表情？

走廊的紫花布幔里，小髻在做年轻女孩们常做的快乐的梦。可惜梦是外人看不见的。不然，沈建树会看到小髻在同一个漂亮而英俊的男孩子在碧绿的山林中奔跑，那个男孩子的眉眼竟有些像他……

过了几天，阿宁对小髻说："你愿意去看看我上班的工作单位吗？"

小髻早就想看看阿宁姐是怎样上班的。在她眼里，阿宁姐是最有本事最有魄力的女人。

做人要做到这个样子，是小髻最高的理想了。

尽管阿宁姐没做任何其他暗示，小髻还是刻意打扮了一下。她感到今天也许会碰到阿宁姐单位的那个"他"。

一幢乳白色的大楼，方方正正，像一块巨大的雪糕，在枯黄的草地中央，闪着炫目的光。它几乎没有窗户，整体性极强，叫人觉得不宜居住，而只能用来保存某种机器或无生命的物体。准备间里，每个人都要换上白衣白帽白鞋白口罩，好像是准备接触烈性传染病的医生。

环境先声夺人。小髻怯怯地倚在墙角，觉得自己脏而猥琐，不配走进这高贵场所。阿宁拿来参观服，让她把毛背心套在里面。屋内燠热，毛背心的绒毛透过衬衣粘在皮肤上，十分难受。

穿戴齐整，她俩都只剩下一双眼睛，毛茸茸地互相对看着。

"这是谁？"有人问。

"我妹妹，刚从大学毕业，也是咱们这行的，想来见识见识。"阿宁难得地撒了一个谎，幸好口罩很大，看不出脸红。

进入操作间，要通过空气幕除尘。强劲的风流从四面八方冲击着人体，给人一种站在峭壁或海边礁石上的恐惧感。

现在，可以进去了。

这里运行着国内最先进的电子计算机组。乳白色的弧形大殿,到处是柔和洁白的光线,却不知是从何射入的,室内清凉冷冽到近乎森然,红红绿绿的灯钮像夏日的流萤一样闪烁不止,寂静中,每秒钟都有数亿次的运算在进行着。

小髻惊呆了。她原以为计算机不过是电视中常做广告的那种像电视机一样的小仪器,每每有一个漂亮姑娘(有的还不如小髻漂亮呢!)坐在那同一年级小学生坐的连凳课桌那样的小桌子上,像打字似的敲打着扣子似的键盘,殊不知是完全错误。微机同最先进的计算机系统相较,实在是沧海一粟!

一秒钟多少亿次的计算,那是浩瀚无垠的世界。"滴答"一声中,这机器就数遍了天上的星星,地上的人头。小髻想不出还有什么东西需要这样庞大的数字。山林中的每一片树叶?稻田里的每一粒谷穗?

她想不下去了。阿宁姐站在远处,同什么人谈话。那人顺从地记录着,看得出,阿宁姐是个领导。虽然穿了毛背心,小髻还是觉得冷。她曾以为,经过学习,她也能成为阿宁姐那样的人,现在才明白,其实是根本做不到的。

人和人,原本不一样。

"小张回来了吗?"阿宁大声问。那声音分明是要让小髻听到。

"没有。"有人恭顺地回答。

"我们走吧。"阿宁招呼小髻。

小髻拖着沉重的腿,走到楼外。凛冽的寒风使人精神陡地一振。

"你看多不巧!小张就是我给你说的那个对象,今天不在。"阿宁故作平淡地说。

"不……不……姐姐,你的心意小髻领了。那个人,我不见……不见……"小髻像要避开压过来的什么重物一样,用力推挡着。

"为什么?挺好的一个小伙子,你总该见一面。"阿宁很惋惜地说。

"我……什么也不为……我不愿意……"小髻吃力地为自己辩解,生怕阿宁会硬拉着她去见什么人。

"你是不是同那个腿不太好的小伙子相处了一段时间,对他印象不错?要是那样,我也就不勉强你了。"阿宁巧妙地把责任转嫁到小髻头上,然后又很关切地开导她,"看一个人,主要看是不是心好,别的都在其次。"

小髻木然地嗯呐着。

阿宁姐回去上班,小髻一个人回家。沈建树在家看着费费,一见小髻那个模样,就知道那件尴尬的事情已经发生过了。

小髻闷着头垂泪。

沈建树不知从何劝起。小髻太像阿宁了,连哭泣时那种任眼泪滚滚而下,不去擦拭,直到嘴角,下颌都挂满了泪珠的姿势都像。

阿宁计划好的这一切太残忍了。她怎么就不怜惜这个同她一模一样的小妹妹?

建树走过去,扳动小髻的肩头。连透过肩部衣服所感到的肉体的圆润,都是一样的。

他看到一朵洒满雨水的梨花,祈求地望着他。他真想吻一下那双湿漉漉的眼睛。

他无力地松开了自己的手。他能为她做点什么?什么也做不到。

"小髻,别哭了,农村也是个很有发展的地方。"沈建树的话干巴巴的。他多么想找出一句有力量的话!

"姐夫,我不回去。您和阿宁姐再生一个孩子吧!我给你们带,我伺候你们,一定带得比费费还好。"小髻全然不曾感到有什么异样。

沈建树悠长地叹了一口气:"真是个傻念头。这怎么可能呢?独生子女是咱们的国策啊!"

"姐夫,您和姐姐帮我想想办法吧!"

沈建树摇了摇头。能想的,都想过了。

小髻抹抹泪,不再哭了,扎上围裙,准备做晚饭。

假如一个男人可以有几个妻子,沈建树会娶小髻的。

这更是个荒唐的想法了。该死!沈建树为这奇怪的一闪念,羞愧难当。

紫花布幔,在夜里看起来,像是纯黑的幕布。那些枝叶不全的花瓣,全隐藏在墨叶一样的黑暗之中。

姐姐和姐夫今晚很安静。这使得小髻寂寞难耐。漫漫长夜,何时才能熬到天明?阿宁姐有安眠药,可惜搁在里屋的床头柜上,没法去拿。

姐姐姐夫睡得很安稳。他们当然舒服,吃穿不愁,又有体体面面的工作……人和人的命,怎么就这么不同!不是都姓一个家谱上的"梁"字吗?不怪天不怪地,都怪自己的老爹爹,想当年,怎么不争着抢着去当红军?

这次回家,小髻详详细细问了个明白。都是一个爷爷所生,为什么阿宁姐就能住在城里上大学,而她梁小髻只能给城里人当保姆?

"你们的土地哪里来？红军给的。你们的粮食哪里来？红军给的。你们的衣服哪里来？也是红军给的！现在红军要扩充，你们不当，谁当?！是好儿郎，就要踊跃当红军！"一个穿着灰布军服的人，站在碾盘的石磙子上，跺着脚宣传。

磕巴老倌有两个儿子。知恩必报，他至少得让一个儿子去当红军。老倌喜欢红军分田地，可他不喜欢让儿子去当红军。分了田地，正该好好种，儿子走了，田地还有什么用？这话却是说不出口的。

"我去当你们红军，行不行？"磕巴老倌问。

"父子都当红军，当然好！"碾盘上的红军鼓掌。

磕巴老倌知道搞错了。他原本是说自己去儿子就不去了。这回更下不得台了。

"伢子，你们哪个去？想想好，莫说爹偏着哪个向着哪个。队伍上吃得好些。可弄不好，枪子也就啃掉脑壳了。两丁抽一，必得去一个，爹也护不住，你们自个儿定吧。"

"兄弟比我孝顺，比我伶俐，留在家里侍奉父母吧。二伢子，听爹娘的话，我走了。"

大哥煞煞腰里的草绳，预备从此去当红军。

大伢子已经走出去老远了，磕巴老倌突然一拍二伢子后脑："快走，将你哥哥换回来。莫怪爹心狠，他终是比你多吃了两年饭，下地顶个人用了。若打死了，岂不更可惜！你去后，仗打起要躲闪在人后。你个子小，也许枪子碰不着。"

二伢子懂事地眨眨眼，撅起屁股跑了。

"回来！"老倌瓮声瓮气地在后面唤。

二伢子转回来，抹了一把鼻涕，不知道自己做错了什么事，惹得爹爹生气了。

磕巴老倌阴沉着脸,摸索着从腰里解下一根被汗水浸得污亮的布带子:"这根鸡肠带,你拿去系在肚上。吃饭时要松些,赶路时要紧些……"

二伢子很高兴。穷人家里只有主事人,才能享有一根布腰带。

磕巴老倌提着裤子,看着二伢子跑远。多少年后,二伢子还在后悔,怎么没有再回一次头,最后看一眼自己的亲爹!

"你是说,爹就死在这青崖下?"肩上缀着金牌牌的军人,问面庞苍老得较当年磕巴老倌还甚的大伢子。

"方圆几十里,可还有第二座青崖?!"大伢子瓮声瓮气地回答,声音也一如当年的磕巴老倌。

青崖笔直峭立,高耸入天。其下十米以内,嵌着永远刷洗不去的血迹,红军走后,白匪用烈士们的血,曾将青崖涂得一片血红。

"这上……也有爹的……血?"扛金牌牌的军人战栗着问。久经沙场,他的眼睛却不敢去看青崖。

"爹倒是至死没流一滴血的。"大伢子平静地说,几十年从青崖下走,有多少泪也流光了。

磕巴老倌是以"通匪"的罪名被点了"天灯"的。十个手指被蘸满麻油的棉条裹紧,然后同时点燃,明晃晃的,直到所有的血和膏脂燃尽。

"爹临死前,可留下了什么话?"就是做到了将军,二伢子也还像最普通的孝子,苦苦地寻求着爹在这世上最后的遗愿。

"当时我也不在。是爹让我躲出去了。听人说爹临死还在喊你的名字。"

那是哪一瞬?是在行军还是打仗?怎么自己就没一点儿感应?二伢子深深地懊悔着,觉得对爹爹之死负有不可推卸的责任。他面向青崖,扑通一声跪下了,草绿色的呢军裤,沾上两团圆圆的黄土疤,像是打了两块补丁。

"兄弟,这次走了,何时再回来?"大伢子扶着专送弟弟进山来的吉普车门,怅怅地问。

面对着同父亲当年一模一样的眼神,二伢子不能撒谎。他扭过脸去:"哥哥,我再不回来了。"

是啊,除了这山川和童年,两兄弟再没有什么共同的东西了。也并非二伢子寡情。自打他回来之后,小小的山村就没断了哭声。那一年"扩红"走了三十人,就活着回来了他一个。

"哥哥、嫂子,以后到我那里耍去吧。"二伢子走了,膝盖上还带着那两坨黄土印印。

大伢子进了城,回来后成了村里最有权威的男人。大伢子的媳妇进了城,回来后成了村里最有见识的女人。然而,年代久远,庭院又深,关系就渐渐疏淡下来。最后,竟连谁家有几个孩子,都是做什么的,也搞不清了。一代血缘,就这样慢慢暗淡了。

这些年,农村是比以前富了,可小髻他们那儿不富。他们是老区。什么叫老区?就是旧社会三不管的穷困边远地区,首先爆发革命的地方。革命爆发了,革命又走了。待到革命又回来的时候,那地方依旧穷困边远,依旧三不管。阿宁姐来信问谁愿意帮她带孩子,别人还在犹豫,乡下人宁愿饿死在自家炕头,也不愿出去伺候人家。小髻却铁了心要去,她要去见识另一种生活。

小髻现在过的算是什么生活呢?她的吃穿住都同阿宁姐一样,但骨子里是不一样的。社会像一幢有着许多层的楼房,你还没出生,你的那个房间就预定在那里了。你想走进另一间屋子,你想登上另一层台阶,到哪里去找钥匙呢?

爷爷呀爷爷!你能告诉小髻该怎么办吗?

阿宁对小髻的事,陷入极度的矛盾之中。

"姐,我哪天把田国兴领到咱家来,你和姐夫帮我拿个主意,看这个事倒是成还是不成?"小髻不止一次说过这个话,声调几近哀求。她现在是一条失了舵的小船,连自己都不知道该驶向何方。

"我看还是暂时别领来看的好。小髻,你在北京没别的亲人,我一出面,就等于是家里人认可了。将来万一有其他想法,就没回旋的余地了。"阿宁斟酌着说。

小髻默默地点点头,阿宁姐不愿为她负责任。

这也不能全怪阿宁。她希望有个人能拴住小髻的心。至于那个残疾人到底好不好,适宜不适宜做小髻的终生伴侣,这阿宁管不着,也不想管,不能管。每个人的想法都不同,你认为完全不可能的事,别人也许以为天经地义。市面上再丑的花布都有人买,起码它的设计者就以为很美。真见了那个跛子,她说什么?说赞同?小髻的父母不在,她作为亲亲近近的堂姐,说话是有分量的。真促成了这件事,她就得负责任。小髻今天为了户口的事,可以容忍跛子的瘸腿,将来有了户口,也许要埋怨今天支持过这件事的人。谁愿意一辈子落埋怨?小髻的父母将来知道好端端的女儿找了个残疾人,会不会迁怒于阿宁?要是没有她的费费,一切都不会发生。再者,还有自己父母那一头,父亲若是动了手足之情,没准会认为我阿宁亏待了堂妹。这些还都是从我们这边考虑。若是田家母子对小髻不好,她孤苦伶仃一人,也许会半夜三更披头散发来找阿宁解围,不管怎么说,这里是她娘家的人,阿宁得给她撑腰出气……

罢!罢!梁阿宁何等机灵的一个计算机程序设计工程师,哪会让自己搅进这种无头官司中去!

还剩下一种表态,就是反对。那更使不得了。也许否决票前脚投出,后脚小髻就打起背包离开北京。一个廉价而优质的劳动力就此消失,她和沈建树又陷入无休无止的忙乱与痛苦之中,费费已经逼近三岁,就要能进入全托的幼儿园了。百尺竿头,还需更进一步。她不能功亏一篑。让田国兴这盏不明不暗的灯,在远处闪耀吧,阿宁和她家庭的安宁秩序就有保障。

为此,不论小髻怎样把她和田国兴交往的枝枝蔓蔓都讲给堂姐,希望见多识广的姐姐为她拿个主意,阿宁还是矜持地微笑着,细心地倾听着,却从不明确表态。

要说阿宁对小髻的事一点儿不关心,绝对是冤枉,她于细微之处审慎地观察着。起码不能让小髻上当受骗。不但于天理良心上说不过去,就是将来在爸爸面前,也交代不过去。

当妈妈的,自有她的调查手段。

费费已经长成了个漂亮的男孩子。然而不知是"贵人语迟"还是男孩天生嘴笨,他喜欢跑跑跳跳,却并不怎样爱说话。不过阿宁坚信自己的儿子聪明而早慧。

"费费,告诉妈妈,小髻姨姨常带你到哪儿去玩呀?"阿宁循循善诱。

小髻每次外出都领着费费。虽说阿宁说过,要是她跟国兴逛公园或者轧马路,就提前打个招呼,阿宁自己回家带费费。但小髻从未利用过这种优惠。今天是阿宁再三劝说,小髻才独自出去。

"这边……还有那边……"费费用胖胖的手指,点了两个完全相反的方向。

看来逛的地方还挺不少呢!

"是姨姨和你两个人,还是有其他的人?"阿宁继续扩大战果。

"姨姨……费费……还有叔叔、奶奶……"

怎么还有个奶奶?噢,是那个无处不在的田大妈!儿子谈对象,她跟着掺和什么呢?阿宁不解。

"叔叔是这样走路的……"费费突然说出一句如此长而完整的话,也许是妈妈郑重其事的态度,使他的记忆力如此活跃。

看一个圆滚滚的男孩子,挥舞着胖乎乎的手脚,学一个跛子走路,真是一件有趣的事情。费费还没有左和右的概念,他一会儿这只脚颠簸一下,一会儿那只脚缩短一下,跌跌撞撞,像一个小醉鬼。

阿宁笑得前仰后合,完全忘记了自己的初衷,惊叹自己的儿子有这样精彩的模仿才能。

沈建树恰好走进来,看到眼前的一幕,不由分说走过去,在费费白白嫩嫩的屁股上,狠狠地扇了一巴掌。

费费被这莫名其妙的突然打击,连吓带疼惹得哇哇直哭。

"你手怎么这么重!他一个小孩子,懂得什么?"阿宁像被火烫了手指尖一样,惊呼起来。

"小孩子不懂,大人也不懂吗?"一向斯文的沈建树,破例地大声斥责。

"走!费费。不理爸爸,跟妈妈下楼玩去。"

女人终究是女人。一看丈夫真发了脾气,加上自己又确实不占理,阿宁讪讪地给自己找着台阶,揩干净费费的眼泪。

又是一个春天了。

到处是拔地而起的高层建筑。房屋也像日新月异的人类一样,越是年轻的,身材越高,高楼大厦压抑着低矮的四合院,城市在发达中透露出古老。道路笔直,新漆的人行横道斑马线,像早晨买的豆浆一样洁白湿润。费费早已忘记了刚才的悲剧,在马路边的墙缝里,细心地抠着刚泛绿的嫩草。大概心里还在奇怪:远远地看到那么多绿色,怎么跑近了,就看不到了?

看着日渐长大的孩子,阿宁的心绪像被温热的熨斗熨过一样,渐渐舒展开来。费费上幼儿园的事,已经基本联系妥了。她不可能再要一个孩子。这就是说,作为一位知识女性,她一生中最艰难困顿的一片沼泽地,业已接近尾声。将来她会以沉重却又充满自豪的口吻谈到她生命的这一段历程。革命生产两不误,既有一个足可骄人的儿子,又有毫不示弱的专业成就,她应该满足了。

平心而论,她该感谢小髻。

突然,一行奇怪的队伍,吸引了她的视线。

最前方,是一个裹着半大解放脚的老太太。她拎着一个鼓鼓囊囊的提包。面露喜色,目光中又颇有几分焦灼,她好像负有引导的使命,颠儿颠儿地往前走,不时又频频回头,或者干脆往回走两步,伸出手去想搀扶什么人,又始终没有人把手递给她。

在她后面,走着一个残疾青年。他向前看看,又向后看看,然后谁也不看,努力控制住自己的全身肌肉,尽量使自己走动的姿势接近正常。然而正是这种努力,使他格外突出于人流之中,不像是一个人在行走,而像一只受伤的鸟在向前顽强扑动。

最后面，是一个身材颀长，步履矫健的女孩子。她本该走在最前面的，此刻却落在最后。若不是老妇人和残疾青年频频回顾的目光，像挣不断的丝线一样牵引着路人的视野，没有人能判断出他们是朝着同一个方向……春天风大，虽然这一阵风势平稳，女孩子还是用一条细密的白纱巾将自己的头脸包裹起来。透过依稀透明的纱孔，看得见她粉红色的脸庞，像晶莹剔透的石榴籽，光彩照人。

梁阿宁自然知道这是谁。也许应该佯装不曾认出，以维持她的既定方针？也许还是打个招呼，迟早大家总要见面？还没等她分析权衡出其中利弊，正在墙边挖土的沈费费猛一回头，立刻欢快地大叫起来："姨姨——叔叔——田奶奶——"

小謦同田大妈一家上街时，总是低着头，仿佛在寻找一件丢失的宝贝。她发现了阿宁，立刻快步跑了过来。

田国兴稍一愣怔，也迅即明白了其中的关系，他积蓄起力量，一拐一瘸地尽快调转方向，朝阿宁颠簸而来。

梁阿宁看到了两双完全不同的腿。梁小謦笔直的筒裤像黑色的琴键，均匀而有力地敲击着路面，修长而挺拔。田国兴的腿扭曲而皱缩，像一片被虫蛀过又被虫蛹绣成茧团的枯叶……两双腿同时向她走来，彼此间的距离却越拉越远……

费费就要上幼儿园了。费费是大孩子了，两年前领费费打秋千时，他还吓得直哭，现在已经能恰如其分地利用惯性，用胖屁股使座椅式的秋千飞得高些。

带了几年的孩子，就要分手，小謦感到淡淡的惆怅。费费走了，她也该走了。

又是一年春飞柳絮的时节了。小髻随手捡了一枝杨花。耳坠一样的花束垂在手腕上，小髻从绿色的花粒绽口处，扯出银白色的花絮，用指一碾，柳絮扇面似的散开，闪出缕缕丝丝的银光。她顺手撒了出去，杨花乘着温吞吞的和风，小伞样地飞舞起来。小髻用目光追踪着它们，想知道它们究竟落往何处。无着无落的杨花，不慌不忙地飘荡着，混淆在飞絮之中，看不出哪一朵是小髻放出去的了。

嫁人的事，怎么也该定了。

费费上了幼儿园，小髻就该走了。阿宁姐不会撵她，可她也不能老住着啊！

妈妈又来信了，催问她说过的那个大学生对象，究竟谈得怎么样了。

姐姐已经跟她算清了工钱。从下个月起，她愿意住着还行，只是不付给保姆费了。

在见过田国兴之后，阿宁姐郑重地表明了自己的态度：她认为小髻同国兴不适宜。小髻不会幸福。

阿宁这一次完全是公正而客观的。她竭力不让费费的事干扰自己的判断：费费就要上幼儿园，该为小髻想一想了。她确实为小堂妹感到深深的惋惜和不平：一条健全的腿和一张薄薄的户籍纸片，究竟孰轻孰重？人难道不是最可宝贵的吗？

沈建树阴郁地沉默着，始终一言不发。工作不顺利，调动无头绪。对于自己无法操纵的局面，说话又有什么意义？

谁的话都听过了，只是没听过费费的意见。小髻觉得这是个大疏忽，有谁比费费更了解这其中的一切，又不带丝毫偏见呢？

"费费，有件事，姨姨不知道该怎么办，你帮姨拿个主意吧！"

男女工程师的高贵结晶——沈费费，不情愿地看着秋千被他的姨姨拽停，瞪着黑玛瑙一样透彻的眼睛，像是人世间的精灵。

"你认识跛叔叔吗？"

"认识，就是走路一拐一拐，他们家还有个老奶奶的跛叔叔吗？"

"是。就是他。你说姨姨是到他家去，还是回自己家去？"

"姨姨哪儿都不去。姨姨就住在费费家。"

"那不成。费费家不是姨姨的家。姨姨得走了。"

"不走不成吗？"

"真的。不成。"

于是沈费费像成年人一样，叹了一口气。

小髻心里一热，紧紧搂住费费，亲着他的眼睛，又亲着他的嘴。

"不，姨姨不能走。姨姨总跟费费在一起。"小家伙又变卦了。

"这不可能，费费……姨姨也愿意，可是，不行……姨姨得走了，姨姨会经常回来看你的……可是费费，你还没告诉姨姨，姨姨到哪儿去呢？"

费费沉思着。谁说孩子不会沉思？只是没有人征询过他们的意见罢了。这是真正的男子汉的沉思，他将决定他美丽的小髻姨姨一生的命运。

小髻紧张地等待着，等待命运之神的昭示，眼睛里不由自主地盈满了眼泪。她仰起脸，不愿让费费看到自己的泪水。天上有一轮太阳。哭的时候不要看太阳。为什么不要看太阳？太阳光会刺伤你的眼。这是妈妈的话。妈妈你错了。隔了泪水的太阳不那么耀眼。它毛茸茸的，水淋淋的，像一朵纸剪的白花……小髫任泪水沿着面庞横流，像是一张盛满了水珠的荷叶，蓦地，奇迹出现了，眼前现出一道五彩的虹……

泪水中的虹，格外鲜艳。

小髫长大了。周围这么多老师，教她读懂了城市这本书。城市是什么，不就是许多人聚在一起吗？不管什么人，只要走进来，就休想把他赶走。小髫不再寄希望于那屈死的爷爷了。让爷爷的灵魂安息，自己的路要自己走。要是没有五十年前的那根鸡肠带，阿宁姐不也在乡下，也许名叫盆呀碗呀的，也说不定。叔叔当年付了血和命的代价，小髫也应该付出代价。

只是这代价，对一个姑娘来说，太昂贵了。小髫便须格外慎重。

田大妈给小髫买了那么多衣物。小髫穿起来便一阵儿心酸，大妈，你不觉得小髫穿得越好，越显出和你的儿子不般配吗？

田国兴越是人多的场合越愿意领着小髫去。小髫是他的光荣，他的骄傲。跛毒瞎狠，残疾人被这世界欺负得怕了，当他享有一双健全的腿时，他愿意全世界都看到他俩。

小髫的心在痛苦的沸水和希望的渴求中，像涮羊肉片一样交替滚着。田国兴不是坏人，但她忍受不了世人投来的目光。每次外出，她都要拉上田大妈，有可能的话，还要抱上费费，在她内心深处，有一个不可告人的秘密，她希望田国兴不要活得太长久。当然，他病了，她会端屎端尿伺候他。小髫不是忘恩负义的人，只求他故去后，给小髫留几年堂堂正正做人的时间。

想得太远了。

"姨姨，我想出来了。"费费的眉头聚着极细小的纹路。

"你说吧，姨姨听着呢。"小髻漫声应着。

"到跛叔叔家。"费费想起来了，跛叔叔给他买过一辆小坦克。

"哦。是吗？"小髻摸了摸费费的头，"费费真乖。"

就这么定了吧！真想不到，在紫花布幔里想了无数个晚上的难题，解决起来这么容易！

早怎么没想到呢？

小髻出嫁了。

好一个富丽堂皇的婚礼！小髻对一切都无动于衷，是田大妈要大肆操办的，她要把多年的积蓄，在这一天像淌海水一样地花出去。让街坊四邻看看，让早死的老头子在阴间也跟着热闹风光一下，田大妈一手拉扯大了儿子，又给他娶了一个多么标致的俊媳妇！两家原本相隔不远，却一定要租来的车队绕行大半个北京城。

田国兴自然是喜气洋洋，不管从哪方面说，今天都是他一生中辉煌的日子。他那颗敏感的心，极力去揣摩小髻的心事，却得不出个所以然。

迎新娘的轿车到了。这座知识分子聚居的楼房，还从没这样热闹过。田家找来帮忙的人，将汽水瓶样的炮仗，燃得震耳欲聋。破碎的纸屑像肮脏的雪片，裹着呛人的火药气，自空中层层落下。人们纷纷从窗户探身张望。

新嫁娘走出来了。阳光顿时为之逊色。小髻穿着一领金红色的丝绒旗袍，满身的银饰片像鱼鳞一样闪闪发光。外披一袭洁白的婚纱，在微风中摇曳荡漾。她的脸色安详而沉静，鬓角别着一朵极小的红绒花,很熨帖,很牢靠,像是从头发里长出来的。

"你妈妈怎么还没到?"阿宁着急地问。说好了请小髻的母亲来参加婚礼的。这么大的事,阿宁要办得牢靠些。

"妈妈要过几天才能来呢。我告诉她结婚的正日子,还没到。"小髻谦恭地垂下眼帘,希望阿宁姐能原谅她这最后一次说谎,待妈妈来时,生米都已做成熟饭了。

阿宁什么也没说,不是雇主与保姆的关系了,都是同宗姐妹,婚姻是自觉自愿的事情,她又能说什么呢!抛开一切恩恩怨怨,阿宁又一次打量盛装的小堂妹,心里一阵凄凉。

就在昨天,她还同田大妈进行过一场颇不愉快的谈话。

"您什么时候能给小髻办上户口呢?"阿宁不放心地问。

"上上下下,都打点齐了。一年以后,我就给她办。"田大妈胸有成竹地说。

"怎么要等那么长时间?"阿宁一惊,该不是这颇有心术的女人,在哄骗小髻吧?

"急什么呢?您是个明白人,我也就把丑话说在前头了。等小髻跟国兴有了孩子,我抱上了孙子,这户口,我就是非办不可了。我不心疼媳妇,还心疼孙子呢!在这之前,我宁可从自由市场给她买高价粮,户口也是不能办的。要不然鸡飞蛋打,我找谁去?"田大妈有板有眼地说。

阿宁无以对答。

汽车鸣着喇叭。娘家人应该上车了。

"建树,你一个人陪陪小髻吧,我有点儿不舒服。"想到一会儿婚礼上将要出现的情形,那个较小髻要矮半头的瘦弱的残疾人……

"这合适吗?"沈建树迟疑着。说实话,他也不想去。

"我真不知道在这样的婚宴上,该说点儿什么。"阿宁忧郁地说。

沈建树上了车。这是他能给予小髻的最后的帮助。

阿宁疲惫地推开自家的门。

屋内显得空荡而陌生。小髻是个勤快人,临走前,将屋内该洗的洗,该刷的刷,一切陈设恢复到她未住进时的样子。

一切的一切,都同原来一样,只是墙角多了那幅紫花布幔帐。

天不早了,该去幼儿园接费费了。

费费回来,不见了他的小髻姨姨,也许会哭的。

阿里

阿里。

阿里是一座高原——在我们这颗星球上最辽阔最高远的地方。

那时候,每年临近"五一",老百姓捐赠的节日慰问品,才能运到阿里高原师。

和慰问品同时抵达的,还有信——整整一个冬天攒下的信件。军邮车像穿山甲似的拱雪而来,明日还要满载而下。信从邮袋里像碎木屑般倾泻而出,将通信科的库房壅满。

"走!周一帆!去看信!"游星不由分说,扯起我就走。

我自然是极想早一点儿看到家信的。但是,不成。我是班长,高原师第一批女兵的第一任班长。领导早已明确规定:军邮车到来的日子,任何人不得进入通信科私查信件,只有等待有关人员将信分批分拣送出。鉴于出现过众军人哄抢信件,造成大量信件在山风中遗失的严重事件,军邮车上山的那一天,通信科加派持枪双岗。

我没动,游星也终于没动。她父亲是高原师所属军区的副司令员。我是囿于小小的职务,以身作则。她大概想起了威严的爸爸,要给老头子争光。

我们傻呆呆地坐着，面对通信科的石头房子，望眼欲穿。亲人们的最后信息，是去年十月大雪封山前递上来的。整整一个漫长的冬季，那些信被翻得褴褛不堪，所有的话都像毛主席语录一般，在梦中也能复诵。现在，就要有新的歌来代替古老的歌谣了。我的父老兄弟们，在遥远的平原过了怎样一个冬天？噢，还有春天？这里的冰雪刚刚融化，那里按节气已是夏天了。但愿他们健康平安，千万不要遭灾生病。若是好消息，来得慢一点也没关系，等待充满焦灼也充满期望，像含一枚糖橄榄，值得回味。若是坏消息，千万不要来！还是让我保存去年冬天最后的印象吧！不！不对！要是坏消息，还是快一点来吧！道路已经开通，可以给家人寄钱寄药，附上一片迟到的孝心。实在不行，还可以向领导苦苦央求，放我下山，回家去看看，也许还赶得上……别想得那么坏，也许什么都没有发生，又接到一封平安家信……

炉子上的大瓷缸咕嘟咕嘟地冒着泡，好像镀满茶锈的缸子底蹲着一只不安分的大蛤蟆，高原气压低，水不到 80 摄氏度就开，冲不开茶叶。于是人手一个小水桶般的茶缸，成天蹲在炉台上，煎出中药般浓郁的茶汁。

"哪天咱们下了山，喝用开水沏出来的茶，也许另是一番滋味，就像生苹果和熟苹果的味道是不一样的。"心里想的是信，我嘴上却这么说。

游星不答话。她不喜欢我的故作轻松。

"信来啦！"有人在外面像报童一样高声呼唤。

我们腾地窜起，全然不顾高原上不许贸然奔跑的禁令。

第一批信件中，我两封，游星一封。

我忙不迭地撕开信封。动作太匆忙，连着信瓤扯下一缕，风筝飘带般牵拉着一目十行看下去。看着看着，眼泪就掉下来了——妈妈病了！急忙去看信尾处的落款，是去年十二月的事。后来怎么样了？我亲爱的母亲到底是好些了还是更……加重了？我不敢把事往坏处想，可不祥的预感像发面酵子，越胀越大。我手哆嗦着，揪出另一封信的芯，恨不能从纸背面看出吉凶来。却是一位多年没见过面的亲戚写来的，听说我在高原，托我买妇科良药藏红花。气得我直想把信撕得粉碎。妈妈，您老人家怎么样啦？

真是忧心如焚！

"我这个同学来信骂我不够朋友，说她上封信问我的事，为什么不答复。谁知道她上封信说的是啥？"游星把空信封摇得像把蒲扇，"怎么样？咱们到通信科去找信吧！"

这一次，我没有拒绝。宁愿挨批评，也不愿忍受这种煎熬了。

众人的目光，追随着我们：这俩兵胆子够大的，竟敢私闯禁地。游星义无反顾走在前面，好像她是我的班长。

通信科的岗哨枪刺闪闪亮。我稍踌躇，游星大步凛然地闯过去，像刘胡兰一样英勇。两位哨兵大概从没碰到过这种情况，竟被震慑住了，或许以为我们有什么特许，竟一声未吭。

尽管我们对信件之多早有准备，还是对眼前的景象大吃一惊。

人们解开鼓鼓囊囊的军邮袋的封口铁丝，成千上万封信就像窒息过久的鱼群，倾泻而出。人们揪着军邮袋的犄角，拼命抖动，生怕有一封信掖在夹缝里，信像山洪暴发似的积聚起来，淹到人们的膝盖、大腿根，直至腰腹……无数信件色彩斑斓地翻滚着，通信科的库房好像信的游泳池。通信参谋们艰难地涌动其中,把一封封信分门别类拣好,然后马不停蹄地转送给望眼欲穿的弟兄们。缺氧加上信的压抑使精壮的小伙子们气喘吁吁。

"嘿!你们是怎么进来的?"参谋孔博半个身子陷在信堆里,像发现了国境那边的特务一样叫起来。

"像平常那样走进来的呗!"游星轻松地回答。

"既然进来了,就暂且不要出去。不然出出进进如履平地,你们挨不挨剋我不管,我可是担当不起。"孔博不耐烦地挥挥手,他手中恰好拿着一个硕大的牛皮纸信封,呼呼作响。

"那封信是我的!"我不顾一切地扑过去,信被摔得哗哗作响。

"你也没看,怎么就知道是你的?"孔博不屑地瞄了一眼。

"只有我爸爸才会用旧牛皮纸袋子糊这种大信封,因为我说过一次,阿里路太远了,街上买的信封不结实,都磨破了……"我几乎呜咽起来,去抢孔博的手。

孔博的眼珠瞪得像牦牛,他的嘴唇翕动,读出了信封上我的名字,然后把信郑重地递给我。

这是一封最新鲜的信,妈妈的病已经痊愈了!

我感激地冲孔博笑笑。他停止了选信,正关切地注视着我,他很高大,信的海洋把别人堵到胸口,对他才到军装的第三颗纽扣。恰好那一片"海域"以白色信封为主,这使他更像一座矗立在白色底座上的标准军人像,英俊潇洒。

孔博讨好地把卫生科的信件都递过来。我说:"咱们走吧!"我可不想在众目睽睽下拆阅私信,半年的喜怒哀乐,浓缩到短短几分钟内,要真是再有什么揪人的信息,我也许会控制不住自己的表情肌。

游星说:"不走。信还没拣完呢!出去了再想进来可不容易!"

孔博赞同游星,说:"留下帮忙吧!要是领导批评,我替你们说话!"眼睛却看着我。

想早些得到更多信的愿望,像饥饿中的食品,在不远处强烈地散发着香气,我点点头,豁出去了。

我们帮着分信,手忙脚乱。发现一封自己的信,就无所顾忌地撕开,贪婪地阅读。

"我们该走了。"游星懒洋洋地对我说,全失了刚才的锐气。

"为什么?不是说好了吗……"孔博比我还莫名其妙。

"该来的都来了。就是拣到天亮,也不会再有我一个便条了。"

游星打了一个哈欠。她并不像一般女孩,在这种时候忙用手掩住口,而是大张着嘴,我们看到她雪白的牙齿和柔软而鲜艳的舌头。

不知她的同学和她探讨的问题如何,她手里只有薄薄几封信。

我的信还远没有收完。一个军人对他自己能收到多少信,是有大致的估计的。犹如经验丰富的老农预测自己能打多少斤麦子。

"好。"我说。既然妈妈病的悬案已经解决,我重新想起自己的职责。

"那你们把卫生科的慰问品带回去吧!"孔博似乎很想给我们多找点儿麻烦。

"不带不带!那么多东西,还不把人压趴下!反正人手一份,早晚都有我们的!我才不当这苦力呢!"游星没好气地说。

"早拿晚拿自然都有一份,没人贪污你那份军饷,可袋里的货色是不一样的。"孔博不动声色地说。

这一手果然厉害,游星是什么都想拔尖的角色。慰问袋可不是制式产品,老百姓有钱出钱有力出力,谁知道袋子里装着什么秘密?

"在哪呢?"游星问。

成千上万个慰问袋堆积在一起,又是别一番景象,它们大多是红布缝制的,映出娶媳妇般的热烈。每一个都裹得鼓鼓囊囊,显出莫名其妙的棱角,引起对内容物的无限遐想。

"你们随便挑。"孔博像一个慷慨的地主。

游星偏不听从指点,绕过大堆,直取单放的一小撮。

孔博不客气地说:"别动!"

"为什么?我偏要动!"游星才不管这一套呢,两把扯开绣着金色五星的花布袋,只见里面是条绣花汗巾。"这有什么呀,我还不稀罕要呢!"游星嘟囔着。甩到一边,再接再厉地翻找。

又扯开一袋。一双修长的鞋垫蜷曲着掉出来,上面绣着一对绿莹莹的鸟,丝线缠绕,十分精致。

"这袋我要了!"游星抓着不撒手。

"先看看你能不能用吧!"我提醒她。

游星把小巧的脚丫从毛皮鞋里退出来,金鸡独立地比量了一下,长出一大截。那位痴情女子是为一个有着修长足弓的高大男子预备下的。

"我可以把前面剪掉一截。"游星思忖说。

"多好的东西!那样岂不可惜!贪污和浪费可是极大的犯罪。"孔博抱着双肩,一副于心不忍悲天悯人的模样。

"可惜啦！怪不得藏得这么隐蔽，原来是私房，给自己预备的！"游星将鞋垫甩回去，嘴里不依不饶。

"这都是相好的众弟兄托我给留出来的，你们若是喜欢，就拿走。"孔博说的是实情。年轻的军人们在白雪皑皑的高原，抚摸着一个不相识的女子精美的绣品，当有许多美好的联想。他们会在没人的时候，独自对着那花儿鸟儿发呆。夜晚，会有模糊而美丽的身影，穿行于他们的梦乡。

"留着你们单相思吧！我们只想找点儿吃的，是吧？"游星冲我闪闪眼睛，示意我同她一块清理慰问袋。

整整一个冬天的脱水菜和干羊肉，我们的舌尖已经不记得饱含汁液的食物是怎样的感觉。顾不得矜持，我和游星流水作业，解开一个又一个小红口袋。

花生，走油了。瓜子，哈喇了。沙枣，名副其实揉搓成砂尘一样的粉末。偶尔还有面粉青油烙成的馃子一类吃食，被漫长的搓板路颠簸得风尘仆仆如出土文物……

我们面面相觑。

"撤吧！"游星惨然叹了口气。

孔博也再找不出什么理由挽留我们了。

突然，我们闻到了一股奇异的清香。香味游蛇似的牵引着视线，我们看到一个毛茸茸的粗糙袋子，"八·一"两个字都快粘到一起了。

"这准是个又胖又黑的丫头绣的。"游星很肯定地说，伸手去解带子。

"你怎么知道？"我挺吃惊。

"凡是这样的姑娘都比较笨。"游星是白而窈窕的，很自信地说。

孔博和我交换了一个眼色，自然是不赞成。但我们来不及说什么，那清香像滴入盆中的墨水迅速弥散，笼罩了我们的肺腑。

我们头顶着头，凑近了绣工拙劣的小袋子。

协理员要我召开班务会，落实"一帮一"，"一对红"。

协理员是卫生科的政委，对我们女兵班抓得特别紧，什么都是他说了算。我想他既是"协理"，就该以协助科长为主要工作，可科长除了医务全得听他的。

我们叫他"老协"，其实他的年纪并不大。眼裂很小，几乎都是黑眼球，注视你的时候像只枪口。说话时喜做大幅度的手势，全不像高原上的人因为缺氧而动作黏糊缓慢，他是呼呼有风，很有权威的样子。

"会议由你掌握，我参加。"老协拍拍我的肩膀。

虽已是五月，我们依旧穿着棉衣。透过里外两层布和厚厚的棉絮，我感到他手劲很大。

老协是绝不容许别人拍我们的，但他自己例外。

我根本不想当这个倒霉的班长。不是女人的功名欲天生弱，而是这个小官太难当。大家都是同一天入伍，好像一胎所生的孪生姐妹，谁也不服谁。加上女孩子事多，今天肚子疼出不了操，明天两个人闹别扭哭天抹泪……我可不愿负这么大责任！

游星想当，这我知道。将门出虎子，肯定也出虎女。我父亲不过是工厂里的一名工人，从学徒到退休没领导过任何一个人。当然，我妈除外。

我把让贤的意思同老协说过，老协说："让游星当，是她领导我还是我领导她?"我就没法再说什么了。

"一帮一不就是自由结合,两人都愿意,就一对红了吗?"我觉得挺简单的事,干吗这么如临大敌?

"那怎么能成?你以为这是谈恋爱,王八瞅绿豆,对了眼就成,就一对红了?总要分出个好坏,萝卜白菜搭配着来。要不,乌龟找王八还不成了一对黑!"老协谆谆教导我。

我的脸像涂了消毒酒精,先发凉后发热。谈恋爱这些词,是女兵们的大忌。老协三令五申不断强化,紧箍咒每天念三遍。我们终于像巴甫洛夫条件反射的实验狗,听到这个词就胆战心惊。老协是我们的直接领导,他说,只有忍着听下去。要是别人,当场摔给他一个脸子!

"只是班里谁算萝卜?谁算白菜?"我问。其实老协这个比喻并不精彩。在高原,萝卜白菜都是极金贵的。

老协盯着我,不回答,一副恨铁不成钢的模样。

想来我这个当班长的,该算在萝卜堆里。其余人呢?我认为是萝卜的,老协没准认为她是白菜,于是我说:"您看先把班上同志分成两组,再一对对掺起来,行吗?"

老协很满意我立竿见影的进步,大笔一挥,把我的班分解为两大阵营。他把游星归在白菜堆里了。

会在女兵宿舍开。乍停了炉火,屋里凉得彻骨。女孩子们特有的冰清玉洁,窗户、碗柜上悬垂的白色纱布,更增添了寒意。

游星把黑羊毛的皮大衣拉开盖在腿上。老协扫了一眼刚要说话,游星抢先道:"我有关节炎。"

"大家都像你一样,还怎么打仗?"老协依旧批评。

"大家绝不会都像我一样,我就是我。"游星很骄傲地说。

我真为游星捏一把汗。她聪明、能干、技术好，就是嘴巴太锋利了。

是的。没有人敢和游星一样。大家都规规矩矩坐着，会议进展顺利。蒙在鼓里的众姐妹不知道自己是萝卜还是白菜，按照老协私下的方案，一一结成对子。

我和芦花一对红。说实话，她不该算白菜。人很内秀，长得温顺甜美、性格安安静静。她是农民的女儿，真正的三代贫下中农。农村女孩能当上兵的很少，真是万里挑一。芦花不知怎么就被挑上了。人们刚一看到她的相貌，就认为有这样漂亮脸蛋的女孩子一定很妖，待发觉她确实是安分守己的女孩，便格外对她怜爱。也许她的一帆风顺，凭的就是这份长相上的福气。

老协说我工作多，该有个省心的一帮一对象，就把芦花编给我。

"班长，以后你多帮助我。"芦花真会说，大家低头不见抬头见的，开一次会，搞一项活动，就好像重新认识一次。

大家都没事了，正准备散会，游星一把掀开大衣，站到地上："报告！我有个问题。我那一半红探亲去了，在这段时间内，我是否单独红下去？"

这是个疏忽。原本一一对应，偏巧游星那个伴家有急事，破例下山了。

老协一时愣住。

"请问，我是不是可以到别的单位找个人红下去，比如炊事班？"游星不失时机地抖出自己的企图——她嘴馋爱吃。

"那不成。炊事班都是男同志。"老协这一回反应挺快，而且马上有了对策："这样吧！游星和周一帆结成一对红。至于芦花同志,和我结成一对红。怎么样?"

芦花笑眯眯的。大家都羡慕芦花的好运气。和协理员一对红,入党提干的把握大多了!

"哟!协理员你不也是男同志吗?"游星以子之矛攻子之盾。

"我……我是男同志不假,可我这个男同志同别的男同志不一样。我是你们的领导,相当于……对,相当于中性。你们连我都信不过,还能进步吗?"老协咻咻吐气。

看来游星和我是要同甘苦共命运了。真有点打怵,和她在一起,只怕不知谁是萝卜,谁是白菜。

谁知游星嘻嘻一笑,说:"协理员,那多余出来的是我也不是芦花呀!按理说,该我和您一对红!"

老协无可奈何地摆摆手说:"算啦算啦!我倒有个发明,干脆你们三个组成个一对半红,没准还成个新典型新创造呢!"

高原是地球苍老的额头。

高原是缓慢隆起的。它不慌不忙像个知道要赶远路的智者,有条不紊地跨过一层层台阶。那种突兀陡峭而秀丽的山,是初出茅庐的乳儿,它们长不了多高就要夭折在精雕细刻的险峻中,犹如儿童搭起的单薄的积木。只有浑重的看不出膨胀的然而却是持之以恒锲而不舍的堆积,才能铸造出最高但最寂寞的莽原。

高原的景象不应该是凡人所能看到的。它在冰雪的冷藏中保存了亿万斯年,严守着它生成时的模样。冰川织就的长纱透迤几千米,将它包裹得如同一具白色尸身。它会冷不丁刺出锋利的匕首,将胆敢窥视它奥秘的人,解剖为血腥的尘埃。奇寒而威猛的山风，犹如铁制的鬃毛，每一根都可以扫瞎你的双眼。高原有无数透明的吸盘，像硕大无比的章鱼，贪婪地吮吸着活的生命的每一根羽毛每一次呼吸。它把偶然穿越的飞鸟和勇敢的探险者，游戏般地摆在雪的祭台上，一任它们百年新鲜。

高原是那样的浑然一体：国界横贯高原，是一道稀疏的篱笆。

高原师就是看守篱笆的人。

看守篱笆自然需要勇敢和机智，但你首先是要学会不被高原扼死。要活得健壮，活得潇洒。

聪明的游星终于错了一回，那个做工毛糙的慰问袋，不是什么黑胖姑娘绣的，而是广东湛江某小学的少先队员们寄来的，要求亲爱的边防军叔叔们把袋里的葵花子种到国境线上去，这样葵花盛开的时候，我们就有了一条金色的国界。

"这群孩子真是，大老远的捎点儿瓜子来！"芦花叹了一口气。

游星嗑开一粒，顿时浓郁的清香熏着我们的鼻子，使人精神陡然一振。

这是成熟的种子所具有的属于绿色植物的味道。

严格说起来，葵花子可不是瓜子，瓜子是炒熟了的，葵花子可是有生命的。

"我说游星，你别吃了好不好？要嗑，炊事班的库房里有几麻袋瓜子。凭你跟他们的交情，能要一脸盆回来，干吗非吃这有数的东西！"我看不惯游星的饕餮。

"炊事班那瓜子能吃吗？都是山下基地炒好了运上来的，还能嗑开吗？周一帆，你心疼了是不是？可我也没吃你那一份啊？来，拨堆，按咱们班人头数分，我绝不多吃多占……"她抖起小袋子，哗啦啦，倾倒在床单上。

"我的床单刚洗过……"芦花嘟囔。

葵花子饱满硕大，略微带点紫色，每一枚都有粗细两道匀称的白杠。

那一刻，突然很静，听得见山风在石头曲折的孔隙蛇行时的呜咽。

游星把一粒抵到嘴唇的葵花子又放下了。却仍不服软："这帮小家伙也真够呛，单知道边防线上有叔叔，就不知道有阿姨了吗？"

芦花用手指叉起葵花子，又任凭它们从指缝流下，说："真是好种子！怕是一颗颗挑出来的，难为他们了！班长，你给湛江的小学生们写封回信吧，就说在最高的雪山上，既守卫着男边防军叔叔，也有守卫的女边防军阿姨……"

"这不是废话吗？既是女的，必是阿姨。还有男阿姨吗？"游星又在吹毛求疵。幸好她还没当场纠正芦花把湛江念成甚江。

吃苦受累的事总是班长来做。大家决定由我执笔给孩子们写封回信，就说驻守在祖国西部阿里高原的解放军阿姨收下了葵花子和他们的一片心。谢谢啦！只是这里是海拔五千米以上的雪山，奇寒缺氧，国境线上又很不安宁，种不成金色葵花。请他们原谅。

"我给你糊一结实信封。从咱们这儿到那个港口，恐怕有一万里地。"芦花找剪子和浆糊。

"把葵花子搁炉台上烤熟了吃吧？病房里还有炉火。"游星跃跃欲试。

"咱们不能试一试吗？国境线当然不可能了，就在咱们院子里挖个坑。"我终于把心里的想法说出来，主要是这些小炮弹似的种子太可爱了！

"地越瘦，种子越得壮。真没准能活呢！"芦花开始挑种子。她是农民的女儿，说到农活，立刻抖擞起来。

"好吧！我就等着吃咱们自个儿种出来的瓜子啦！"这就是游星表示赞同的方式。

"那这封信咱们就先不发了。明天就种，现在正是高原上最暖和的季节。"我郑重宣布。

剩下的时间，干什么呢？

高原的夜晚，很长很黑。

我们不能到外面游荡聊天。一是有狼，二是怕老协说影响不好。三个人经年累月活在一个屋檐下，谁家里有什么事，小时候有什么经历，早已在无数次晾晒后再无一丝新鲜的水分。

"打扑克吧！"游星不知从哪儿摸出一副牌，镀着塑料膜，十分精美，显然是篱笆那边的货色。高原师里极少见。

"哪来的？"我问。"这是四旧。"我补充。

"我一不能偷二不能抢，只能是人家送的呗！"游星挑战似的把牌洗得像旋转风车，"这是新的。"

芦花好奇地抚弄着牌。

游星干脆做出要把扑克收起来的样子。

我要坚持不让玩，除了显出胆小，也会失去群众。"玩吧！不过咱们把灯熄了，打着手电玩。要是万一老协来了，咱们就装睡。"我咬着牙说。

大家相视一笑。共同去做一件诡秘的事情最能增进友谊。

芦花不会任何一种打法。我们从"争上游"开始。

突然，有人敲门。

我们立即屏息，熄了电筒。窗帘原本就掖得严严实实。只要我们坚持住无声无息，敲门人就应该以为我们睡下了，自动离去。

来人不急不恼，徐徐缓然而顽强地很有风度地敲着，大有鏖战到天亮的气概。

"谁这么讨厌！我去看看！"游星用哈气吐出这句话，蹑手蹑脚地从窗帘缝往外瞄。

这能是谁呢？年轻的军人，是绝不敢在这种时分私闯女兵的深闺。号称中性的老协倒是时有巡察，但他会在半里地外号得震天响，以示自己的冰清玉洁。

其后的情景，却是我再也想不到的。

游星突然把五个手指头一个关节一个关节地伸直，红的桃心黑的桃心（帘缝的月光将它们染作皂灰）像被扇子扇着，一片片坠地，又柔韧地弹跳起来，像一块块破碎的气球皮……

游星脚不点地闪到门前，风一般扑到外面，却没有忘记把门重重掩死。

我和芦花呆坐在黑暗中，看着地上和手中的牌……

片刻之后，游星又折返回来："周一帆，把你的喝水杯借我用一下。他渴了。我的杯子在别处。"说着，不待我应声，掳了杯子，又到自己盛白砂糖的罐头盒里掏了两把，沏了水，双手端着往外走。

"来了客人，叫屋里坐吧！"芦花拍着床单说。

"外边挺好。"游星头也不回出去了。

屋外是什么人？惹得尊贵的司令员的千金诚惶诚恐？

"你去看看。"我指示芦花。

"是个男的。"芦花探回来。

我点点头。意料之中,到了我们这个年纪,同性已不会使人如此振奋。

"这个人我见过。最近常来找游星。这副扑克就是他送的。"芦花像往一堵危墙上加砖,一句一斟酌,很小心地补充。

我感到一种异样的气息扑向我们这一对半红。

"好像是个老百姓。"芦花没多大把握地说,"总披着皮大衣,瞅不大清楚。"

这倒有点儿奇怪。游星纵是谈恋爱,军营内多少英俊潇洒的小伙子尽可以挑选,为什么偏相中了一位老百姓?

"我得去看看。"班长的职责使我义不容辞。

五月的高原之夜,宁静淡远,冷寂的天穹蓝得像一块硕大无朋的宝石。宝石的边缘有犬牙交错的裂隙,那是被雪峰针芒样的尖锐所剺开的。高原的夜空之上,一定有一只巨大的蓝色水囊,它在午夜时分悄然崩毁,无数股晶莹的蓝汤倾泻而下,浸泡着冰雪,浸泡着歪风,浸泡着赭石上的苔衣和蚂蚁细小的眼睛……

无所不在的蓝光妨碍了我的眼睛,过了一刻才在远地中找到他们。游星像一团蓝色的星云,发出窃窃的低语和无缘无故的笑声。她的额头像蓝色瓷器,反射着柔光。她微笑的时候,牙齿是蓝色的,好像刚在春天里嚼过马莲花。她挥手的时候,指甲也是蓝色的,仿佛用矢车菊花瓣染过。她的眼白也是蓝的,像高原最深邃的湖泊……

那个男人倚在一束斜打的灯光处,个子不高,但很笔直。穿着皮大衣,衣领隐没在半竖起的领口内,看不清有无领章。灯光勾勒出周正的鼻梁和紧抿嘴角的下巴……一张很强韧的脸。

他确实是个老百姓。因为他没戴军帽，留着看似随意实际很讲究的发式。

就是这个男人使游星变得娇柔婉约，我不由仔细盯了他两眼。

游星还我杯子。杯底还残留着厚厚一层尚未化完的白糖。战士每月的白糖定量是很苛刻的，游星这一次大约用去了月供给的一半。

不知道阿里高原的土地算不算肥沃，这里从来没有人工种植过作物。向阳的山坡上偶尔披挂着萎缩的地衣，实在说明不了什么。我们三个女兵，种下了这块荒漠有史以来第一株葵花——来自亚热带的种子。

此后的日子，我们天天趴在那块土地上看。亿万年的永冻土层，被我们用铲焦炭的平头锹翻开表层之后，很快又愈合成坚硬的盔甲，看不出一丝孕育生命的迹象。

大象无形的高原啊！

高原的五六月之交，很难说清它的时令。正午时分，已觉出微煦的暖意在半空缭绕。寒凉的地气像一块森然冷玉，平行地向地心深处沉去。要是忽略掉突袭而来的暴风雪，基本上相当于平原冬末春初的日子。

然而那些跋涉过万水千山的种子，大智若愚地潜伏着，犹如最有耐心的士兵。

要不是芦花再三告诫，游星一定会刨开泥土把种子抠出来瞧瞧。好脾气的芦花在其他事上通融，唯有种地，像真正的老农固执坚强。

终于，向日葵探出一片极小极小的叶子。我们围着火柴头大小的莹莹绿色欢呼跳跃，然后马上就心慌气短，捋着太阳穴蹲在地上。高原缺氧，原是禁不住手舞足蹈的。

"葵花长得太慢。以后我每隔三天看它们一眼，也许才能觉出点变化。"游星说。

葵花先伸开两瓣对称的叶子，像肥厚的小巴掌，仿佛想从高原的天空掬走点儿什么。然后突然在某个早晨挺直腰肢，前仰后合地向上攀去。

我们浇水施肥，但它们并不加速长大以报答我们的苦心。芦花叹了口气说是缺太阳。营房设在大山的心口，据说是极有战略眼光的选择。一旦发生战争，敌机偷袭时，会一个跟头撞到嶙峋的山石上机毁人亡。

也许将来打仗时，我们可以占个大便宜，但平时的向日葵不茁壮。它狂热地崇拜太阳，每天从东方刚露出迷蒙的白色，就倾倒身躯朝拜，犹如一枚枚弯曲的绿钉。

高原是地球上距太阳最近的地方。高原的阳光最清洁最纯粹，像一面面闪亮的银箔。

高原的阳光虽然明亮然而冰冷，极白极尖利的亮线松针似的射向你。皮衣被刺穿了，棉衣被刺穿了，可你依然感到冷。阳光携带过温暖，但高原的风把阳光剥细了，只剩下一条条银线，不动声色地普照着你。

太阳顾不上一往情深的小向日葵。它有那么多冰雪需要融化，那么多江河需要濡养。小小的向日葵算得了什么呢！

不知道怎样帮助这些亚热带来的植物。特别是冰冷如铁的黑夜，它们一定在无望地呻吟。也许给它们披一件棉袄，或者远远拢一堆篝火？

"随它们吧！要是命大，就能活下来。反正咱们是尽心了。"芦花听天由命地说。

向日葵的劫难还不止这么多，早晨游星出去刷牙，吐着牙膏沫骂起来："谁这么缺德！居然在我们的向日葵地里撒尿！有本事的，站出来再撒一泡！"

不知什么人，半夜小解，不辨东南西北，冲着我们的向日葵乱浇，小苗东倒西歪。

我去拉游星。一个女孩家，大叫大嚷，总是不雅。

游星喋喋不休："你说秋后这瓜子还能吃不能吃？全是尿臊味！"

她想得还挺远！我说："粮食也施肥，你还不照样吃！"

游星说："那可不一样！猪粪发过酵，这人尿可是新鲜的！"

芦花将我拉到一边："班长，快叫游星别骂了！那尿是老协撒的。"说罢，蹲下身去，用手指把稀泥中的小苗扶正。

"你怎么知道？"我问。

"老协最近常找我谈心。我走远了，偶一回头，看见了……"芦花一副将功补过的神情。

看芦花这么不怕脏臭，游星也闭嘴了。

一个游星经常外出就够操心的了，又加上芦花！还有我自己……

"洗澡去！洗澡去！锅炉干烧半天啦！"老协阴沉着脸大吼，游星的叫板他听到一个尾巴。

狮泉河畔停着一辆怪异的车——像一条浑圆的绿色海豚，有呼呼的蒸汽像鲸鱼水柱似的喷吐云天。

这是洗澡车。整个高原师只有一辆，在崇山峻岭间不停地跑，也要半年左右所有的哨卡才轮流一遍。每逢洗澡车行临，战士们都拿出最好的吃食招待，其规格几乎等同军区司令。要知道，在银装素裹的高原，能脱得赤裸裸洗一个热水澡，真是莫大的享受。

轮到女兵们洗澡，老协提前几天就通知各单位，要闲杂人等届时万勿靠近洗澡车。我们端着脸盆甩着毛巾走在路上，机关院落里空无一人。

我们放肆地把军帽摘下来，让难得见到阳光的头发，在风里飘荡一回。老协平日要求极严，不让我们把一丝头发暴露在外边。我发际低，脖子后面的细发，几乎长到脊椎骨。要把它们提拢起来，统统塞进军帽，揪得皮肉生疼。我想古代所谓的头悬梁，大约就是这个滋味。

高原之上，人无分男女，所有的曲线都被棉衣的厚实抹平，只有头发在昭示男女有别。

老协有道理。

近看洗澡车更像一辆囚车，只有一个门，窗户极小极高，四周完全密闭。内设更衣室和淋浴间，还有附属的上下水设备和烧汽油的锅炉。当然，最主要的是要有驾驶室，这样洗澡车只要开到有水源的地方，发动马达抽水，点燃蔚蓝色火苗的汽油炉，就会有热水自喷嘴涌出。

这大概是全军海拔最高设备最好的浴池了。

半年享受一回，又能管多大用呢？洗澡车又很娇贵，一天不是这坏就是那坏。一到战备紧张，先把洗澡车开到深山里掩蔽起来。它的存在，并不真是为了解决大家的洗澡问题，只是表示一种关怀的象征。

甭管怎样，今天轮到我们彻底地洗涤身上的污泥浊水了。

洗澡车内容积很小，只能容纳几个人。我们这一对半红，安排在最后。空间被前人使用得极热，一团团水雾奶油一样黏滑，令人窒息。

"要是你们不反对的话，我就把窗户打开了。"游星说。

我们俩反对也没有用，根本不等我们表态，游星就砰的一声，把像轮船舷窗一样的小圆玻璃窗推开了。

水汽拥挤着朝外逸去。不明底细的人，一定以为这里爆炸了一颗鱼雷。

"妈呀！有人在偷看！"芦花一声惊叫，双手交叉捂着前胸，慌忙蹲下了。

我们全蹲下了。大家人鱼似的，赤身裸体水淋淋，毫无自卫能力。这可如何是好？

还是游星比较沉着，她抹抹脸上的水，问："看的人在哪？"

"在哪？在哪……"芦花一手护胸，好像她那儿受了致命的伤，另一只手鸡啄米似的乱指，真是吓得不轻。

"你们俩别动，我来看看。"游星挺身而出，轻轻走过去先用手合上窗户，然后用手抹去另外一块玻璃上的水汽，踮起脚向外观察。

我认真判断了一下形势，其实我们挺安全的。窗户很高。一般人没有两米以上的身材，绝对窥不到我们。除非他像壁虎贴在墨绿色的车厢外，光天化日之下，几乎不可能。

游星被水贴在额头上的眉毛，猛然耸立起来："一帆，你看！"

我颤颤地凑过去。说实话，虽然从理论上讲是安全的，但在这种没有任何衣物保护的情况下去观察有无男人，着实令人恐惧。

洗澡车左边就是参谋们的宿舍。这是没有办法的事，房屋是傍狮泉河而建，洗澡车也必须择水而栖。

道路空荡荡，偶尔有夹着卷宗的人走过，脚步匆匆，凛然正气，绝没有驻足窥测的企图。

整个营区酣睡般正常。

"芦花，你是不是看错了？"我问，记起自己班长的职责。

"没……你看看窗户里头……"芦花惊悸未消。

"一帆，你是真正的侦察兵不是。"游星惋惜地说。

我再次把玻璃上积聚的水汽抹净，终于看清了……

在洗澡车对面的房间紧密的窗户后面，我看到许多双年轻男子的眼睛。他们的眼球很湿很亮，像一种奇怪的含有很多浆液的黑果子。当然他们的身影不是凝然不动的，他们各自在窗前忙碌，好像有许多必须凑着光亮才能干的事情。他们把背影对着同伴，他们的脊梁一定是一本正经的。他们青春的面庞被窗棂分割成不规则的图案，经过双层玻璃的折射，变得虚茫而模糊，唯有黑色的"果子"被放大了，像吸人魂魄的幽灵。

"不要脸！流氓！让他们的眼珠子都瞎了吧！"芦花像个巫婆似的诅咒。

"其实，他们又能看到什么呢？"一向炮仗脾气的游星，这回竟出奇地冷静。

真的。纵是将小窗完全打开，也只能看到水雾弥漫中一缕缕长发，至多看到一截脖子，像一张小半寸相片，其余什么都枉然。

"我在家穿游泳衣时，露的可比这多多了！这有什么大惊小怪！"游星昂首阔步地回到莲蓬头下，不以为然地说。不知是对芦花,还是对那些不可能听见这话的男人们。

芦花蹲在地上,使劲揉搓自己的身体,仿佛要像蚕似的蜕掉一层皮。即使都是女性,她还是顽固地不肯脱去背心短裤,白色的内衣贴在肌肤上完全透明,除了不舒适不便当,什么作用都不起。芦花松松垮垮地套着它们,心理上安全许多。

游星自由自在地伸展胳膊腿,在如云的泡沫中吹着气说:"看吧看吧。谁爱看谁看好啦!"

我又朝窗外望望。刚涂抹干净的那方玻璃又罩上稀薄的水网,影影绰绰,并不分明。但那些黑亮的"果子"依然在,仿佛一座丰收的果园。

高原师没有女兵,我们是第一批……高原气候恶劣,家属无法随军……高原关山万里,官兵几年才能探一次家……

洁白的泡沫从下水道流出去,蜿蜒一条香溪。

密集的银丝,缠绕着我们。性急的游星把水量加大,水柱便像细细的鞭子,抽打着她光润的胴体。

游星在水雾中出奇的美。她是属于那种脸上一般身段却极好的女人,这种女人该在热带生存。臃肿的军衣毁坏了这份天赐的福气。最冷的时候,我们要在棉衣里套一身绒衣绒裤,棉衣外罩一件老羊皮袄。就是在高原最温馨的夏天,游星也不敢脱去棉裤——她有关节炎。

"喂,你穿上裙子,一定很漂亮!"我忍不住赞赏游星,就算我们同屋,平时也没有机会这样细致地打量对方。水中的游星,仿佛是另一个陌生的婀娜少女。

游星没有答话,伸过手来,把我的水龙头拧到极大,霎时,耳边一片轰鸣。我和游星仿佛站在巨大瀑布的水帘后面。

"我问你,你可一定要说实话。实话多难听我都不怕,可你别骗我。你骗我,我会恨你一辈子!"游星把黑发垂下来,我们躲在她的黑发后面,好像一顶油亮的帐篷。芦花听不见。

"什么事?这么严重?"我想一定同那个夜晚来访的男人有关,不由得抖擞精神,"我一定如实说。"

"你收到过……有人给你写过……就是那种信吗?"游星突然结巴起来。

嘿!我还以为是她的秘密,没想到是刺探我的秘密!

那种信,我们彼此都心照不宣。师里三令五申不许谈恋爱,老协更是像猎狗一样灵敏。但总有胆大包天的军人,利用种种手段,表达爱慕之情。我想每个女孩都收到过那种信,大概以芦花最多。她是农村出来的那些小干部理想的贤妻良母型的女人。有的人书法华丽、词意高深,芦花摸不着头脑,还请教过我。但这种事,大家都讳莫如深。让老协知道了,张扬得到处皆知,一是要处理对方,二是要批评教训你,好像是你不检点,才惹来的事。

像游星这样刺刀见红问的,还真是第一遭。

但我却得如实回答。有一种人,你可以不喜欢他,却不能欺骗他,因为他对你很真诚。

"有。"我很困难但是很清晰地回答她。就在前两天,我还收到孔博的一封信。他笑嘻嘻地跑来找我,说是从库房的旮旯里又扫出我这封信——这在通信科是常有的事,当时太忙乱了。大家不但不埋怨,还有几分高兴,又多了一番亲人的抚慰!

我看看信皮,牛皮纸糊的,我家的地址,只是字迹陌生……

他像执行正常的公务,放下信就走了。

真够难为他的，还假贴了一张用过的邮票。当然邮戳不完全。不过高原上的人缺氧，双眼昏花，没有人注意到这处破绽。

一切惟妙惟肖。我正不知道该如何给他答复呢！

这些我当然不能都告诉游星了。我一边恨孔博，咬牙切齿地咒骂他破坏了我的安宁，一边心中暗暗沾沾自喜：孔博是优秀而英俊的军人，他在信中说了我那么多好话……

"可是，从来没有任何人给我写过那种信，为什么……为什么……"游星仰起脸，闭着眼睛，任凭水帘在她脸庞爬行。好像她渴极了，要喝这种不开的生水。

我无法回答游星的问题。我不是那些小伙子，我不知道他们为什么不追求那么美丽而能干的游星。

星期天。

我们缓缓沿着狮泉河行走。

高原的河水像一团团轻柔的绸缎，抖着雪青的浪花，翻滚着一个个湍急的旋涡，滔滔远去，总觉得这河的名字诡谲雄奇——狮泉河——是狮子像泉水一样跑过来还是泉水像狮子一样跑过来？

总觉得这河里的水古老而复杂，全世界的水汽浮升为云，在宇宙飘啊飘，遇到高原耸入天际的屏障，坠落为雪。它们一层层绵绵地降下来，在半空中就凝固为冰。它们摞在高原上，像压缩过的饼干，沉睡了亿万斯年。终于有一天，融化为水，汇入这条浩瀚的大河，完成了几万里几万年的一个轮回。每一滴水都幽远而神秘，从高原出发，走进印度洋。

"咱们除了像个磨道上的驴，走哇走，就不能想点别的事干吗?"芦花犯起难来。我们已经走出营区很远了。

"回吧。打扑克或是侍弄葵花。"我转过身。

"咦?这是什么?"游星眼睛尖,或者说她总在东张西望,企图发现点儿新鲜玩意儿。

河边有一具泄了气的橡皮筏。松软干瘪,如同鱼皮。

"哪都没坏,充上气就能浮起来。"游星惊喜地说。

"咱们这儿怎么会有这东西,又不是海军?"芦花也来了兴趣。她从小在山里,没玩过船。

高原师经常收到莫名其妙的装备。有一回运来一台巨大的电冰箱。"真是越渴越吃盐!还嫌我们这儿冷得不彻底?漫山遍野都是冰箱,比它的个儿可大多了!"老协气得直哼哼。其实,这是上级机关配给医疗部门低温保存药品的,同冰天雪地并不是一回事。但即使这样,那个冰箱也毫无用处,因为只有每天晚上才用柴油发电机供几个小时的电。

"甭管哪来的,咱们今天有事干了!"我兴致勃勃。

游星像拽一具尸体,把橡皮筏拖到汽车营。

"喂!气泵在哪?请给我们的皮筏子充上气。要快!"游星颐指气使,带着天然的命令气味。

一个小战士乖乖照办了。其实,用不着游星这般喝三吆四,换上芦花婉言软语地恳求,或是我公事公办地商讨,事情也一样能成。最基层的士兵对待女孩子,又同年轻军官的外冷内热不同,他们毫不掩饰对女兵的惊讶与爱护,使我们有所向披靡的特权。

有了船还得有桨。路过不知哪单位的焦炭堆,游星顺手牵羊夹了两把铁锹。

现在,万事俱备了。

沾了水的橡皮筏子一改在涸岸上的卑琐，油光水滑仿佛一只海豹，映出我们三人变形的影像。

最后一瞬，我迟疑了，不管怎么说，在场诸位中，我官阶最高，要对大家负责任。天已晚了，河水雪白的鬃毛尾梢已沁出墨水般的蓝光，夕阳在远处雪山的缺口处徘徊，浪涛凹陷处汪着粉红，像漂浮着花瓣。

"船长，快上来！开船啦！"游星看出了我的犹豫，抢先跳上船，向我招手。

芦花也跳上去，扶着铁锹桨，咯咯笑个不停。

上就上！狮泉河的水没有负载过船，我们在河边生活了这么久，还不知道河里是什么风光！

我双脚一踏，像踩了西瓜皮，险些滑倒。小小的橡皮筏陡地增加了一个人的分量，吃水很深，就地旋了一个圈。游星用铁锹一撑，锹上的煤屑汇成一股黑水，橡皮筏子疾速地驶离岸边。

好惬意呀！游星和芦花双人持桨，奋力向前，配合挺默契。我雄踞船头，像一位真正的船长。

狮泉河绝不像我们在岸上看到的那般温良，连风也霎时变得狰狞起来。橡皮筏子像一粒黑色的弹头，顺着斜刺的水流疾速进入了河中心的主航道。

狮泉河像一道粗大的灰色绳索。远看它毛茸茸的，仿佛棉纱般松软。近看也依然蓬松，好像少女未曾编紧的辫子。唯有深入到它的中央，你才发觉它有一根铁的主干，所有的浪花都盘绕它旋转，这根铁索越拧越紧，牵引着所有胆敢进入它的水域的漂流物。

波峰浪谷像狭窄山路应接不暇地急转弯，把橡皮筏子打得措手不及。

我们依然很兴奋。剧烈的颠簸给人驾驭骏马般的成就感，我们像鸭子一样叫着、笑着，说着谁也听不清的话，波浪的喧嚣遮蔽了所有声音，只见彼此大张着嘴巴。

残阳在雪山缺口处虚晃，半边河水已聚为幽蓝，仿佛变为两条泾渭分明的河流，深不见底地托举着我们，汹涌西去。

直到这时，我们才发现大事不好。最可怕的是我们非常轻快，根本不用举桨费力，皮筏子就箭一样在水面窜行。

营区已经像远古的神话，落在身后。游星试图将皮筏扭出主航道，拐入旁侧较缓的水流，狮泉河大智若愚地把她的努力化为泡沫。水流与水流之间，有着人所不知的极严格的界限，绝非轻易可以跨越。

怎么办呢？昏暗中，我们的脸忽上忽下苍白浮动。

"要是我不鼓动班长上来就好了。"芦花带出了哭音。

"现在不是说这话的时候！"我顾不上责怪别人，也顾不上责怪自己，忙着察看地形。

两岸的石壁像电影胶片一样，瞬间即过。橡皮筏子浮力很好，一时半会儿不会翻沉。可我们要回家！回到严峻而亲切的军营！

"只有一个办法了，跳下筏子，游到岸上。"游星咬着下唇说。

"可我不会游泳啊！"芦花抽泣起来。

"别哭！越哭水越多，我们就更回不去了！"我先稳住芦花，虽然自己也恨不能掉泪。

我略通水性，但在这样宽阔的河床和冰冷的水中，我不知自己能否成功地游到岸边。

"别怕！我带着你！"游星很有义气地说。

芦花不相信地看着游星。不是不信她的允诺，而是不信她的技术。

河道稍稍变窄，但流速也相应加快。橡皮筏子像流利的滚珠，用不了多久，我们就会被冲出国界。

游星已经在做下水的准备了。

"先别忙！容我再想一想。贸然下水，凶多吉少。别忘了咱们是一对半红，要是缺斤短两，可就当不成先进典型了！"我想说句玩笑话缓解一下气氛，没想到更添凄凉。

"最后做一次努力。芦花，你不会水，无论出了什么事，你都要搂紧橡皮筏子。游星，咱们两个齐心合力，把船头扳离激流，驶向岸边！"我开始行使班长的权力了。

"一帆，你和芦花坐着别动。让我一个人下水试试吧！"游星显出英雄气概。

"开始吧！"我不让她再说下去。

我和游星在皮筏子上奋力扭转航向的结果是——橡皮筏子失去平衡，一个侧翻，倒扣水中。

"抱紧橡皮筏！"当耳鼓浸满水的最后一瞬，我清晰地听到了一声呐喊。芦花说，这一声救了她的命。这个最不会水的旱鸭子，被扣到了筏子中央，冷暗若黑夜的锅底……

河水是逐渐浸入棉衣的。先是感觉到沉，许多不属于自己的赘肉附在身上，喉管像被一只很柔软但是密不通风的手捂住，血脉急遽膨胀，纤巧的身体变成庞然大物……其后才是冷。沁人心脾寒凝一切的冷水，充满了棉衣的每一处缝隙。我们像高压锅的铅锤一样，打着旋地向深远的河底遁去……

求生的本能加上游星最后的呼唤，使我们拼命抗御地心的引力往头顶的方向使劲,双手挥荡如狂风中的枯叶。指甲碰到什么,就像铁钩一样抠进去,企图悬挂住越来越蠢重的身躯……突然,仿佛是天助神力,颠覆的小舟艰难但是顽强地脱离了主航道,天知道这条野马般的狮泉河亘古以来是否航行过一只船!橡皮筏拖着我们,一寸寸锲而不舍拢向河岸。

终于,靠岸了!当我们重又踩到铺满鹅卵石的坚硬的土地时,双膝一软,跪倒在地,有浊黄的水从膝盖处篦出来。

还有两个人同我们一样狼狈——老协和孔博,是他们沿河追赶,跳下水,把我们拯救出来。

"你们是不是……想逃到印度去?"孔博为泅水方便,半途甩掉棉衣,此刻被冷风一激,上下牙咯咯打架。

我们的棉衣虽说饱浸冰水,一时却不曾被夜风吹透,相比之下,还稍暖和些。

"你们是怎么知道我们到河里来啦?"游星也很冷,但她好强,把话说得出奇慢,却流畅不打战。

"你们那点儿事,全师……谁……谁不知道!比电报……传得还快……自个儿还觉得挺保密……嘿……"老协走到他们脱下衣服的地方,把裤子套上。拿起棉衣,看了我们三个一眼,交到我手上:"谁体质差,先换上。"说完,颠呀颠地跑走了,大约是想借运动增加点热量。

我把棉衣塞给游星:"你有关节炎。"

"我有关节炎不假,可这又不是裤子!我的前胸后背可是完全正常。"游星把棉衣转给芦花。见芦花穿妥帖,又补上一句:"老协原本也是打算给你的。"

芦花一听,马上要剥下来,被我制止住了。她体质虽不错,但不会游泳,灌了不少水,里外透心凉。

芦花还是咽不下这口气,说:"都不要,我还给他去!"跑着去追老协。

游星说:"我也先走两步了。前有开道,后有殿后,我最安全。"莞尔一笑,蹒跚而去。她的腿看来够呛。

剩下我和孔博,棉絮里的河水被风一激,化作无数细碎的冰凌,每走一步,窸窸作响,仿佛草绿棉布里絮的不是柔软的棉胎,而是无数张崭新的玻璃糖纸。

"给你。"孔博把棉衣递给我。

"我不要。"

"为什么?这又没有人看见。"孔博不解,"怕你不要,我刚才就没敢当着众人给你。"

"你要是当着众人给,我就真要了。现在这样鬼鬼祟祟的,好像我跟你真有点儿什么秘密似的。我可不要。"

"唉!难道我们之间不是真同别人有点儿不同吗?你知道,为了能名正言顺地到卫生科见到你,我装了多少回病,屁股上挨的针像一只刺猬!"他深深地叹了一口气。

"你又何必这样呢!"我也叹了一口气。听别人赞美自己,是件快活事。但军规像一只苍老的手,扼住我的心。我不知对他说什么。

"凡有男女的地方,都会这样。当男人和女人比例是1比1的时候,世界会很安宁。就像祖先遗留给我们的那条著名的阴阳鱼,端正平和,可以组成一个无可指摘的圆环。"孔博侃侃而谈。

"狮泉河的鱼可不好吃。高原太冷了,鱼为了御寒,也长出肥猪一样的膘。有一天我看见一片河水变为墨黑色,以为要出什么妖怪,走近一看,才知道是一群鱼背映的……"

"别打岔。我们能有这么一个说话的机会不容易。狮泉河的鱼没有以前多了。早些年，浅水的地方汽车开过，漂起两道鱼墙，碾死的鱼用自己的尸身标出车辙……当男人和女人是2比1时，会引起最简单的战争……"

"当男人和女人的比例是10比1的时候，会有许多阴险狡诈的小人和光明磊落的勇士，这个团体该英勇善战一往无前……当男人和女人的比例是1000比1的时候……"

孔博沉默了。

"想不到你的脑袋瓜里除了装满电台和密码，还有这么多乱七八糟的东西！那又会怎么样呢？当1000比1的时候？"我迫不及待地问，因为这正是我们在高原上的比例。

孔博依旧沉默。

"你倒是说呀！要不我走啦！"我要挟他。孔博的理论惊世骇俗，我只知道女兵的处境微妙，却从没有上升到理论上思考。这家伙除了伪造信件，还有几分怪才。

"沉默呀！我这么半天一言不发就是答案。当1000比1的时候，所有的男人都不再说什么，他们只是看着，等待着，没有人会知道将出现什么事情……别说有军规管着，就是没有，也难得有人敢轻举妄动。众人的沉默是一种无形的绳索，每个男人都怕被拒绝、被嘲弄……"

"那……"我问。

"我知道你要说我为什么要给你写信。因为我觉得我是这1000人当中最优秀的……"他目光灼灼地望着我。

远山在苍茫的暮色中逶迤，好像一具猛犸象，正在舔食天边的云霞。最后的阳光将高原丝缕状的云翳染成诡谲的翠绿色，仿佛深海中的浮萍。

我看到一个小小的人影,像棋子似的移动。

那是高傲的游星。

"可是你们为什么不给游星写信呢?"我问。

"可我们为什么要给游星写信呢?"

"她挺好的。能干又漂亮……"

"男人找老婆,并不只看这两条。还有许多很复杂很微妙的连自己也说不清的东西。比如芦花,就像一碗晾得正合适的粥,谁喝下去都觉着舒服。比如你……"

"别说我。我们说的是游星……"我又一次岔开他的话。

"好。就说游星。我敢肯定,不会有任何人给她写信的!"孔博停住脚步,很严肃地对我说。

"你怎么知道?好像你们举手表决过似的!"我真的吃了一惊。

"我们早把你们调查得一清二楚。对游星,我们同仇敌忾,众志成城。"

"为什么?"我真为游星难过,她在什么地方不检点,得罪了整个高原上的男性军官!

"因为……害怕。"孔博突然气馁。

"害怕什么?她又不是叛匪。"我好气又好笑。

"叛匪并不可怕。碰上了,我可以立个功给你看看!可娶一个游星回去,是党指挥枪,还是枪指挥党?"

"家又不是战场,打比喻要适当。"

"哪儿都是战场。别看我们此刻平平安安,明天就可能爆发一场战争。再者是谁不想在部队混个好前途?可你要是娶了司令员的女儿,干得再好人家也说你是沾了老丈人的光。堂堂男子汉,今后怎么领兵,怎么在人前腰杆硬硬地讲话?对军人来说，功名事业远比女人重要。所以，大家都憋了一口气，别说游星还有那么多毛病：盛气凌人、又馋又懒……就是完人一个，我们也不招惹她！由她自个儿趾高气扬去吧，我们约好了，谁要是讨好她，谁就是我们之间的叛徒！"

孔博刚夸我时，心中还有几分沾沾自喜，听他攻伐游星，也颇能满足自己的好胜心。但渐渐手心发潮，想不到这帮小伙子竟存了如此顽劣的心计！

游星，你可知道自己生活在敌意之中？

"其实游星并不像你们想象的那样。比如馋，她不过是爱挂在嘴边上。"

"喂！你别老跟我谈游星好不好？她就是公主，我也不想当驸马！我只想同你谈谈你，谈谈我们！"孔博突然火了，肆无忌惮地朝我嚷。

"我们没有我们！"我也不甘示弱。

孔博真傻。男女之间的谈话，最初绝对是从各自的朋友开始。他这种单刀直入直取上将首级的战术，真叫人接受不了。

营区像一头蹲踞的野兽，已在前方出现。我们就是想言归于好，也没有路程了。

老协千辛万苦把我们从冰河中救出，目的就是让我们写检查，第一遍不成，再加工还不成。我基本沉得住气，芦花的检讨书已经被泪水浸得像泡泡纱，老协还说不行。

"看我的。"游星忍不住了，提笔以我们三人的名义写了一份集体检查。

"我们私自驾驶橡皮筏子顺河漂流，主要是想到印度洋上看看风景……"

"你疯啦?这可不是开玩笑的事!在国境线上,有什么比投敌叛国更重的罪名?!"我吓得要撕,"真是跳进狮泉河也洗不清!"

"你放心!"游星闪着一只眼拦住我,"真要是三个女兵集体预谋叛逃,第一个吃不消的就是老协!"

真叫游星给说对了,面孔黝黑的老协面对自供不讳的罪状,反倒先蔫蔫泄了气。

"瞎写什么!"老协掏出烟,拿火柴没点烟,先把游星的"自白"给烧了。"以后再不许你们四处乱逛,惹出那么多麻烦。"

老协对我们管得越发严了。

那天晚上,电灯很诡谲地眨了三下,这是柴油发电机给大家的信号。按规定,五分钟后,电灯就会熄灭,请大家准备好煤油灯或是蜡烛照明。

"游星还没回来,门怎么办?"芦花问我。她胆子小,又睡在最靠近门口的地方,每天入睡时,都把门口的警戒措施搞得十分复杂。插上门后,先在门前摆一张凳子,若是有人半夜闯入,推门之后就是一声惊天动地的巨响,足以把沉睡中的我们惊醒,然后在靠近她床头的地方再摆上脸盆,盆里注上快溢出来的水。这样闯入者就是有幸躲过第一道防线,也会一脚踹进水盆,除了造成极大的声响外,必定滑一个结结实实的大马趴。

我说过她:怎么搞得像地道战一样复杂!虽说害怕黑暗是女孩子们的通病,但像芦花这样近乎病态的恐惧,也很少见。游星干脆在背地里一本正经地对我说:"她家的什么人可能在半夜里被人强奸过。"我说:"游星你再胡说,我就让你睡门口!"

游星今晚没回来,芦花的防暴措施就无法付诸实施。芦花哼哼唧唧睡不踏实:"这么晚了,能到哪里去?班长,你说说呢……"

我说什么呢?游星到哪里去了,我怎么知道?世上的事,大约都是压迫越深,反抗越烈。游星最近常外出,而且每次都要梳理打扮一番。说来也可怜,高原上的女兵,不可能有任何特殊的服饰。游星唯一的美化方法,就是把汽油桶一样肥硕的棉裤换成绒裤,显露出修长的双腿。每当山风吹过的时候,罩裤不会粘在棉裤上,而是潇洒地随风摆动。

老协敏感地皱起鼻子:"游星不是说有关节炎吗,怎么反倒比别人抗冻?"

我烦老协一天到晚像特务似的侦察我们,他一天天找芦花谈心,为什么不说说自己!

为了证明游星并不脱离群众,下午我也把棉裤换下。高原部队的冬服是一年一换,理论上我们每年都穿新棉衣。实际上我的棉裤破得惨不忍睹,裤腰处的棉花全穿飞了,只剩内外两层布,变夹裤了。

我特地到老协面前走了走,以显示我的绒裤。假如他要说我,我就说:"怎么?这不是总后发的军装吗?"可惜老协只是很有些悲哀地看着我,没说一句话。

听说老协在乡下有个未婚妻,是穿上军装的第二天,父母给包办的。农村有些很穷的小伙子,原来都是要打光棍的命了,突然应征入伍,有姑娘的人家便把宝押了上来:若是今后能在队伍上出息个军官,自己的姑娘也就能跳出去,弄个太太当了。若是干几年回来,女婿也算是见过些世面,不会比土里刨食的更差。匆匆忙忙订的好事,待到青年小伙真的套上四个兜的干部服,这种没有感情基础的婚姻便遇上了地震。一把扯散了,怕组织上从此对自己有看法,影响前程。凑合着,又觉得委屈,便一直拖着。

尽管老协自己的事挺挠头,对看守我们还是尽责尽职。在他心里,肯定觉得我们像一堆炸药包,不定哪一刻就会有火花冒出。

绒裤还真是穿不得。阴冷的地气先把双腿骨缝里的浆液凝成鸡蛋清样,使关节涩得像一盘老磨。凉气继续向上蔓延,像拔节的麦子,一会儿就抵到腰,冰冷冷地有直逼胃脘之势。

我佩服游星,别看只是换穿了一条绒裤,没有一股火热的朝气,还真抵挡不住。

事情似乎有些异样。那副精美的扑克,那缸子没有溶化的白糖,那个披军大衣的男人,听说他是地方政府的机要交通员,一名普通干部……

也许,我应该找老协汇报一下这些疑点?可是,他会不会说我思想太复杂了?万一要让游星知道了,也许会骂我一个狗血喷头,我又何苦?在我内心最隐秘的地方,我甚至希望游星沿着这条危险的路走下去。她很聪明,又有能力。特别是她有那样一位父亲。单凭这一条就值得别人忌恨。虽说迄今为止还没显出她的老爹对她有何特别关照,但所有的人都知道,到了关键时刻,这柄巨大的保护伞肯定会起作用。游星是我强有力的竞争对手。

"班长!班长!"芦花在暗夜中呼唤我。

我没回答。尽管高原的黑夜是世上最黑暗的地方,我还是不愿让芦花发觉我很清醒。

芦花轻手轻脚地穿好衣服,又叫了我几声,好像要同我商量。

作假既然已经开了头,只有继续装下去,我坚持一动不动。

芦花开门出去了。

三个人中两人不在,我感到孤单和恐惧。我竭力劝慰自己:游星就会回来,芦花就会回来。然后蒙蒙眬眬地睡着了。

等我醒来时,满屋亮堂堂的。高原的阳光像一把寒冷的钢针,尖锐地刺着你的眼,却丝毫不给你温暖。

两张床都空着。

出了什么事?她们俩上哪儿去了?彻夜未归,在野外是要冻死的!

"周一帆,你出来!"是老协,声音冷得悚人。

"到我办公室去!"他用命令的口吻说。

到底怎么啦?我心中忐忑不安,满腹狐疑地推开协理员办公室的门。

地中央的椅子上坐着一个人。皮大衣、皮帽子、毛皮鞋、皮手套……武装得像要过前沿潜伏。尽管穿了这么多,浑身还在瑟瑟发抖,好像恶性疟疾病人在发高热。门响,我进来,都泥塑般毫无动静,好像灵魂远遁。

这是谁?犯了什么过错?明知不该过于好奇,我还是转过去仔细端详。

这个把自己包裹得严严实实,仿佛想缩进地缝里的人,竟是——游星!

在此之前,我不相信时间会在一夜之内,如此残酷地改变一个人的外貌：她的头发不知被汗水还是泪水粘结在额角，细密的皱纹像渔网一样罩在她年轻的脸庞上，显得那么做作虚假，仿佛伸出手去就可以抚平。最重要的是眼睛，司令员女儿那双高傲聪灵的秀目，像泉眼在一夜之间干涸，只剩下深不见底的凹洞，用无神而呆滞的目光与我对视。

要不是老协站在一旁，我真想拼命将她摇醒：游星！你怎么啦？该不是夜里做了个噩梦，迷失在茫茫的雪原？

老协面向我布置任务，完全无视游星的存在。我感到大事不好。

"游星昨天晚上，同地方上的机要交通员伍光辉坐同一辆吉普车，试图向国境方向叛逃。幸好芦花同志及时报告了她失踪的情况，侦察部队才将他们俘获。在事情没有最后查清之前，先施行单独拘押。"

天啊！我一时如五雷轰顶！这怎么可能！游星有种种不讨人喜欢的毛病，但她绝不会干出这种事，绝不会的！我想这都怪我，假如我昨天拦住芦花，也许一切就不会发生！

椅子好像突然燃烧，游星跳了起来："不是的！我绝没想到叛国！我没有——没有——"她从呆若木鸡变得歇斯底里。

"不是想外逃，我们从吉普车中堵住你们的时候，车头正向着国境方向。这是什么意思？"老协咄咄逼人。

是的。游星必须回答这个问题。不然，她如何洗清自己作为一个军人的忠诚？！

游星苍白的脸突然变得通红，好像一只无形的巨手把她的头按到了地上："这……我们忘了那是国境方向……"

"好一个'我们'！好一个'忘了'！你们在干什么，把国家这么重要的事情都能忘了？还有一个解释，就是你们……冰天雪地的，就不怕冻着？想得还挺周到，穿了一身皮货……说啊，你们到底是干了什么？说！"

如果有一根树枝在老协面前，他的目光会让它冒烟。

"我们什么也没干，只是想坐着车看看夜里的高原……"游星极力为自己辩解。

"哄谁哩！"老协鄙夷地说，"看高原？成天看还看不够？孤男寡女夜里溜出去，还能干什么？说……说不清楚，你们就是企图叛逃！"老协像把一柄刀和一条绳索扔到游星面前，由她选择。

游星必须说清楚，否则她无法保持自己作为一个女人的清白！

久久的沉默。游星的脸缩在毛茸茸的皮帽扇圈成的洞穴里，像一块万古不化的寒冰。

我预备悄悄地退出去，我忍受不了这种严酷的煎熬。

"不要走。拿出纸笔，把游星的话记下来，这件事现在轰动了整个部队！"老协好像背后有眼，及时制止了我的逃跑。

游星的鼻翼痛苦地颤动着，她面临可怕的选择：要么承认对祖国的背叛，要么承认自己是一个放荡的女人。

游星继续沉默了很长很长时间，老协也并不催促。好像面临一桌盛宴的人，并不太计较时间。

我看着桌上一个积满茶锈的大缸子，褐黑色的图案像一座城堞和许多锋利的牙齿……我仔细地研究那个缸子，看出像未定国界一样蜿蜒的曲线……

突然我发现游星也在盯着那个茶缸，我立即把眼光移开……我突然充满恐惧地想到，那重重毛皮裹挟下的可怜的人儿，倘不是游星而是我，该怎么办？怎么办？

脊背中央有一股冷血在向上升……

室内的海拔好像上升到比珠穆朗玛峰还高的地方，稀薄的空气还在不断逃逸。游星低着头，看不清她的脸，只见双肩在摇动。

我猜她在哭，却听不见丝毫声响。

终于，她抬起头来。我和老协看到一张惨白却十分果决的脸。

"我说。"她说。

"这就好。"老协心满意足地说。吩咐我："拿纸笔！快记录！一个字也别落下！记原话！"

我记下的游星第一句原话是："我有一个要求……"

"不许要挟组织！"老协很严正地拒绝。

"不答应我就不说。"游星不退让。

"那你先说说看。"老协心切，先迟了一步。

"那就是——无论我说了什么，都不要告诉我的父亲！"

"这个……我可以答应你，我不告诉你父亲！"老协松了一口气，在他看来，这算什么先决条件！但他同时也耍了滑头，他只保证自己不说。

游星这么爱这么怕她的父亲！我原以为她会迫不及待地找她的父亲，以求庇护。

"我爱伍光辉，他也爱我。就这些。"游星突然很快地说。

"详细点！"老协不依不饶。

游星拒绝谈细节。

"那还是有叛国投敌的嫌疑。"老协又端出无敌的法宝。

游星抬头看了我一眼，突然跳出一缕亲昵的光："能让班长出去一下吗？"她轻声问老协。

这是我与游星相识,她第一次称呼我的职务。

"不成。"老协很干脆地拒绝了,"这种事,有两个人在场好。"

于是游星不再看我。她开始讲一个轻浮女人的故事。这个女人就是她自己。伍光辉是那么英俊而无辜,所有的责任都是游星承担。还有老协最感兴趣的时间和地点……

"好啦。你先回去吧!没有允许,不许出屋,等待处理。"老协对游星赦免似的说。

"周一帆,作为一个班长,你是很不称职的!昨天晚上有人夜不归队,你为什么不报告?幸好芦花警惕性高,积极请示,又和我们一起去找。要是真有人叛逃,从你到我都得上军事法庭!"

原来真是芦花!可是你呢?你昨天晚上想了些什么?事情到了这个地步,是我们都不曾料到的。假如我昨夜拦住芦花,假如芦花安静地睡着了,他们以后也还会去看高原的星星……

"游星是不会叛国的。"我急急辩解,这是我此刻能为游星做的唯一一件事。

"我说你什么时候才能老练起来?那不过是个工作艺术嘛!不这样唬,她哪能老老实实说真话!"

我瞠目结舌!

"周一帆,游星的事如何处理——还得等待研究。这期间,你别上班了。也就是说,你的工作改为监护游星。千万不能出意外。"

"协理员,这事还是让别人干吧。比如芦花。"这是我第一次抗拒命令。一个宿舍的战友,突然成了看守与被看守的关系,对她对我都是折磨。

"芦花说她不愿见游星,我已经把她调到别的宿舍了。你是班长,这是党交给你的任务。"老协很严肃地说,"最近边界形势很紧张,军区要组织一个前线指挥部到阿里。军人要以服从为天职。"

一只懒洋洋的黑猪,肚子上粘着雪白的纱布,在高原上漫步。

高原上难得有家畜家禽。这些人工驯养的动物,初上高原还没能循序渐进地适应高原,高原就毫不留情地把它们淘汰了。这只黑猪是一个例外,大家猜它一定刚从野猪变过来不久,保存着蛮荒的强悍之气,所以才能在高原苟且偷生。

因为缺氧,军人们的胃口很糟。农民的子弟也开始扔白馒头,黑猪便顿顿会餐。因为缺氧,猪也动作迟缓,肥膘触到地上的卵石,肚皮就磨破了,经常像个功臣似的到卫生科换药。

黑猪这两天开始挨饿,军人们的胃口出奇得好。

我到食堂去给游星打饭。乱糟糟的咀嚼之声突然噤住,仿佛我是个大人物。

这些天,游星事件和火药味日见其浓的国境战事,成了高原师永不衰竭的话题。年轻的军人们在密切注视敌人枪口的同时,也分心关注着我给游星打饭的碗。

游星不得擅自出入我们的宿舍,我昼夜同她在一起,成了名副其实的看守。除了我,没有人知道游星的真实近况。她的桃色故事在传播中乌烂发紫,不忍卒听。

我没法替游星辩解,她使我们女兵班蒙受了巨大的耻辱。大家都忙不迭地洗白自己,好像早就看出游星是个淫荡女人。我难以自保,何以保人。

我端着满满的饭碗，在男人目光的甬道中穿行。我感到那目光中的荆棘和火焰。我无法设想游星有一天当真走出那禁闭的小屋，该如何在这剑戟般的目光中生存！

推开门，我有意让门扇敞着，希望正午的日光带给我们温热。

早上的饭还摆在桌上，丝毫未动。我把中午饭又放上，游星连看都不看。

"游星，多少吃一点儿。你已经几天不吃饭了！"我好声劝她。

"不。"她极轻微但毫无商量地回答我。

自那个可怕的夜晚之后，游星就几乎不吃不喝。最令人费解的是她再也不肯脱掉厚重的棉服和皮大衣。据说是与追寻他们的汽车相遇时，她就匆匆穿上了全套的防寒装备，好像一副铠甲。

我每逢走进屋，看到她，就感到周围是一座大冰窖。

我熟悉的那个游星死去了，剩下的只是一个外表像她的女人。

"吃吧。真把身体搞坏了，以后你怎么上班？再说，你们家里人也会伤心的。"我不是一个巧嘴的人，但看着游星陡然清癯的面庞和黯淡无神的眼珠，搜肠刮肚地劝她。

"你是说，我过不久就能上班？"她幽暗的眼窝亮了一下。

我使劲点头。其实我哪有权力做这么大的主！

"你骗我。"游星在苦难中依然聪明，"我知道，在部队，一个人打了败仗可以原谅，沾上了这种事，就永世不得翻身！"

我木讷无声。游星呀游星，你什么都明白，为什么要陷进去？

她忽然又自己笑起来："你说得也对。身体要真坏了，他会伤心的。"说罢，像吃药似的拨拉了几粒饭。

那个他，是谁？她父亲吗？

不管怎么样，游星开始吃饭了。这就好。

"班长，有人找你。"芦花怯怯地在远处喊我。

一对半红早已彻底解体。我并没有把芦花汇报这事告诉游星，芦花却总是不愿见我们。

"你去吧。我不会自杀的。"游星见我犹豫是否离开岗位，设身处地为我着想。

"帮我照看一下。"我对芦花说。

她端了个小板凳，呆坐在院子里，从敞开的门洞瞄着游星。

孔博像一株抖掉积雪的绿树，俏拔潇洒。我知道他不但斗胆脱了棉裤，趁着正午，居然把棉衣也扒了。"很精干呀！不过关节可要疼的。"我信口说。

"疼了就请你打针。你打针一点也不疼，简直是享受！"

"别胡说！再要贫嘴我以后像纳鞋底一样戳你。"我突然察觉这样说笑下去十分危险，前车之鉴，不可不防。便板起脸，"你喊我出来什么事？"

"告诉你一个秘密。"

穿便衣的老百姓给心爱的姑娘送上一束花，穿军装的小伙子就携带一个秘密。

"什么秘密？"

"军区的游司令员，也就是游星的父亲，被任命为阿里前线指挥部的司令员，就要上山了！"

高原师进入了紧急战备状态。水壶灌满水，子弹推上膛。每人两双鞋，捆在背包上。解放鞋预备冲锋时穿，厚重的毛皮鞋是跋涉雪山时用。部队像伺机猛扑的虎豹，鬃毛乍起，抖动得不耐烦了！

唯有我们，像台风中的风眼，过着异常平静的生活。日出而作，日落而息。时间稀释了刻骨铭心的痛苦，游星略略恢复了一点儿生气。

"外面在忙什么呢？"她问我。

唯一能够同她交谈的是我。老协曾再三告诫于我，不能将战备之事，透露给游星。为什么，我不知道。但游星是将门之女，战争除了是种种极为细致严谨的准备工作，更是兵临城下笼罩一切浸透一切的气氛。它像一团浓重的铅色烟云，裹挟着全师随它旋转。游星用她聪明的心感觉到了。

老协的命令不可违。我含糊应道："可能是有什么行动吧！"

"你去跟领导说说，放我出去工作吧！我一不会外逃，二不会自杀，一定等候处理。外面这么忙，咱们俩都这么闲着，多窝囊！就是打仗，也允许戴罪立功啊！"她央告我。

听了我的转述，老协冷笑一声："我还没急她倒急了！事情还没处理完，她就到外面大摇大摆走来走去，党纪军法岂不成了儿戏？！"

我非常憎恨自己现在的角色，老协杀一儆百的用心，我不得不服从。游星尴尬悲凉的处境，我毫无办法。内心深处，除了对弱者的怜悯，又希望游星受点挫折，从此敛起傲慢。

不过，事情很快就要见眉目了。领导的意见，是尽快做出处理。最好赶在游司令员到达前指之前。老协搓着手掌，像在部署一场重大战役。

我一时猜不透这其中的联系,面露不解。

"部队马上就要进入临战状态,一天到晚把女人的事挂在嘴上,岂不影响斗志?再者,游司令员一上来,还能不包庇他的亲生女儿?处理起来棘手了!我不怕得罪人,坚持从严惩处。司令的女儿和农民的女儿,败坏了军纪要一视同仁!谁说好话也不能宽容,才能保证军队铁的纪律!"

老协义正词严。这些话自然都是不错的。

"不要透露游司令即将上山的事。一个字也不许对游星说。不然,她提前同她爹通了消息,咱们的工作就被动了!"老协再三叮咛。

我深一脚浅一脚地往宿舍走,左右为难。

这正是阿里高原上最温暖的时光。我突然看到地面铺满金砖!

啊!是我们种的葵花开了!

多少天来,它被我们彻底遗忘。游星忙着坐牢,我忙着看守,芦花无声无息像一只老鼠。向日葵不理会人间的一切沧桑,毫不懈怠地生长着。从寒冷的土地中汲取养料,从稀薄的空气中收集阳光,竟不可思议地匍匐着开起灿烂的花!

它只有人的膝盖那么高,细细的茎子像一缕柔韧的麻,虽被飓风塑得东倒西歪却顽强探向天空。花盘极小,只有5分硬币大小,异常菲薄。四周尖锐地分蘖出像箭头般的金色的花冠,像黄铜一样闪着明亮而细腻的光辉。

向日葵这种平原上司空见惯的植物,在高原显露出陌生的模样。

这不知是不是地球上最矮的向日葵,但我想它肯定是世界上最高的向日葵了!

回想我们共同栽下它们的时候,多么快活!

"我能工作了吗?"游星充满渴望。见我久未答话,便知趣地垂下眼帘,让浓密的睫毛遮住水光。

"你爸爸,对你……好吗?"我小心地选择字眼。在命令与良心之间,我要开辟一条崎岖的小路。

现在,只有游星的爸爸能够救她了。

"你问这个干什么?"游星警觉地问我。

"不过是随便聊聊。我想,世上只有极少的人到过高原,女人当然就更少了。我们住在一间宿舍,像一家人。"

"班长,你是个好人。特别是这些日日夜夜,在我一生最困难的时候,你没有像别人一样,把我看成一个坏女人。"游星动情地说。

哦!游星!我绝没有你想象的那么好,不过现在不是谈论这些的时候。

我接着问:"你一定很想你的亲人们,对吧?"

"是的。"游星仿佛预感到什么,紧张地盯着我。

"也许你不久就能见到。"我咬着牙吐出这句话。依游星那个机灵劲儿,她一定能猜到我的用意。

"太好啦!"游星攥住我的手。她的手指尖冰凉如笋,但手掌已经温热有汗。"求求你,快帮我送封信给他!出了这么大的事,他的日子一定很不好过!"

"他——谁?!"我目瞪口呆。

"伍光辉呀!"游星嗔我明知故问。

我真恨游星的痴情!大难当头,还不快想保全之策,反倒雪上加霜!我不能帮游星做这种串联的事,很坚决地摇了摇头。

"我给你出了个难题……"游星像个老妪一样悠长地叹了口气。

我们凝望远山。窗玻璃像一幅镜框,镶进无数巍峨的雪峰。那些地图上显赫一时的峰峦,那些令人咋舌的世界之最,都像静止的油画,摆在我们面前。当你看到喜马拉雅山、冈底斯山、喀喇昆仑山的任何一座主峰时,你都注定会失望。它们同你见过的成千上万座雪峰毫无二致。只有极精密的仪器会告诉你:你们确实比其他的兄弟们要高那么百十米。但对苍莽的高原来说,这差距实在只是一根头发的间隙。而且从某个特定角度看去,也许近旁那座无名的山岭更高大魁伟更有不可一世的威严气概,可惜它只是个芸芸众生。

高原是由无数无名之辈构成的宏大体系,时间在这里永恒。

那时游星的父亲是师长。年轻骁勇的野战军师长,该是多少姑娘倾心的对象!可骄傲的师长一律不理不睬。功未成,国未报,何谈家!一场血战下来,敌人尸横遍野,冲锋陷阵的师长大捷归来,连根毫毛都未伤。

"做完战斗总结,你给我住院去!"首长像对自己的儿子说话。

过草地的时候,游师长实在走不动,曾趴在这位首长的背上。现在,当年壮健的后背已稍显佝偻,游师长还是唯命是从。

"可我没受伤啊!"游师长挠挠后脑勺。

"那就是身上哪个地方不舒服了。"老首长很肯定地说。

"没有哇！除了头发长了，每个月得剃一回，哪都装备精良。"

"就你这个憨样，真不知是怎么打的胜仗！"老领导发怒了，"叫你去，你就得去，回去好好想想，想出个病名来。明天下午野战医院来接你，到了那儿，你仔细看。看好了哪一个，就用车把她拉回来。记住，可要挑个贤惠的！"

游师长傻呵呵地站在那儿，这是他生平接受的最艰巨的任务。

野战医院住进一位年轻彪悍的军人。

游师长的病号服甩在一边，穿着警卫员浆洗一新的军装，在医院里闲逛。他无法忍受像斑马一样的布衫，只有军服才会给他勇气和力量。

他像以往执行任务般勇猛快捷，只是忘了前辈的谆谆教导。他没有挑选最贤惠的姑娘，而是看中了全野战医院最骄傲的女兵。

所有的女孩子都对年轻的师长另眼看待，唯有这个女兵，依旧在铁丝上晾晒散发着特殊气味的手术巾，对走近的师长不屑一顾。

师长感到自己遇到了难以攻克的鹿砦和城堡，他立刻兴奋起来，发动了猛烈的攻势。

"不。我不。"那个后来成为游星母亲的女人，低声但是很清晰地拒绝了师长，"我从看到您的第一眼，就很怕您。现在也是这样。这怎么能在一起过日子呢！"

原来如此！师长还以为洗衣班的小姑娘看不起他呢！师长不想再耽搁了，他觉得这真是一件麻烦事，他还要急着去打仗呢！"我这个人就是这个脾气，爱瞪眼睛，一回生，二回就熟了嘛!"

师长俯尊就屈,游星的母亲依旧不从,师长动怒了:这又不是篮球场,可以随便换人!游师长不想落个挑三拣四的恶名,这已不仅仅是老婆的问题,关系到军人的尊严。

上至野司,下至医院领导,走马灯似的来给小女兵做工作。当游星的外祖父母都被接来劝说时,游星的母亲终于同意了婚事。

游星的母亲只为游师长生了游星,总是骄傲而忧郁。游师长成为游军长、游副司令,依旧威武,依旧具有独特的魅力。天下美丽的女人,并不都像游星母亲那样冷若冰霜。

"怎么办呢?有个女人非要嫁我。"游星的父亲在同妻子讨论这样的问题时,坦率而磊落。假如妻子哭一顿闹一顿,说你从此再不要理那个女人,游副司令员一定会干脆利落地了断此事,可惜游星的母亲单独对墙站立了一会儿,然后回过头来平静地说:"我走了。把游星留给你。走出你的家门,我就重新是个普通的女人了,孩子跟着你,会有一个好前途。我放心。"

母亲长久地亲吻了游星,把冰凉的泪水灌满她小小的耳蜗。当时她正躺在床上,不知道这是一次永远的别离。

作为平民子弟,对权贵们的家眷有天然的敌视,想不到游星有这样的身世!

"继母对我很坏。我说的坏,不是吃不饱穿不暖那种。在我们那种家庭,坏不是用这种形式表现出来。她只是不管我,说穿了,就是不爱我。要一个和你没有血缘关系的人,挚爱你,你也爱他,这挺不容易……认识了伍光辉我才知道爱的力量……"

挺好的谈话,突然混淆进那个穿皮大衣的男人,我急忙扭转话题:"还是说你爸爸吧!"

"他根本就不懂得爱……"

"你爸爸万一知道了你的事,会怎么样?"

"不!不!无论受多重的处罚,千万不能让我父亲知道!那样会把他气死的!你们答应过的,你们不能说话不算数!"她声音嘶哑地叫起来。

游星其实深爱她的父亲!

随着战备升级,大家对游星事件的久悬不决,反应也愈加强烈。这是一道辛辣无比的调料,极大地刺激着人们的想象力和正义感。每个人都在同游星境遇的比较中,感到了自身的优越与崇高。越显示对游星的鄙弃,越反衬本人的纯正。同仇敌忾,义愤填膺,怎么谴责那位龟缩在小屋内的昔日的公主都不过分,她的利嘴又得罪过那么多人。她的贵族成分,更使这种愤慨具有了广泛的群众基础。人人都能从他人的苦难中,汲取濡养自尊的维生素。

我不敢说这些情绪我一分没有。但只要见到蜷缩在羊毛中的游星,我就感到深切的痛苦和同情。游星就像一个青核桃,用强硬的外壳包装着嫩弱的内心。那些涉世未深的普通军人,不敢爱一个高不可攀又性格莫测的姑娘。当终于有人向她表达爱慕之情时,她几乎是迫不及待地走向了深渊……

游星能自由活动的唯一时间是上厕所。厕所在半山,我尽量同她慢慢走,让她在蓝天下多待一会儿,呼空气,晒阳光。

高原的空气很阴险。初闻的时候,它新鲜而凛冽,像刚摘的雪花梨一样清香。但它很快就会抽走人类不可须臾离开的氧气,充填进一种透明的麻醉剂。吮吸高原的空气,会被它不动声色地引向死亡。高原用看不见的黑手扼住你的脑扼住你的胸，扼住你的心肺和所有空腔，使它们像一只只漏水的皮囊，永远不能充分供给生命的食粮。

稍微不慎，你就会被缺氧击倒在地。无数粉红色的泡沫痰像螃蟹沫似的从你的口鼻涌出，血液被偷换成浓重的铅汁。高原用手轻轻一点，你的肌肉就凝固成岩石，满头的青丝变成冰雪样苍白……

神圣而又残酷的高原啊！

游星走路的时候，极不老实，总是东张西望。遇到迎面而过的干部战士鄙薄的目光，连我都替她难堪，她全不在意，四处环顾。

她在找人。找伍光辉。她以为他会找机会来看她。这件事，整个部队地方人言鼎沸，伍光辉不会不知道游星已失去自由。他没来，说明他一定也受到阻碍……

游星的这点儿心思，明明白白写在她缺少阳光苍白如瓷的额头和焦灼的幽暗瞳仁里。

听说，地方上远没有我们这么法度森严。伍光辉只写了篇检查，检讨了私自动用吉普车外出的错误，其余的，并无人追查。

这世界有一把女人尺，还有一把男人尺。

这一切，我不敢向游星透露。

天，阴沉沉的，像在孕育风暴。阿里这地方短暂的暖意，像白驹一样走了。

从厕所归来，中间夹一块空旷的谷地。在遥远的过去，狮泉河可能从这里流过。河水变迁了，卵石沉留下来，一排排鱼鳞般地裸在地面。

我和游星一前一后。我有意同她拉开距离，不让她感到被人监视的侮辱。突然，她僵住了。前仰着身子，脖子固定在一个很不舒服的角度，像被人用钢钎钉住了。

顺着她的目光，我迅即找到一个深蓝色的身影。他拎着一个黑色公文包，很急促地朝我们走来。

那身影越走越近，像一个轻捷有力的音符。我分辨出周正的鼻梁，很有棱角的微抿的嘴唇……他穿着一身藏蓝制服，在看惯了草绿的军营里，这蓝色鲜艳悦目。

来人正是伍光辉！虽然他没有穿皮大衣。

游星并没有认错人！在她面临四面八方的训责时，伍光辉迎着高原这个冬季最早飘下的雪花，向游星走来！

游星站着没动。漫长的等待和巨大的欢欣，使她脸上充满圣洁。

我陷入进退维谷的窘境。他俩的接触，显然不相宜。作为执行任务的军人，我理应制止。但在目睹了游星痛不欲生的磨难之后，我又实不忍心阻挠。

我的心在矛盾中煎熬。闭上眼睛，背转身，装作养神？抑或劈头盖脸迎上去，像庖丁剔骨的刀子，揳进他俩之间？

没容我艰难地做出选择，伍光辉一个折身，大步流星拐向侧方，目不斜视地走进通信科办公室。

我费力思索这意外的变故。是不是有人监视？四周空寂，只有无数鹅卵石像煮熟的死鱼眼，目睹这一幕。是不是他为掩人耳目，随手丢下一封信，或是一个纸条？没有哇！只见风儿卷着谣言似的雪花，围着我们上下翻飞。

答案其实现成而简单：伍光辉是在履行正常的公文交换事务，完全是一次偶然路遇。观察他的路线，是一条插过谷地的便道。他没有多走一步路，自然，也没有少走一步路。

我不忍心看游星。她钉在地上的两只脚，仿佛被人钻通了。全身的血液都从那里流失，只剩下薄脆的躯壳。

"刚才……我是不是看错了……人？"她恍惚地问。

我应该骗她。说我不认识这个人或是根本不知道你说的是谁。但是倏忽之间我没想到这些假话，几乎是本能地点点头："正是他。伍光辉。"

游星朝着伍光辉隐没的方向说："他还能工作。这挺好。"

我叫芦花帮我照看游星，跑去把老式电话机摇得像一挺机枪。

"喂！孔参谋吗？我是周一帆，我想见你。"

"周一帆，你终于想见我啦？太好了！我马上跑步就去！"孔博在电话另一头高兴得大叫。

他果然气喘吁吁赶来。

"伍光辉到你们那儿去了？干什么？"我没好气地问。

"他是地方机要交通员，经常与我们互换信件公函，很正常啊。"孔博摸不着头脑。

"他这个人一定有些过人的地方吧？"我问。我心中还存最后的幻想：游星倾心爱慕的人，总该有可爱之处吧！

"又是为你那狐朋狗友！"孔博火了，"实话告诉你吧，我们其实一直小心地爱护着你们，丢人啊！游星把大家的心给伤了，如今大家都等着看戏呢！"

"看什么戏？"我机械地问，头脑木然。

"河南兵等着看豫剧，河北兵等着看梆子，上海兵看评弹，陕西人看秦腔……甭管什么调，都是好戏都热闹。她爸爸就要上来了，她爹要是敢包庇她，众弟兄们就敢不打仗！"

"孔博，你走！快走！我不想听你再说下去！"我只觉得神经像钢丝勒进脑浆。

"这可是你叫我来的！周一帆，要是你找我只是为了谈谈游星，下次我将不再奉陪！"

孔博也发起脾气来。

卫生科全体党员大会，讨论给游星党纪处分问题。

会场上挂着战备动员时的横幅：共产党员冲锋在前，退却在后。轻伤不下火线，重伤不哭。

人们三三两两议论着其他话题，几乎没有一句涉及游星。在讨论重大议题之前，往往貌似平和。

我不希望给游星的处分太重，我们相处日久，感情笃深。也不相信能轻描淡写让她过关，她给我们的集体带来耻辱。

"轻伤不下火线这句话还可以，重伤不哭有点儿孩子气。"我同身旁的人随口搭讪。

"那是打仗时遗留下的口号，革命传统，改不得的。"芦花凑过来说。

我没理她。

老协宣布开会："游星同志犯了这样严重的错误，我作为政治领导，要负主要责任。"他态度真诚，悔恨之心溢于言表。因为对女兵们管理不善，他受到严厉批评。

"我们要纯洁队伍，教育同志，从此杜绝此类事件发生。"他的语锋开始凌厉。

我吓了一跳：这不分明暗示着要开除游星党籍吗？

我用眼去睃游星。她端端正正地坐着，像一根冰塔，虽不断融化，还撑得住架势。眼睛紧盯着"重伤不哭"的横幅。

其后，宣读了当事人的检查交代材料。游星写得很简单，基本上就是我笔录的那些。伍光辉则要复杂得多，而且记忆十分清楚，简直叫人怀疑当初他与游星相好时，就想到了坦白交代的这一天。

假如可能，我真要捂起耳朵，跑出这血腥的房间。我知道这些话像玻璃片，游星被解剖后贴在上面供观察分析。所有的隐私像咸鱼，赤裸裸地晾晒在天地之间。

"同意开除游星党籍的人，举手。"老协像教练员扣响起跑枪，庄严宣布。

片刻的静寂。

游星入党不容易呀！比芦花和我，多花了几倍的汗水！人们对干部子弟，一半是羡慕，一半是苛求。游星的父亲并未给她特殊关照，也许以后会给，以前肯定没有。但大家认为她既然比一般人幸运，理应多受些磨难。她硬是用一点一滴的劳动，改变了人们的印象。她是科里技术最优秀的卫生员，虽说嘴巴爱发牢骚说怪话，真到关键时刻，绝对是把好手……这一切，人们都统统忘记了吗？一个晚上的过失，就能遮蔽人一生的光亮吗？

轻微的声响。

一只胳膊举起来了。游星像中了枪伤的兔子，用无比哀怨渴求的目光看着那个方向，希望那个人能瞧她一眼，哪怕只是短暂的对眸。她要把心中的怨悔告诉他。

那个人没有抬头，只是拼命吸烟。成团的烟雾像湿木柴燃烧，从那人的嘴巴、鼻孔，似乎还包括耳朵眼和眼皮下角，一齐冒出来。

又一声轻微声响。是衣袖与军服下摆摩擦的动静。在死一般沉寂的会场听来，竟像汽车轮胎紧急刹车时刺耳。又一只胳膊举起来了。它位置很低，但明白无误。

游星绝望地把头扭过来扭过去，好像一条牛尾，在忙不迭地扑打成群而来的牛虻……她开始喘息，好像那些手都捂在她的口鼻。

一阵声响。音量比刚才大许多。这是几双手一齐举起。

游星的嘴张成一个椭圆，有稀薄的口水挂在两唇之间，好像在吹肥皂泡。这神情很古怪，像个天真的孩子，突然不认识朝夕相处的人了。

刷！刷！

如林的臂膀举起来了，大家的愤怒终于找到了宣泄的锥形山口。

游星把头伏下了。伏得那样低，直抵双膝。从她的座位背后看去，会以为那个位子是空的。

我迟疑地举起了手。老协正审视地盯着我，别的人也用目光督促我。游星，原谅我。你遭受的是一场暴风雨，大概不会再计较我这一盆水吧？表决所需的半数已然超过，这一票对你是无所谓的，对我却很重要。我还要奋斗光辉灿烂的前程。

我真怕游星在这时抬起头来看我。幸好，直到结束，她始终维持近乎匍匐的姿势，一动未动。

"全票通过。"老协拉长声音宣布道。

"咦！我并没有举手呀！"一个屑细的女声说。

是芦花！

"要处理也得先惩治男的。这种事，男的罪过大！"一向腼腆的芦花鼓足勇气说。

我从此原谅了芦花。

游司令员率领的前线指挥部，于傍晚抵达阿里高原师。从师长到炊事员，都虎虎有生气，仿佛战争已经打响。

大功率的天线矗起来了，这是同北京直接联络的电台。手夹卷宗的陌生军人们出出进进，那是游司令随身的工作人员。增派了许多流动岗哨，你会在最出其不意的地方看到一道闪光，那是士兵雪亮的枪刺。

是旧地重游了。二十年前，作为解放阿里的先遣部队指挥员，他曾叱咤雪山的风云。在军人的传说中，他像牦牛一样强悍。

其实，此刻的游司令员，正高垫枕头，面色瓦灰，扣着氧气面罩，神志不清地躺在前指司令部的一张床上。

毕竟是岁月不饶人。严重的高山反应，像一排霰弹击中了他。

当然，这是绝密的军事情报。

出师未捷，先失主帅，此乃用兵之大忌。稍一清醒，游司令员便嘱咐他的副手：关于他的身体状况，暂不要向军委报告。路途遥远，再换一位司令员，一是时间来不及；二是对方得知我指挥官突然临阵易人，必然在气势上胜我一筹。三军不可夺帅。"叫最好的医生最好的护士来！明天我要按计划去前沿视察！"游司令用最后的力气说完这些话，昏睡过去。

卫生科成了硝烟气氛最浓的地方。

科长无疑是最好的医生，谁是最好的护士？

"这阶段，芦花进步很大。"老协建议。

"还是让周一帆去吧！"科长委婉地说。

"其实游星技术最好。"我知道按规矩没我说话的份，但这是实情，况且为了我表决时举起的手，一直心中很不安，想找个机会赎罪。

"游司令现在身体不好，还是缓些安排他们父女相见为宜。"科长纯粹从医疗角度考虑。

说实话，我不愿去见游星的父亲。他要问我，我说什么？我甚至不负责任地想：但愿他一直昏沉，不要醒来。

前指戒备森严。这所孤立的石砌房屋，每一间都亮着灯，人影幢幢。因为游司令的到来，高原师将彻夜发电。

我身穿白色工作服，行进在长长的甬道。我将看到一位威严的将军、严酷的父亲、不懂得爱的丈夫……

在随同人员引导下，我们进入一间小小的屋子。我惊讶极了。

屋内光线昏黄。从走廊强光下骤然入内，一时难以适应，更觉幽暗。一位骨骼粗大却很瘦削的老人，白发苍苍的头颅无力地倚在枕头垛上，仿佛一团喘息的老刺猬。可怕的泡沫黏痰封闭了他的口鼻，每一轮艰难的呼吸之后，你都怀疑他还会不会再喘第二口气！

高原把司令员凌迟了，只剩一个苍老的躯壳。

片刻之后，眼睛顺应了，我对这位从未谋过面的司令员，涌上亲切之情。关键是他太像游星了。当然正确的说法是游星像他。眉毛、鼻子、眼睛……简直像同样花纹的大碗和小碗，完全配套。游星苦命的妈妈除了遗给她窈窕的身段外，在相貌上像清水流过一般没留痕迹。这面孔太熟稔了，我几乎忘记他是统辖千军的司令，只记得他是我朋友的父亲！

科长毫不客气地摒退左右无关人员，指挥我进行紧张的抢救。

高原上所有疾病的死结就是缺氧。新鲜的高压氧气像泉水灌进去,辅以必要的措施,加之游司令员是一个性格非常顽强的人,他的症状迅速好转。

科长委顿地靠在墙上。我只是执行医嘱,他却需要运筹帷幄,司令员的生命悬于一身,自然心力交瘁。

"你们,休息去吧!"游司令员醒来了,推开氧气面罩,用嘶哑而威严的声音说。

我俩面面相觑,不知该服从还是该反驳。论理他是我们的病人,但病稍见好,他就反过来指挥我们。

"这样吧。我到旁边屋去打个盹,小周注意观察病情,有变化随时叫我。"科长养精蓄锐去了,以备突发意外。

安静的病房里,只剩下我和司令员两人。

"明天,噢,现在要说今天了。我就可以去前沿视察了。"游司令员耸着花白眉毛,成竹在胸。

"您现在刚好一点儿,哪能到一线哨卡去!"我着急地劝阻。

游司令员根本没理我的话茬。

"你是师卫生科的?"

"是的。司令员。"

他忽然迟疑了一下,朝四周打量了一眼。虽然只有我一个人,还是压低了声音说:"有个叫游星的,是不是同你在一起?"

这个倔老头,问到自己的女儿还挺不好意思!我看他并不像人们传闻的那样冷酷无情。

"是。司令员。"我回答。

他略微沉吟了一下,好像在措辞如何打探下去又不显出儿女情长，似乎也没什么好招数索性直说了："她最近很长时间没给我写信了，不知为什么？"

我的心像被人狠狠绞了一下，光影中，他虽然已从死亡线上挣扎回来，仍旧衰弱不堪。我含混答道："是不是她写了信，在路上遗失了？阿里路远，这是常有的事。"

"对，路远。常有的事。"他似乎很高兴找到这个理由，连连重复。

"她表现好吗？我是说……游星工作、学习……生活各方面，都好吧？"他结结巴巴，殷切地望着我。

骁勇的野战师长和威风凛凛的司令员，都像泥塑一样坍塌了。跟一般来队问短问长婆婆妈妈的农村老大爷没什么不同！

只是，这个看似简单的问题太难回答了。我只好撒谎："我们虽在一个科，但彼此也不很熟。她的情况我不大了解。"

我真想掐掉自己的舌头！可这也比实话强啊！

老人失望地垂下眼睛。下垂的硕大眼袋，贮满忧虑。半晌，他又自言自语般地说："游星自小就有关节炎，不知最近犯了没有？"

我歉然摇了摇头。这我真的不知道。以前，倒是常听游星念叨她的腿痛。从那件事后，她再也不曾提到自己的腿。

"你跟游星是不是不大合得来？"老人敏锐地觉察出异样，"她脾气躁，爱和人顶嘴……"

"我们挺好……一块划船、种葵花……"我急忙辩解。

"本来是不该让她上阿里高原的。当时正好第一批女兵上山，我说，'星儿，你去吧！'她说，'我不是特等甲级身体，我有关节炎，不适宜去的。'我说，'星儿，为了爸爸，你得去。山上有农民的孩子，工人的孩子，也得有我这样人的孩

— 193 —

子……不然,我没法带兵。'后来,她头也不回地到高原去了。她像她妈妈……"

我不知这位声名威赫的将军,换一个场合,对另外一个人,会不会说出这番话。但在那盏黄晕的灯下,面对同他女儿一般大小的女孩,我看见他略显浑浊的瞳仁里,充满慈爱。

也许,人在疾病的时候,心便脆弱细腻。

一个大胆的想法,像蹦豆一样从我脑子里跳出。

"司令员,您既然这么想您女儿,为什么不把游星叫来或是您去看看她呢?"我大胆试探。

"傻孩子,你以为我是来队探亲的房东老大娘吗?你回去见了游星,就说我挺好的,叫她放心。等这仗打胜了,我们再见面也不迟。"

我的眼泪差点儿掉下来。

我越发想让游星来见她父亲一面。这一仗,谁知要打到什么时候?近在咫尺不相见,不通情理!

"首长,要是我回去,另换一位护士来,您不会介意吧?夜这么深了,我们都穿着白大衣戴口罩戴帽子,没有人会分得清。她的技术比我好。天亮时,我再把她换回去就成了。"

游司令员注意地盯了我一会儿,然后微笑着说:"你是要我和你同搞一场移花接木瞒天过海?"

"是的。首长。主要是我来搞,同您没有什么关系。"我调皮地说。

"好个机灵的小鬼!可惜你是个女孩,不然可以提个作战参谋的。"游司令员说。

"首长可不要过一会儿睡着了。"我打趣地说。

"怎么会?从现在开始,我一直睁着眼睛。"司令员极认真地说。

我拔腿就往外跑。脚步声惊动了科长,他睡眼惺忪惊恐万状地问:"司令员出了什么危险?"

"什么危险也没有,他比原来好多啦!"我把我的计划告诉科长。他揉着胸口说:"只要司令员没问题,别的我不管。也许这是一味心药。你去吧,这边我来照料。"

窗户黑着。游星大概睡着了。我拿不准她会对我的建议采取什么态度,但我有把握说服她。

我轻轻走进屋,预备到床边叫她。有月亮的夜晚,外面比屋里亮。我看到一个黑色的人影,端坐在桌前,凝望那灯火通明的独立房屋。

游星挺惦记她的老父亲,看来我的想法有门。

见我进来,她惊慌地问:"我爸爸出事了?"

"没有。游司令员的病情已经平稳了。没有生命危险。"我忙说。

她重重地吁了一口气,像是卸下了千斤重负。

"你爸爸非常想见你。你穿上白大衣,快去吧!"我热切地鼓动她。

"你把我的事,同我爸爸说啦?"她的话带着叫人心碎的悲哀。

"没有!绝没有!"我恨不能长出八张嘴来为自己分辩,"我什么都没说。我只说你挺好的,别的事我一概没说。"我在心里对游星说:别把我想得那么坏!除了万不得已,我愿意尽自己所能帮你一点儿忙。

"其实,说了也没什么。他早晚都会知道的,比如我爸爸来了这件事,谁也没有告诉我。但是我马上就感觉到了。爸爸很快就会察觉出异样,什么都瞒不过他的。"游星远比我想象的平静。

"嘿!能拖一时是一时,到什么山上说什么话呗!我看他非常爱你,不会把你怎么样的!他正在病床上等着你呢!"我竭力劝她。

游星终于站起身,顺从地说:"我去。"

"就穿我的工作服吧,省得再找。警卫肯定分不清咱俩的区别。"

"谢谢你,想得这么周到。"她冲我笑笑,说,"我的白衣也在宿舍。我今天下午上班去了。我的处分已经定了,我就可以上班了,你说是不是?"

"是。"我说。我不知道这和看她爸爸有什么关系。

"有一个小战士,挺可爱的小战士,不让我给他打针……我穿着工作服就跑回来了……你说得对,我就穿你的工作服吧。干净。"她突然很敏捷地套上白衣,说,"我去了。"

我庆幸总算劝动了她,又不放心,悄悄跟到门外。

起风了。

像一千头野牦牛在鼓面上奔跑,天地轰然作响,风不是起于青萍之末,高原上没有青萍,只有无数的大丘大壑。风是在某一个神鬼指定的时刻,在高原千山万岭的孔隙中一齐诞生,瞬间汇成狂暴的涡旋。它们排列成从太空才可鸟瞰的图案,把高原所有能移动的物体吮吸进去,用鹏鸟般黑色的羽翼,抚摸狰狞的山石和圆润的冰川。营房在风暴中颤动,房顶像丝绸被扯紧,哒哒作响。平日丢弃的空罐头盒,像羽毛一样在天空飞翔,窗玻璃被风吹得呈弧形向室内凹陷,所有根基不稳之物都被风剥了去,携带到人所不知的远方……

只有喀喇昆仑、喜马拉雅、冈底斯这三座岿然的高峰,在无尽的黑夜与风暴中,一如既往地安睡着。一个极小的白色身形,幽灵般地在风中飘行。

我尾随游星。她走得很快,大方向对头,是朝着前线指挥部方向。但我总有些不放心,也许是她的神情有些古怪。

果然,游星的行动变得不可思议。她避开正门,沿着漆黑的墙角潜行。

这是干什么?

终于,她停在一扇窗前,久久地向屋内张望。窗帘没有遮严,漏出稀朗的灯光。

那是司令员的病房。

游星看到了什么?

我无法凑到近前。屋里的情形不用看我也知道:卧病在床的老人,大大地瞪着双眼,等待他的女儿……

游星一直站着,好像打算待到天塌地陷。

时间不等人。我也顾不上她发现我跟踪会怎样想,咳嗽了一声,先给她个信号,免得惊吓了她。然后走过去说:"你怎么还不快进去?要是游动哨发现了,没准把你当特务抓起来。"

她转过脸。我清清楚楚看见两道微黄的泪水流淌,风把沙粉像胭脂似的涂在她脸上。

"我这么脏,总得洗一洗。"她为难地原地不动。

洗洗也好。时间还来得及,要不司令员会起疑心的。

我和游星便手拉手往回走,就像曾经多少次走过那样。

风渐渐息了,怕要下雪。阿里大地沉浸在梦魇之中。群山鬃毛低垂,积蓄再度昂起的力量。狮泉河很温柔地在远处流淌。日渐寒冷,高山不再有融化的雪水濡养宽阔的河床,水像一条巨大的柏油马路,无声息地延续到远方。

"你知道这片土地为什么叫阿里吗?"游星柔声问我。很长时间以来,这是她第一次谈起别的话题。

"不知道。"我老老实实地承认。

"你知道阿里是什么意思吗?"她又问。声音轻轻地,仿佛怕惊动了沉寂的山峦。

"不知道。"我有点难为情。阿里,阿里,高原师的人们都把这两个字像口头禅一样呼唤着,其实它既不是汉语,也不是地方语。没有人深切追究过它的含义,仿佛约定俗成。

"阿里是有来历的。这是我上山的时候,爸爸讲给我听的。我本来不愿意来,听完这个故事,我就自觉自愿来了。"

"真的?"我越发想听这个有关阿里的传说。

"爸爸是最早到达阿里的军人。他们奇怪这块中国最高的领土,为什么有这样古怪的名字。一位鬓发像山羊一样白的老人告诉爸爸,'阿里'是一句古藏语。就是现在的藏文中,也没有这个词了。"

哦!我们每天念叨无数次的阿里,竟是一个早已消亡了的词汇。它是怎样世世代代流传下来的?

山风像它骤然发动时一样,骤然停止了。

我们回到宿舍,游星很仔细地洗脸洗手,然后换上了一套新军装,飒爽英姿,很是精神。见了这样的女儿,游司令也许早晨真可以到前沿阵地去视察了。

游星认真地照了照镜子:"真想洗个澡。"她很遗憾地说。

自从游星出那事以后,就不许她上洗澡车洗澡了。

"洗不成澡,也得洗个头。"游星说。

她的头发很长很黑,洗时泡在脸盆里,水都要溢出来。洗一次头,工程浩大,很费时。

"天快亮了,怕来不及了。"我有些着急。

"班长,我去井边打水。一会儿就能洗好。"

游星愿意用最好的形象出现在父亲面前,也是人之常情。

我只好帮她找电筒。天冷了,井沿已经结冰,夜晚打水,虽是轻车熟路,还是带上手电保险。"我新买的塑料壳手电,又轻又亮。"

游星拿起水桶和扁担。

"还是咱俩一块去吧!"我不放心地说。

"班长,我已经可以自行活动了!"游星坚持她的主意。

看她想到哪里去了!

我只好退回来。

"你小心点儿。"我说。

游星担着水桶,用纤长的手指捏着扁担钩与桶钩相搭的铁环处,轻轻地走了。

落雪了。

雪片从云层直扑大地,像沉重的木屑。落在棉衣上,很黏,像半融化的砂糖。苍天很有耐心地用雪花把大地的皱纹抹平,安抚被狂风搜刮得赤裸裸的高原。

雪把阿里装饰一新。

等了一会儿,游星没回来。

又等了一会儿,游星还没回来,一担水,怎么会用这么长时间!我觉得蹊跷,跑出去找她。远远地,看到水井处亮着一道雪白的光柱。

待再往前走,看见那光柱毫不晃动,笔直地锥向天空,竟像是从井底发出来的。

井边整齐地摆着水桶和扁担,却不见游星的踪影。

我三步并作两步跑上井台。井沿结了薄薄一层冰凌,一踩就碎,并不很滑。手电光柱确实是从井底发出来的。苍茫的雪花飞越这窄而亮的光束时,像金箔一样闪动着,倏忽隐没。

塑料电筒防水性能极好,沉入水底依然发光,像一架小探照灯。

借助灿烂的光柱,我看见井底有一柄黑伞似的秀发,随着井壁的渗水而微微荡漾。

游星是呛水而死,除了鼻孔渗血,拭净后一如常态。所有的抢救措施都无效,我们只得给她换上干净的衣服,安置在她的床上。有人建议要把她送到太平间,我不同意。我不怕死人,学医的人都不怕死人。我不能接受游星从这个世界上消失了的事实。游星还在,就躺在她的床上。桌上摆着她刚才照过的小镜子,梳子上还留有她梳头时飘落的干燥的发丝……

芦花趴在床前,哭得泪人一般。我却一滴泪都没有。

我总在固执地思索一个毫无意义的问题:游星是先把手电筒亮着丢下去,还是手执手电筒扎下去的?

不管是哪种,游星是在一团明亮的光明之中,走向那片幽静的水域的。那里面有星星,有月亮,有云彩,有雪花,有世界上最高的峰峦和一股股奔涌而出来自地心的泉……水是热的。

当她最初浴进澄清温暖的泉水时,该感到水波像柔软的被子覆盖过来,抵挡住了所有的风霜雨雪,像一块纯净的水晶,包裹着她到远方。

游星的头发渐渐干了。

正是黎明前最黑暗的时光。

老协用尺子量了水桶的位置,并提醒几个人同时注意到这一事实。"井边太滑,失足落水。"他很沉痛地说。

"半夜三更的,游星为什么要到井边去打水呢?"有人不解。

是啊,我必须回答这个问题。游星是为了她的父亲能够磊落地站在阿里高原上,才走的。我不能叫人朝别的方面想。

"为了明天早上,不,现在是今天早上了,她能干干净净地重新上班,她要洗澡。"我干巴巴地回答。

所有的人沉默不语。大家都相信这种说法。在飘飘大雪中,也许有人会想到这个叫游星的姑娘,做过的一些好事。

将游星的死讯通知给游司令员,是一件极为棘手又必须尽早去做的事。科长说,游司令员似乎觉察到了什么,在漫长的等待之后,他反倒昏昏入睡了。

没有人愿意干这件苦差事,想象不出游司令员将怎样震怒。最后老协自告奋勇去做:"游星是我的兵,我来负责。"

早晨,游司令员就要乘车赴一线哨卡。他面色冷峻地眺望着远山,似乎在同一位位熟悉的老朋友打招呼。

老协猛吸一口气,好像要潜入深海,迎了上去……

科长紧张地注视着这一幕:他原本就不同意司令员带病出发,再加上这致命的一击,谁知会出什么事?

我也为老协捏了一把汗:事情远比他所意识到的危险。游司令员为等待爱女,几乎一夜未眠。现在噩耗突然袭来……

老协一句三停地报告了游星同志因工作时不慎,失足落水牺牲……声音中充满抑制不住的恐惧,但他还是勇敢地说完了所有的话，等待指示。

很静很静。我听见睫毛上的雪花融化成水时有毒蛇般的咝咝声。

游司令员当时正准备上吉普车。看到一个不认识的下级军官拦住去路，不禁十分诧异。他注意地听完老协的话。众目睽睽之下，他的双腿明显地趔趄了一下，却很快挺直了身躯，显得比片刻之前更为高大。他用使所有的人都听得见的声音说："普通战士死亡，应当去通知军务部门。"

收拾游星的遗物时，我发现了一个小小的纸条。上写"弄脏了井水，我很抱歉。但我不愿随着狮泉河水，漂到异国"。

没有时间。没有地点。没有署名。但我相信那是写给我的。

我把它撕碎，烧毁，把纸灰扬了出去。

雪更大了。每一片雪花都有巴掌大，像一块块素白的手绢从天空飘下。雪花与雪花之间的空隙却很大，能穿过一匹骆驼。

我不敢说这漫天的飞雪是为游星所下。阿里的冬季已经来临，阿里的冬天连着冬天，暖和的季节只是白色冰雪中的一个逗号。

这是去冬最后一场大雪，也是今冬第一场大雪。

雪中，我看到一片全身洁白的植物，像玉石雕成，在风中叮当作响。

啊！那是我们的向日葵！

我走过去，摇落它们身上堆积的雪粉。灰绿色的茎被冰冻塑得坚挺起来，剑一样指向苍穹。葵叶像一把把翠绿折扇，风雪打磨掉了表面细密的茸毛，比平日更加细腻鲜活。只是叶片僵硬如不会飘扬的旗,隐隐露出网络般纵横的叶脉。小小的花盘脆得像黄玻璃,刚刚长出极不成熟的葵花子,如同婴儿初萌的乳齿。看得久了,竟泛出晶莹的紫色,好像稀薄的血液。

雪继续下着。向日葵重又披满冰晶。终于,它被封闭在柱形的冰雪之中。

给那个亚热带小学孩子们的信,我还没有回呢。

游星无法在她的处分决定上签字了,那个处分便不再存在。我不知道这是不是游星的本意。

游司令员统帅下的前指,胜利地完成了这次重大的军事行动。高原师全体官兵英勇善战,固守边陲,受到通报嘉奖。

那口井封了。又打了一口井。俗话说,山有多高水有多高。但新井却一滴水都不出,只有用原来的井,水质清洌甘美。开始有些人还有顾忌,时间长了,士兵一批批轮换,竟不大有人知道井的故事了。

游司令员返回军区后,亲自下令将所有的女兵,撤离阿里。

我和孔博,终于天各一方。

老协和芦花后来结了婚,听说过得不错。

每当风将息、雪将飘的夜晚,我会听到一个轻柔的女孩子的声音:"你知道这块祖国最高的土地,为什么叫阿里吗?"

在很久很久以前,这里是一片未定国界。有一天,要正式勘定边界了,也就是说,要在高原上打下第一道篱笆。中国的代表骑着骏马在高原上飞驰,告诉游牧的人们:明天若是有外国人问起这片土地的名字,就告诉他,这里叫作"阿里"。消息在高原上以风暴一样的速度传开。第二天,正式勘界,牧民们异口同声地呼唤：阿里！阿里！

"阿里是什么意思呢?"我听到我自己的声音在遥远的地方问。

"阿里的意思就是'我的'，'我们的'。"那女孩轻轻地回答。

生生不已

厄运就蕴藏在那块鸽血红的酱豆腐里。

在那块酱豆腐之前，乔先竹一直以为女儿姜小甜是个能吃能睡的好孩子。

悲哀是从中午12点15分降临的。乔先竹清晰地记得那个时刻，好像那是原子弹爆发的时间。

12点钟下班，1点钟上班，中午只有一个小时的午休时间。工人是没有资格睡午觉的，那是有身份的人的事。乔先竹要骑车赶回家去给上学的女儿做饭。

说是做饭，其实剔了路上的时间，所余的工夫就很有限了。手笨的女人做不出来，只够把早上的剩饭热热给孩子吃。不过乔先竹手巧。

12点整的时候，工厂的大铁门像个忧郁的老人，难得地咧开嘴一笑。女工们倚着铁栅栏冲了出来，好像越狱一般。从现在开始，每一分钟都是自己的。

当男工们最后一颗米粒滑过粗粝的喉结，准备打牌时，乔先竹正骑车到了一家小杂货店的门前。

她该一股脑儿骑过去，那样一切都不会发生，可是她今天骑得格外快，比平日到家的时间要早，就有足够的闲情逸致打量周围的景色。

正是春天,小镇像一匹肮脏而又生意盎然的毛驴,到处都飘浮着令人想打喷嚏的气味。

千不该万不该,乔先竹不该瞄了一眼杂货店门前的小黑板。

小黑板实际是扯下来的一块多边形三合板,又抹了层墨汁。上面歪歪斜斜地写着:新到臭豆腐、酱豆腐,结尾是三个炸弹似的大惊叹号。

粉笔字的色彩很鲜艳,石灰颗粒毛茸茸地粘在粗糙的木纹上。

乔先竹下了车,没上锁就进了小店,她的车很破烂,而且她马上就会出来。

小店里很黑,刚进来的人看不清,早潜进的人则洞若观火。

"买什么呀?"有人问,声音喑哑得如同被人踩裂了的老竹子。

卖货的是一个爽脆的小姑娘。

一位老女人的轮廓从酱油瓶子的背景上凸了出来,是邻居司徒大妈。乔先竹不想碰上她,老太太的车轱辘话,会耽误了孩子的饭。

"给小甜买块酱豆腐,就疙瘩汤吃。"乔先竹说着,把破书包里的饭盒掏了出来。饭盒盖刚着了书包带上缠着的旧玻璃丝,翘起了一个角,一股白气像狐仙似的冒了出来,灼痛了她的手。

厂子里中午管蒸饭,工人们就蒸一大盒子,留着晚上回家再吃,给自家省点儿薪火。

乔先竹故意不看司徒大妈。一交换眼神，老太太的话就更没边没沿了。敢情她退休了，巴不得有人跟她聊天。乔先竹得让孩子一回到家就能看到香喷喷的一大锅疙瘩汤。

她对给司徒大妈包完了碱面的售货员说："我先看看颜色红不红。不新鲜我可不要。"

"新鲜！像鸽子血那么红！姑娘，给我们拣两块卧在下头的。"司徒大妈一点儿都不计较乔先竹的怠慢，像吩咐自家闺女一般，指挥售货员。

小姑娘想不买账，又一想好歹也算个主顾，就先不忙着招呼刚进来的那位上了年纪的男人，把酱豆腐坛子揭了盖。

一股好闻的酱菜味涌进鼻子。乔先竹吹了吹手指，饭盒盖烫着了她。事情到了这会儿，不管酱豆腐是不是鸽血红，她都得买了。

"先买一块吧。现吃现买好。"乔先竹说，然后盘算着怎么用手托着饭盒盖骑车回家。

"多来点儿汤。"司徒大妈很权威地指示着。

"哟！就一块酱豆腐还想多要汤！都这么着，我这酱菜坛子还不得成了上甘岭。您就将就点儿吧。"小姑娘麻利地把一块酱豆腐夹到了乔先竹的饭盒盖上。

"那就再来两块吧。"乔先竹说。一是她看着酱豆腐不黑不燥，二是她不愿司徒大妈为了自己受这番抢白。

"别呀！吃多少买多少，要不，馊了。"司徒大妈设身处地地说。

"我家小甜可能吃了。要是敞开来吃，一顿能吃两块酱豆腐。"

"哟！那还不得变了鼹鼠。"司徒大妈吃惊得假牙差点儿没掉下来。

"老鼠吃多了盐，才变鼹鼠呢。"乔先竹不高兴了。

"嘿！我也是老糊涂了。可小甜一个女孩儿家，怎么就能吃那么咸的东西呢？不咳嗽哟？不上火哟？"司徒大妈把昏花的老眼睁得很大。她越老越爱表现惊奇。

"可她一顿还喝一大锅疙瘩汤呢。"乔先竹一面为小甜辩解着，一面也觉得这确实是个怪事。

"喝多少？一大锅？你们家的那口双耳大铁锅？"司徒大妈在街道管点儿事，家家根底她像克格勃一样清楚。

"是啊。我们家就那么一口锅。"乔先竹不知为什么，心里有些发慌。

"你中午就那么屁大点儿的时间，哪做得出恁大一锅汤！"司徒大妈见多识广地不相信。

"两大暖瓶开水都是早上现烧的，到了晌午没有一百摄氏度也有九十摄氏度，下锅就开。舀一勺子猪油香香嘴，择两把菜叶子丢下水。这边就紧着摸一双筷子搅疙瘩，稀稠也顾不得调了，拨拉进锅就是了。八九岁的孩子不知道个好赖，啥也不挑。小甜刚到家我就得走，等晚上我回家来，锅像被小叭狗舔了一样净。"

时间已经不够耽误的了，可乔先竹还想说点儿什么。

"这么吃，小甜可得胖。"司徒大妈很严肃地说。

"不胖啊。还一个劲地掉秤呢！"

"多给吃点儿好的。正是长个的时候，光给喝疙瘩汤可怎么行呢？吃肉！吃鱼！吃……"

司徒大妈瘪瘪嘴。

"小甜不吃。只是喝汤喝水……"

"那还不得水肿？"

"倒还不错，都尿出去了。上课的时候，老是举手说上厕所。说撒尿老师就不让去了，你课间休息的时间干什么去了？就得说是拉屎。她还为此得了一个外号叫作屎包子。前几天领着她上公园，公共汽车上就说要上厕所，她爸爸说这得忍着。马上就到了，就到了。小甜刚开始还听爸爸说，后来小脸憋得通红，绞着腿说，我就要尿裤子了。没法子，只有马上下车，后来重新上车，另买一回票。尿完了，就又要喝。见了卖茶水的就走不动步了。就是那种一毛钱一杯的摊。她说渴，我给她一块钱，说喝完了，再买根冰棍吃。她又蹦又跳地走了。一会儿回来了。我说冰棍这么快就吃完了，留神拉肚子。她说根本就没买冰棍，全喝了水了。我就去找卖水的老头，说你们可不能欺负小孩。那老头正往杯子里续水，说不定是谁欺负谁呢！从来就没有看见过这么能喝的孩子，把我这溜儿杯子里的凉白开都喝完了，我没有找你们多要钱，就不错了。"

那个后来的男人在暗影里走动起来。

"哎！我说你们到底还要几块酱豆腐啊？"小姑娘叫起来。她怕那个男顾客走了。

"还要……"

没等乔先竹说完，那个苍老的男人打断了她的话："你说的可都是真的？"他目光如炬地问。

乔先竹吓了一跳，她一直背对着门，不知道这个人是什么时间进来的。

"实话。肯定是实话！他们两口子那可是老实人！"司徒大妈忙不迭地为乔先竹一家做证。

"这种情况有多长时间了？"男人问。

"哪种情况？"乔先竹莫名其妙。在弥漫着酱气的紫色的暗淡中，那男人的牙齿白得像一道闪电。

"就是你的女儿，好像是叫小天……"

"不是小天，是小甜。"乔先竹不能容忍把女儿的名字念错。

"这并不重要。就算是叫小甜吧。"男人不耐烦地挥挥手。

"这有什么呢？小孩子正长个，能吃能喝，将来保准是个傻大个。女孩子太高了也不好，不易找对象。男孩总得比女孩高吧？"乔先竹不喜欢这个严峻的男人，可她非得跟他说这些话。她觉得有一种危险正从那个男人的花白头发上飞翔过来。

"我问你的是时间。"那个男人严厉地重复。

"好像有两个月的工夫了吧？不对，有小半年了吧？"乔先竹求援地看了看司徒大妈，明知老太太什么也不明白。

她突然生起自己的气来了。他是什么人？凭什么拦住自己，在这里没完没了地盘问人？

疙瘩汤快做不成了！为什么要跟他啰唆！乔先竹转身要走。

"我是医生。您的孩子得了病，很重。你可以到这儿来找我。"苍老的男人告诉乔先竹一家医院的地址，这在附近要算条件最好的了。

"尽快带她来。我姓袁。"男人说。

那块鸽血红的酱豆腐砸在地上。

"他瞎说！没事找事！吃饱了撑的！"老姜说。

乔先竹是在家属区以外的路上拦住丈夫的。小甜已经回家了，饿得不行，妈妈就让她先吃了。乔先竹隐忍了一个下午，迫不及待地把一切告诉老姜。不能在家里说，小甜什么都懂了。

"谁?"乔先竹一时没回过味来。

"就是那个姓袁的大夫。我最看不惯那些穿白大褂的,恨不得把所有的人都打成病号,这样就显出他们的能耐来了。他说你有病,你就真的开始喘了?没那个!甭信邪!"老姜刚下班,汗里都是机油味,肚子饿得像一个空牛皮纸口袋,吃不上饭,先被塞进一个坏消息,他本能地把它吐出来。

乔先竹安心了。开始恨那个搅得她一下午都不得安宁的袁老头。

夫妻俩高高兴兴携手回家。

这是工厂的宿舍区。解放以前是旧厂房,屋顶是斜坡的"人"字形。现如今住了人,怕一家一户的太宽敞了,就在"人"字的正中打了一堵墙,成了"个"字,能填进加倍的人。

姜家就住在最深处的半个"个"字里。

两人突然停了步,就像被人用铅锤锤了顶。

在幽深的"个"字前头,有一个公用的水龙头。一个孩子正仰头含着水管吞咽。口角溢出的水,灌满了耳朵眼,又无声无息地涌进脖领子,小褂子的前后襟都洇透了。

"为啥喝生水?"老姜大喝一声。

那像青葱一样细溜溜的孩子吓得一闭嘴,水流溅得满脸开花,几绺软稀的额发像京戏青衣的头饰,苦难地贴在眼角。

"我渴。"女孩儿说。她就是小甜。

"我给你晾的有开水呀。"乔先竹心疼地说。

"喝了。不够。"

"那咱家也有水管子,干吗非跑这么远,来喝这一口凉水呢!"乔先竹把孩子揽在怀里。

"我喝得多，给家里省点儿水费。"小甜伸出猫似的舌头，把嘴边汗毛上的水珠舔进嗓子眼。

老姜阴沉地看着她们，什么也没有说。

"妈妈，我饿！"小甜说。

"为什么不给她做饭？"老姜恶狠狠看着净光的双耳铁锅，咆哮道。

"妈做了，是我吃完了，把锅又涮净了。"小甜忙着为妈妈澄清。

乔先竹知道袁大夫说的是真的了。

老姜走过去，粗暴地扯过女儿，一寸寸地在她的身上摁，好像女孩是一个瘪了的乒乓球。

"疼吗？疼吗？"他不停地问。

"不疼。"小甜说，她已经感觉到脑仁里有一团像蚯蚓似的难受，可是她不说。爸爸妈妈这会儿的脸色都不好，别给他们添乱了。

"都不疼，你没完没了地吃呀喝呀的，成心给老子添堵啊！"没想到爸爸更恼怒了。

也许她应该告诉他们说自己好累好累，那样爸爸就不会这样生气了。小甜想。

"以后不许你再说渴再说饿！听见了没有？"

"听见了！"小甜转身就跑。

"干什么去？"老姜越发怒火冲天。

"上便所去。尿。"小甜急得直跺脚。

老姜死死地拽住女孩，颤颤抖抖地说："好孩子，你告诉爸爸妈妈，说你没病，说你没病啊！"

他拼命地摇着女孩，好像她是一瓶混合不匀的饮料。

"我没病啊！"小甜非常肯定地说。

乔先竹掰开丈夫的手，说："甭管出了什么事，先让孩子撒尿去吧。"

夫妻两个面面相觑。他们注视着女儿，觉得那是一个陌生人。一种奇怪的病嵌入了他们的孩子，从此他们要和一个不认识的东西相处了。

乔先竹机械地端起盆。

"干什么？"

"做饭。"

"也不看看都什么时候了，还做饭！"男人吼道。

"什么时候也得做饭哪！就是咱们俩不吃，孩子也还要吃。"乔先竹木木地说。

"不吃！不吃！还没有查出是什么病，这会儿把好东西吃进去，补不了身子，光补了病。饿着她！"老姜说。

"你那叫个什么理？兴许这个病不要紧呢？不要病倒没什么，人先给饿死了。"乔先竹强打起精神。她本想从丈夫那里得到点儿力量，没想到男人比她还先没了主张。

"吃点儿什么？"老姜突然觉得肚子极其地饿，想大吃一顿山珍海味。有钱人为什么啥事都不怕呢？就是因为他们总是吃得好。勇气是蕴藏在食物里面的。

"吃疙瘩汤吧。孩子没吃够。"

乔先竹舀了面接水，毫无知觉地抖着面盆。要不买酱豆腐就好了……要不碰见那个姓袁的大夫就好了……这个孩子究竟是得了什么病呢……

她端着一盆糊糊，在想。

CT，人们都会念叨这个词。没有人知道它的全称，知道它的确切含义。人们只知道它是一项很昂贵很严重的检查。病情需要做CT,大家就知道这是病得不轻了。假如做了CT还查不出是个什么病,那这病就更凶险了。

乔先竹记得袁大夫,可她专门不去找袁大夫。她想找一个别的大夫,好证明她的孩子没有病。

可是袁大夫还是看到了他们。

医院有高贵的花岗岩台阶,好像通往天堂的道路。袁大夫从医院的大门走出来,看到从台阶走过的人们都在绕一个弧形,中央仿佛是一座蛇岛。

一个男人和一个女人面对面地坐在冰冷的石阶上,手拉手,在忧郁的上午乘凉。袁大夫认出了那个买酱豆腐的女人。

"孩子呢?"他温和地问。

"上学去了。她的头疼得很厉害,我们说不要去了,她还是要去。她说她没有病,就是缺觉。我们来给她拿检查报告。"乔先竹说。她的眼泪像快要死灭了的蜡烛一样淌下来,黏结在脸上。

老姜把单子交给袁大夫。

"你们怎么坐在这儿呢?又凉又挡道。"袁大夫想把他们搬到一边,两个人像麻袋一样死沉。

"我们拿了报告单,就一边走一边看。走到这里,正好看完,我们就一屁股坐在这儿了,再也走不动了。医生,你既然能没见人就知道我家小甜有病,你一定能治得了她的病,你救救她,救救她吧!"乔先竹揪着袁大夫的衣服,不知内情的人,以为这女人要和医生打架。

袁大夫仔细地看了一眼报告单。第一个感觉是运筹帷幄的欣喜。果然不出他最初的判断,这女孩患有极险恶的脑肿瘤。

一个老人领着一个男孩小心地从他们身边走过,好像小船绕过江心的黑色礁石。乔先竹突然歇斯底里地狂叫起来:"我恨你们!你们的孩子为什么一个个都好好的,我的孩子为什么要得这样的病?为什么!这不公平啊!老天!"

"起来!起来!"袁大夫厉声呵斥他们,"你们不能总在这里傻坐着!你们怎么说还是个大人,记住还有孩子呢,病在她身上,她才是最苦的哪!"

两个人乖乖地像木乃伊似的站起来,脸上仿佛大梦初醒的样子。

是啊,还有孩子。

"我们该怎么办呢?袁大夫?"

"把孩子送到医院来,陪着她。然后看看我们的运气吧。"

袁大夫走了,白大褂下摆像纸鹤似的飞舞着。

妈妈没有腿,只有半截身子像被掰断了的萝卜,齐刷刷地浮在半空……妈妈还是有腿的,把自己的脑袋拼命往后仰,妈妈就像蒲公英似的飘起来,她的头就消失了,下半截身子树桩一样立在地上……

这一切当然令人恐怖,但是也挺好玩的。这是哪个小朋友都没有见过的景象!等我病好了,一定好好地给大家说说这件怪事。就怕他们不相信……

小姑娘静静地躺在惨白的床上。因为脑瘤的压迫,她的眼珠开始像夕阳似的下沉。世界便像鸡蛋被切成了两半。只要她的头痛不发作,景象非常奇异。

乔先竹和丈夫胆战心惊地陪伴着女儿。他们已经从最初的震惊中凝固下来。悲痛沉淀在他们的骨髓,不知道还有多少酷烈的苦难在等待着他们。

"爸爸妈妈,我就要死了。"小甜很清晰地说。她的声音依然纤细,好像金刚石刀锋在玻璃上划出笔直的纹路。

"小孩子,别瞎说!什么生呀死的!你知道什么?不过是有点儿小灾小病,用不了几天就会好的!"老姜狠狠地颤抖。他刚开始不敢对女儿发脾气,他想孩子以后万一有个三长两短,他得后悔一辈子。

"你要是真心疼孩子,就骗她吧。糊糊涂涂地死,比明明白白地死,胆子要大点儿。没准这病还能医好呢。"乔先竹说。

"这病是治不好的,一点儿希望都没有。不要有幻想,幻想只会使最后时刻真的到来时,你们更加痛苦。"袁大夫谆谆告诫他们。

"照你说的,我们就剩下等死一条路了?那还要你们干什么?要医院干什么?"乔先竹血红着眼,瞪着袁大夫。

袁大夫悲悯地看着他们。无论病人和他们的家属怎样恶语相向,他都不会计较。医学其实是一门十分苍白的学问,它绝不像人们想象的那样强健有力。世上有许多病,医学可以非常精确地描绘它们,犹如毫发毕现的肖像,但是医生们望洋兴叹束手无策,这些病就叫作不治之症。

"我们给孩子输血!输脑浆!输骨髓!为了孩子,我什么都愿意掏出来,就从我身上抽!"老姜露出两只旋起青筋的胳膊。

袁大夫轻轻地把他挡了回去。"这又不是二十四孝,可以割股疗亲。人肉有什么?和猪肉的营养成分是一样的,还没有猪肉好吃。我们会尽力而为的。延长生命,减轻痛苦。"

乔先竹恨这个冷若冰霜的老大夫,可是又不敢得罪他。毕竟他是这所医院的外科权威。

"那我们走！转院！上北京！把家卖了也要给孩子治病！"老姜没有妻子那份心机，暴躁地跳起来。

"我不许你们走！"袁大夫冷峻地说，"孩子脑子里的那个瘤子，只有薄薄的一层膜，像凉粉一样软。任何一点儿颠簸，都会把里面裹的东西洒出来，事情就变得不可收拾了！脑袋是什么？脑瓜脑瓜，脑袋就是一个瓜！这个瓜能装多少东西是有一定的。瘤子就是一个烂菜花。它有根，会不断地长大。脑瓜里就那么一大点儿地方，瘤子一大，别的器官就被压成了一摞纸片。等到瘤子长到了和脑子一般大……不和你们说了，说了你们也听不懂。总之，你们如果一定要走，孩子就会立时死在你们的怀里。"

袁大夫毫无波澜地说完这一席话，匆匆走了。他有许多病人要看。有的医生是凭态度殷勤出名，袁大夫只凭医术。

走出很远，袁大夫又回来嘱咐道："这孩子快抽风了。"

啊！！！

乔先竹和老姜先浑身痉挛了起来。还有多少罪过在等待着这个孩子啊！

袁大夫深入浅出地向他们介绍了将要发生的癫痫大发作。深入浅出真是一件极残忍的事情。他把一个深奥的你不理解的可怕现实，描绘得那么简单明了。像一碗邪恶的清水，把你所有的希望都溶化掉了。

老姜和乔先竹真想把医生掐死。可实际上他们却围着医生忙不迭地问："有什么办法吗？"

"赶快叫护士用镇静剂。把她的手脚按住，以防骨折。为了保险起见，把她的手脚捆在病床上最好。"

袁大夫说得非常平静，好像在传授一道美味佳肴的烹制方法。老姜双手扶着袁大夫,像滔天洪水中抱住了一棵老树。他做出垂危病人的家属在这种情形下能挤出的最好的笑容,说:"我们信得过您,把孩子的脑子就托付给您了。您把它给打开,把那个瘤子给割出去。哪怕孩子就此傻了,瘫了,我们也一辈子念您的好。"

袁大夫不屑地摆头:"你以为你孩子的脑瓜真是一口箱子,想打开就打开想关上就关上了吗?脑子里的每一块都是非常重要的。除非是哑区……"

"哑区不就成了哑巴了吗?"老姜积极地插嘴。其实他是不该打岔的,但他想显出对大夫的讲解都心领神会,希望执掌孩子命运的医生能对自己说得再详细一点儿。

没想到袁大夫火了:"谁说哑区不好?要是瘤子长在哑区,切掉就是了,危险要小得多!为什么叫它哑区,就是有它没它一个样。你家孩子的瘤子长得不是地方。如果把瘤子切除,就像从湿地里把一个萝卜拔出来,要拖出一大坨泥。那都是人的生命中枢。肿瘤被切除了,人的生命也就在那一瞬同时停止了。"

迄今为止,袁大夫说的都是丧气话,但这并不妨碍他千方百计地寻找救治孩子的方法。

他从不在病人那里停留太长的时间,一切都了如指掌,对于病的惨状,他比任何一个深受其苦的病人都更清楚。有出息的医生不是唉声叹气地在病人面前表示廉价的同情,而是苦苦探索,拿出拯救生命于水火的方子来。

小姑娘的头一天天地肿胀,渐渐像个榨菜似的见棱见角。夫妇俩日夜守候着女儿,像守候着一枚鱼雷,不知医生预言的可怕的抽搐何时到来。

袁大夫走进病房,手里拿着一瓶蓝墨水样的液体。

姜小甜睡着了。她的黑发遮住了头颅狰狞的凹凸,脸庞艰难地保持着娟秀。

"请你们到外面来一下。"袁大夫说。

"有什么您就在这里说吧。"两个人都不愿意离开孩子一步。最后相聚的时间像破盆里的水,越漏越少。"她睡了。"

"这是一种毒药。很毒的一种药。我不敢说它有多大的把握,但是如果我们不试一试的话,我们就一点儿希望也没有。"

"能有多毒呢?"夫妻俩问。

"我已经在自己身上试了一下。血管非常痛。我想敌人的辣椒水加老虎凳,大概和这差不多。"

"那受了这罪之后,她能好吗?"两人异口同声。

"好不了。只是暂缓死亡。"袁大夫永远不给人以不着边际的希望。

"让我们想想!让我们想想……"两个人抱着头,好像他们顷刻之间也得了脑瘤。

"你们好好想想吧。"他胳膊打过药的部位像烧红的铅丝在那里拧。他当然很想试一试这种新的药的威力,积累经验。医生的技术是在无数尸骨与血泊中堆积起来的。但他不能欺骗。给人以渺茫的希望,是最大的欺骗。

一家一户的痛苦并不影响世界的幸福。夏天不可遏制地到来,合欢花像粉红色的粉扑,拂弄着寂寞苍凉的病房窗台。

女孩的头成了多边形,早已愈合的骨缝像龟裂的土地,在菲薄的皮肤下绷开黑洞,一个内在的妖魔向四面八方膨胀。眼睛被扯进头发,眼珠像壁灯似的进出。嘴角搭上了耳轮,鼻孔一个朝天,一个朝地……那个美丽乖顺的小女孩已不复存在,代替她的是一个被病魔统治的怪物。

抽搐终于开始了。发作的时候很突然,好像女孩接受了一道从天而降的旨令,毫无先兆地骤然痉挛。软绵绵的女孩皱缩得像极坚硬的擀面棍,每一块筋肉都像铁一样放光。小小的身体像一柄射雕的弯弓,反弹在惨白如雪的病床上,无数的汗水从这怪诞的人体虹桥上,滴滴答答溅落,犹如春暖花开时积雪的屋檐。

看着自己的亲生骨血受此蹂躏,老姜猛烈地往墙上撞自己的头,整个楼层被他撼动,暖气管子发出强烈的共振。他完全不觉得疼,或者说身上的疼转移了心上的疼,倒略略舒适些。

看着丈夫青一块紫一块的脸,乔先竹反倒冷静了。谁是一家之主?平和的日子里,男人们发号施令。当厄运像洪水般袭来的时候,女人们就挺身而出了。笨重的东西都被淹没了,只有那些平日里轻飘飘的物体,顽强地在浑水之上浮动。

护士们开始紧张地救治。

"我要去找他!"

"找谁?"乔先竹抱着丈夫。

"找那个像巫师神汉一样的大夫。他什么都知道,病要变成什么样,他早就心里明镜似的。可他就是不给治呀!愣是他把我们孩子给拖成这样的啊!我要找他去!跟他算账!和他拼命!孩子不活了,我也不活了,他也甭想活!"

乔先竹抱着丈夫声嘶力竭地对护士喊:"你们给他也打一支镇静药吧!让他也睡过去吧!求求你们了!"

孩子睡了,丈夫也睡了。刚才狂躁一团的病房,现在宁馨静谧。

要是永远这样沉寂,多么好啊!乔先竹真想此刻火山爆发,他们一家人就永生永世不会分离了。

丈夫已经垮了。乔先竹觉得平日倚在背后的那棵大树,被雷劈得四分五裂。她真想昏过去啊!在小说里电影里,女人是那么容易昏过去。身子一软眼一闭,就可以缩成一团倒在地上。等她醒来,事情多半就会好起来。

她真想无知无觉地躺在地上。就在这医院冰冷而又带着消毒气味的水泥地上,永不醒来。她再也不用在孩子面前强装笑脸,再也不用提心吊胆地等着一天比一天恶化的报告单了……

她喃喃地说:"孩子,你去了,妈也跟你一起去。在那个新的地方,妈还给你做妈,你还给妈做孩子。妈还天天给你做疙瘩汤喝,多放香油……"

她的思绪像锈链子,缓慢迟钝地向前扭动着。可是她清醒地知道自己没有一丝昏过去的迹象。她的眼珠干涩如沙,嘴里也没有一星水汽。

她没有昏过去的权利。

许多厂里的人来看孩子。

"下班后有事吗?"

"没有。"

"那咱们到医院去吧。"

"好好的到医院去干什么?"

"去看老姜师傅的闺女呀。"

"还真得去看看。听说是快死了。要是去晚了,就是想看也看不到了。"

"真可惜,我以前没看过那孩子。"

"听说脑袋肿得像脸盆。手脚都绑着……"

"赶紧去!干吗还等着下班?上班去,领导还敢不批?"

人们蜂拥着去看那濒死的孩子。看完之后，心里生出自豪感、幸福感和优越感。一无所有的人知道自己拥有健康，就是极大的富裕。为人父母的回到家里，骤雨似的亲吻自家的孩子。

司徒大妈不敢去看。她把假牙咬得嵌进了牙帮骨，才到了病房。

"司徒奶奶，您来了。这些天来了好多人，来看我。可是，您老也不来，我都想您了。"

司徒大妈做好了最充分的思想准备，床上就是躺了一个鬼，老太太也不害怕。可是老人家还是毛骨悚然了。她听到一个面目丑恶的小人发出那么动听的声音。

姜小甜的脑袋变成了一个不规则的多边多角体，司徒大妈老眼昏花看不太清就是了。

那简直就不能算是一个人。什么都变了，只有嗓音依旧。

"奶奶忙。从今以后，奶奶常来看你。"老人泪水涟涟。

"那我在病房活到一百岁，奶奶就得来几万次了。"

"来！奶奶来！几万次也来！"

"奶奶，我是逗您呢。您也不想想到那会儿，您多大岁数了！主要是我活不了多久了。"小姑娘的眼珠已经像踩进泥里的杏核，很难转动。

"小小的孩儿，怎么能说这话！"

"奶奶，我要是不在了，我爸我妈老了，谁来服侍他们啊？我以前喝了我妈那么多的疙瘩汤，我总想等我妈老了，我也给她做疙瘩汤喝，可惜我做不成了……"

"做得成！做好了，别忘了给你司徒奶奶一碗。"老人赶紧颠颠地走了，她再也受不了了。

小甜躺在床上，你分不清她什么时间睡着什么时间醒着。疾病使人极大地聪明起来。她的脑瘤一定使某些神经绷断了，断头又搭上了线。就像烧断了的灯丝又对接上，分外刺眼。

乔先竹的心被一只铁爪攥出血来，心里叫着：瘤子瘤子，你快长到这孩子脑子里管说话的地方去吧！让她傻了吧！

死亡是一位透明的老师。活得好好的人是看不到它的。只有那些衰竭到极度的人才被它收作学生。它诲人不倦地教导学生，濒死的人往往说出智慧无比的话。

"我死了以后，不要烧我，也不要埋我。烧我的时候头发会着火，太疼了！埋在土里那么黑，那么憋。蚯蚓会爬过我的脸，雨水会灌满我的耳朵……"小甜眼睛里的世界已经像砸碎的万花筒，是一堆彩色的碎片。这在好人想来自然是非常可怕，其实它是逐渐形成的，姜小甜习惯了，忘了完整的世界是什么样子的了。

"那你说，我们可该把你怎么办呢？"母亲钻进了孩子的圈套。现在不是讨论死不死的问题，而是在研究死后的处置方案了。

"我也不知道。我以前也没碰见过这种事，别的小朋友也没有说过。我累了，我要睡觉。我以后要穿一双红皮鞋，要草莓那种颜色……"女孩子立刻睡着了，你说昏过去了也行。

老姜已经是个废人。他不吃也不喝，只是愣愣地盯着女儿看，好像要在黑眼珠上雕刻出孩子的影像。他觉得这个脑袋畸大四肢枯干的小人，哪里还是他的孩子！一个魔鬼在暗中偷天换日，就像跳大头娃娃舞，这是一个假面具。

他要砸了那个可怕的怪脸，把他可爱的孩子从后面抠出来。

女人强迫自己吃饭,使劲吃。一家人总要有人主事,她吃的时候完全不知道饥饱,就迅速地肥胖,显出灰白的囊肿。

日子像蜕下的蛇皮,一动不动地挂在墙上。

那个时刻渐渐逼近。

袁大夫无动于衷,所有的同情心怜悯心在实习医生的时候就已用完,最初的病人死亡时他痛哭流涕。一次次的死亡把他的泪腺灼干了,只剩下坚如磐石的责任感。他承认,自己的恻隐之心绝不如那个抹着眼泪的司徒大妈,可是他会为拯救生命奋斗到最后一息。眼泪不是药。

袁大夫注视着一道道病魔运行的轨迹,想尽所有的办法。他嘲笑自己是明知不可为而为之的愚人。

人们都在盼望出现奇迹。但奇迹之所以被称为奇迹,就是因为在一般情况下绝不会发生。那个烂菜花蓬蓬勃勃地发育着,把小姑娘全身营养血脉的精华都攫取来,肥沃地滋润自身,快要成熟了。

癫痫发作得越来越频繁,小小身体成了病魔信马由缰的草场。抽搐的时候,像一只从高空坠下的猫。

"袁大夫,求求你。"乔先竹说。

"求我是没有用的。所有这些不是早就跟你们说过了吗?"袁大夫不耐烦。

"这回是求您把我的头割下来,给我的孩子缝上。"乔先竹很平静地说。

"那是不可能的。"在袁大夫多年的医学生涯里,还从没有人提出这种古怪请求。

乔先竹使劲揪住袁大夫,她的指甲长时间没剪,把袁大夫的白大褂袖子割开了。

"医学做不到那一步。即使做到了,那个人是你呢?还是你的孩子?人之所以存在,所以你就是你,而不是其他的什么人,就因为头颅是不一样的。将来有一天,医学发展到了那一天,也不会做这种事的。"袁大夫想把袖子抽出来。

"你休想走!"

"你要怎么样?你!"袁大夫难得地吃惊了。

"既然你治不活她,你就把她治死吧!大夫,这是我最后一次求你。她这么活着太受罪了。我看着她受罪我又代替不了她,我又不能不看,要不你就把我的眼睛治瞎了吧。医生,你给她吃点儿药,你让她平平安安走了吧。可是你别告诉我!你就骗我一回吧!你让我在她前头死了吧!"

袁大夫推开披头散发的女人,对护士说:"给她用强力的镇静剂。"

乔先竹醒后,精神平稳多了。

"我们不能老这么垂头丧气的,我们得笑。"她说。

丈夫首先响应号召,他想把嘴角咧上去。可是长时间的愁苦皱纹,像锚链把筋肉固定在悲惨的模具里。他就用手指把嘴角像被子似的推向上方。

成就了一个很完美很标准的笑容。

女孩用她的半个眼球注视着这一幕,说:"我也要笑吗?"

"要笑。"妈妈说。

女孩吃力地笑起来,那是一个极恐惧的表情。又一次抽搐降临了。

现在每天都给孩子输镇静药,她只做一件事,就是昏睡。在如此安谧的条件下,肿瘤发育得更加圆满。孩子的头皮紧张得如同笛膜,血管像琴弦一样跳动,养料源源不断地供应那个赘物的消耗。

由于家长的强烈恳求，那种像墨水一样蓝的药物被滴进孩子的身体。袁大夫想对他们说，事至如今，除了徒增痛苦，没什么用了。可他终于什么也没有说。如果不用这味药，他们会后悔一辈子的。现在已经不是考虑病人的问题，而是要为活人着想了。

奇怪，那小女孩似乎并不觉得痛。

乔先竹呆呆地看着那蓝色的液体。这是一个有着皎洁月光的晚上，只有小小的床头灯亮着。

孩子的命就存在于这靛草一样蓝的药水当中吗？

突然，女孩醒来。

有什么东西能对抗那么强大的镇静剂呢？

"妈妈，我想喝水。"

"别给她喝。她这个病就是从喝水上得的，越喝越重。"爸爸说。

"不喝就会好吗？"女人说。

"喝吧。"爸爸就给女儿喂水。

她一口气灌了那么多水。好像脚下有个漏斗，把水又渗回到地里了。

"好舒服呀！"女孩说，"你们为什么老不让我喝水呢？要是让我喝水，我早就好了。"

"从现在开始，你爱喝多少水就喝多少水。"女人说。

"那我就变成一个水鬼了。"女孩微笑着说。

"别神呀鬼呀的。渴了就喝不渴就不喝。"

"其实我早就知道了，你们不给我水喝，就是想让我早死。我死了，你们就高兴了。"

女孩安安静静地说。

"孩子,谁教你说的这个话?"这是女人自从孩子病了以后,听到的最恐怖的话。

"这是我自己想出来的。"女孩很骄傲地说,"你们以前就说过,想要一个男孩。有我在,就没法生一个小弟弟。所以,我根本就没有病,好好地上着学,是你们非把我送到医院里来的。送来以后,你们又不给我治。这么好看的药。"小姑娘的手绑着,怕的是她突然抽风时掉到地上骨折。她无法动手,只能用半个眼珠瞟瞟湛蓝的输液瓶。

"不是啊!孩子!大夫说这个药特别疼,怕你受不了啊!"乔先竹像母狼似的号叫着。

"你们骗人。它一点儿都不疼。"小女孩坚决否认。她极度衰竭,连剧痛都感觉不到了。

"你们说什么我都不会相信了。你们总是骗我。你们连水都舍不得给我喝……现在我就要死了,这会儿你们就满意了吧?我知道你们会偷偷地笑……你们可以去生小弟弟了……可是我都不在了,他又是谁的小弟弟呢……"

男人和女人死死地对视着。这肯定不是他们的孩子,而是一个刻毒的妖怪。不知道在哪一个漆黑的夜里,它把他们美丽聪明的女儿换走了。

"孩子,这是谁教你说的胡话啊?爸爸妈妈是多么地爱你啊!假如这罪过能够换到我们身上,哪怕就是增加一千倍,爸爸妈妈也愿意替你受啊……"乔先竹凄厉地叫着。

"我再也不信你们了……别忘了我的红皮鞋……要草莓色的……"姜小甜说。她仿佛看见了那双鞋,脸上出现了一个莫名其妙的笑容,缓缓地从嘴角升到了眉梢,像烛焰熄灭前的最后一跳，空空洞洞地停在变了形的鼻尖上面，之后就永远地栖息在那里。

夫妇俩拼命地按铃。护士像潜伏的士兵冲了进来，开始抢救。

"结局就是这样了，我早已同你们说过。抢救过来之后，无非是让她多受几个小时或是一天半天的苦，最后还是……"袁大夫说。

"不！不！我要抢救！我要你把她救过来，我还有话要对她说啊，她不能就这样走啊，我得给孩子说清楚啊，她太委屈了啊，我的孩子！"即使在这种时候，女人依然十分清楚，丝毫没有晕过去的迹象。

袁大夫第一次违背自己的判断，指挥抢救。

女人目光炯炯地看着。

袁大夫错了。女孩永远地笑下去了。

女人突然扑上去，狠命地捶打女孩的头，"她活着的时候我不敢碰你，现在她死了，可你还活着！我要把你剜出来，剁个稀巴烂！是你害死了我女儿，你赔我女儿！"她猛烈敲击女孩的后脑，不知为什么她认定那该死的瘤子长在脑壳靠近枕头的地方。

女人的精神在这一瞬完全崩溃，她把遗体摔得砰砰作响。

轮到男人顶天立地了。他对医生说："孩子是不行了。救大人吧。"

老姜操持去给孩子买最后的衣服。司徒大妈不让他买红皮鞋，说是这样小小年纪就夭折了的女孩，是不能穿红的。要不，对活着的人不吉利，他拿不准这件事怎么办。虽说回了家，女人还是疯疯癫癫，一天嚷着："我不想要什么小弟弟，我就想要你，我的女儿啊……"

可是不问女人这事就定不下来。他终于对女人说了。

乔先竹坐在明晃晃的阳光下，凝然不动的眼睛仿佛透明。

"对活着的人不吉利？活着的人和她有关的还有谁？不就是咱们俩吗？"女人这一刻明白如水，"最大的不吉利不就是个死吗？她都死了，我活着还有什么意思？真有不吉利，那就是女儿要送我的东西，我都收着，搂着，抱着……她就要一双红皮鞋，你还不给她买！你还要来问我！难怪她恨我们，女儿，你恨得有理，你该恨……我们就是太可恨……"

草莓红的皮鞋给女儿穿上了。

烧骨灰的时候，推尸的老头盯着红皮鞋看。

老姜说："你没见过这么穿的是不是？我们不怕不吉利。"

老头默默地点了点头。他是想，这双鞋给他的外孙女穿挺合适。

乔先竹没去火葬场。老姜怕她一定要去，正不知如何劝才好，乔先竹自己却先说了："我不去。那不是烧我的孩子，那是烧那个瘤子。"

女儿被捅进焚尸炉。老姜就跑到院子里看烟囱里冒的烟。他想这是这孩子在世界上最后的模样了。砌成四方形的烟道冒了一缕极轻袅的白烟，之后就是浓黑的乌龙。

"孩子，爸爸知道只有刚开始那一小截是你，后来就都是那个瘤子了。你到天上去了，你顺着风回家看看你妈吧，她想你啊！"

女人不吃饭，瘦得像两张纸贴在一起。在亮光里，从她的后背，能看到前面的肋骨。

吃饭的时候，她就说："去叫小甜。"

小甜自然是不会来的,她就说:"你先吃我等她。"

闻到饭的气味,老姜觉得饿极了。从那遥远的疙瘩汤以来,他好像从未吃过饭。他把饭碗上的瓷都咬下来了。

男人在事情没有发生以前非常惊慌,把力量积攒起来。结局一旦出现,就冷静了。女人们在每一步骤中都有板有眼,她们把血洒在途中,最后就全线崩溃。

夜里,乔先竹把丈夫摇醒:"起来!起来!我们的女儿活了!"

老姜看到女人的眼睛绿莹莹的,好像表盘上的荧光。

"活了?怎么会?是我亲眼看见她烧成了灰!你醒醒!"

男人去摸女人,好像摸到一丛荆棘,到处扎手。

"你快去开门!她就穿着红皮鞋,在我们门前走呀走……"女人挣扎着要起来。

"我去!"男人开了门。门外是一地清辉。

"都怪你开晚了门。女儿又生我们的气了。她走了……走了……"

女人凄凉的号声,在这个工棚区每一家的窗玻璃上,划出尖锐的痕迹。

"这女人干脆死了吧!"睡梦中的人们诅咒。天亮以后,人们略微慈善了一点儿。"想个办法救救你老婆吧,要不就难说了。"大家劝老姜。

男人对女人完全无能为力,能说的话都说过了。他原本就不是一个能说的人,死亡和焦虑更剪去了他的半截舌头。

女人真的活不了多长时间了。

老姜没办法,又去找袁大夫。他不想见医生,可是除了医生谁还能救女人的命?找别的医生?袁大夫是最好的了。而且他什么都不用说，袁大夫都明白。

"医生，到我家去一趟吧。救救我女人。"

"我不去。"袁大夫刚做完一台大手术，正在洗手。洗完后，他并不是像常人把手在毛巾上擦干，而是甩着两手，等着风把它们吹干。

"要不我把她送到您这里来。"老姜哀求着说。

"那也不必。看不看都一样。"

"医生，您不能见死不救。"

"我只说不去见她，并没有说不去救她。她的病我不用看，就知道是怎么回事。现在只有一个办法可以试一试。"

"医生您快说。我拼了自己的性命也要救她。她们都死了，我活着还有什么意思？就是要我的心煎了给她吃，我都掏出来。"

"别说得那么鲜血淋漓。那都是神话故事里的事，根本没用。医生有的时候很无能，比如对付你女儿的病；有的时候也很有招数，比如你老婆的病。你的女儿我没能留得住她，但你的老婆我可以治。"袁大夫的手被风吹干了，插进雪白的白大褂兜里。

"快说啊！大夫！"老姜恨不能把办法从医生的喉结下抠出来。

"这个办法主要就看你的了。"

"我？我没事。是她不行了。"

"妻病夫治，也是一条原则。"大夫平静地交代。

"我能行吗？我……可会什么呢？"老姜忐忑不安。他来求大夫，没想到医生又把这颗苦果子还给了他。

"你行。这事除了你还没有人能办得成。"

"这是个什么妙法呢?"

"让她怀孕。"

"再生一个孩子?"老姜的眼睛瞪得像两盏汽车大灯。

"是的。唯有这个方法才能挽救她的精神和生命。"袁大夫极肯定地说。

"可是您现在没看见过她。她瘦成了一把筋,摔一个跟头,能在地上打出火星来!她哪儿还能生孩子?孩子会把她的肚皮硌漏的!您快点儿给她开些参吧。山参红参太子参西洋参都行。你那个主意会要了她的命!"男人又开始恨大夫,觉得他像个兽医。

"世人只知道用参。其实人参杀人无数,是个罪大恶极的凶手。我出的主意,你可以不用。只是她现在的情形万万不可用参,你一定要记住。"袁大夫结束了他的谈话,就像合上了一本厚厚的字典,把所有的解释都藏在了里面,不再打开。

男人回到家。乔先竹说:"我知道你到哪里去了。你去找医生了。"

女人的身躯已经像一块洗过无数次的布,又软又薄,轻轻一吹,就会破一个大洞。

"医生说什么来着?"

"医生说让你好好吃饭。人死了不能复活,活着的人还得活下去。只要人活着,什么都好说。"男人从来没把话说得这么流畅。

女人听了,说:"这不是那个医生的话。那个医生从来就不会说这么好听的话,这是你说的话。也够难为你的了。"

老姜觉得女人变得像当时的女儿,一身的妖气。

女人的世界已缩成一个冰冷的古井筒,里面只住着她的女儿。她不明白男人为什么撒谎。"医生还说什么了?快告诉我。"

"医生就再也没说什么。"老姜喃喃地回答。他不会编谎,只有缄口不言。编不圆的谎就像破竹篮,鸡蛋都漏下去了。

"那就是说我快要死了。"女人幽然地吐了一口气,"那个医生要是不说话,事情就没救了。"

"不!不!他可没说你快死了。他也没不说话。他说你只要按他的法子办,什么事都会好的。"老姜忙不迭地辩解。

"你又在骗人。你是骗不了人的,干吗做这吃力不讨好的事呢?也许骗骗别人还行,你哪儿能骗过我呢?"女人宽容地说。

"这回可是真的!医生真说事情好办。"男人想,彼此之间骗得太久,都不知道什么是真的了。

"倔大夫又说什么了?"乔先竹难得有兴趣。

"这个……还真不好说……是……"男人结巴得厉害。

"这有什么不好说的?咱们不是两口子吗?"

"对对!就是两口子的事!"男人如获至宝。他真没法说那个主意。

"你说呀。"

男人发起火来:"别提他!他的主意混账极了!是把人往死路上整!"

"我不怕死。快把他的主意讲我听听。"男人的火气触发了女人的心气,穷追不舍地问。

"他说……让你再生一个孩子……"老姜等着女人撕肝裂肺地惊叫。

"他真这么说了?"女人没叫,但满脸惊愕。

"真的！这可不是我的意思。是该死的袁大夫的原话。"

"他怎么跟我想的那么一样？我早就琢磨过了，就是这么一回事。我们俩就像两棵树。我们结了一个果子，它被风打掉了。我们再哭，它也不会回到树上去了。可是我们还能结好多好多的果子啊！我早就想和你说了，可我怕你笑话我。都这样了，还想着这事。我不是个下贱的女人，可我想要个孩子。我是个女人，我不能没有孩子，你要可怜我，你就按医生的话救我。有了孩子就有了我……"女人一下子说了这么多的话，要是平日，早就上气不接下气的了。今天却神采奕奕。

"不！我不能干那事。你就是真的信他那个邪招，也得养好了再说。你现在这样，孩子会要了你的命！"男人坚决不干。除了心疼女人，他对自己毫无信心。自打女儿生病，住进了病房，他就知道自己不行了。

女人不再说话。她没有力气说话了。她无声无息地贴在床上，像一枚叶脉分明的书签。

在以后的日子里，他们都不提那个问题。他们像两艘破烂的小船，谨慎地避开犬牙交错的礁岩。

那礁岩是有生命的。在黑暗与沉默中越来越大，横梗在他们之间。

女人执拗地什么话也不说，安静地等待死亡。

男人凄惨地说："你这不是害我吗？孩子刚走，你又要走。留我一个人干什么？谁走在前面谁享福，有人照顾有人捧骨灰盒。你比我能干，你服侍了我一辈子，这会儿就再让我一回吧。让我先走一步，让我死在你前头。虽说我比你大几岁，权当你是我姐姐，我到阴曹地府里也谢你。"

女人说："我不是你姐姐，我是你老婆。"

半夜里。女人突然起身。说:"做锅疙瘩汤。"

"没菜了。"他们什么也不操持,家里像是被侵华日军"三光"过。

做疙瘩汤需要根块状的菜肴做辅料。比如土豆倭瓜西葫芦,要禁得住熬煮。做得软硬和面疙瘩差不多。假如放了菠菜,就烂成水草了。假如煮的是扁豆,硬得像地雷,垫得牙疼。

"不用那么讲究,就吃甜疙瘩汤。"女人说着爬起来,手脚麻利地生火做饭,全然不见了病恹恹的模样。

男人在医院里见得多了,他恐怖地想到回光返照。

他要抢女人手里的面盆,女人像铁钳似的抓住盆,他只得由着她。

火光映着女人的脸,像刷了一层金漆。女人就显得神圣。

两个人把疙瘩汤喝得呼噜噜地响。喝的时候,他们都想起女儿,可是他们都不说了。喝着喝着,他们突然不喝了,觉得疙瘩汤里有一股血腥气。

喝完了,出了一身透汗。女人说:"这件事,你听我的。"

男人说:"什么事?"

女人把男人拉到身边:"睡觉。"

炉子上坐着水,火光从炉底泻出来,与高窗洒下的月光辉映一处,金银镶嵌。

男人拼命摇头,好像他刚从水里钻出来。"你说什么?"

"睡觉。"女人坚定不移地重复。

对于那件事,她不会用更文雅的话来说,她只会这一种说法。虽然粗鄙,但她的神情极严肃。

"不不!我不行……是我不能……"男人连连退缩,直到凸起的腰肢抵到絮着蛛网的墙角。

"你能！你怎么不能！你是个男人，你就应该能！你想想我们的孩子你就应该能！"女人斩钉截铁地说。

不提女儿还好，说了，男人更瘫软不堪。

男人说："改日行吗？我明天就去买猪腰子。"

女人的牙齿闪闪发亮。人哪儿都能瘦，就是牙不会瘦。"不行！就今天！我等不到明天了。明天我就会死了！"

女人被一种奇异的火焰烧灼着，光着身子在屋里追逐着男人。男人哀求她说："我答应睡觉。我答应睡觉还不成吗？只是你的肚子里还有一个环。就是我咬着牙行了那种事，你也是坐不了胎的。"

女人安静下来，说："我倒忘了那个铁圈。我们先把地耙平了，再撒种。"

第二天他们去了医院妇产科。主意虽说是袁大夫出的，可医院也是铁路警察各管一段。

在医院住过那么长时间，知道了医院内部的分工也是很细的，就像各种颜料绝不混淆。要是愣掺和在一块，就是黑的了。

"你才多大岁数啊？还没绝经呢，你摘什么环？可不是儿戏，摘了立马就能怀上。这样的事我们见得多了，昨天我才给一个已经当了奶奶的人做了流产。你有五十了吗？我劝你别着急。再坚持两年，等身上彻底干净了，再摘不急。"妇产科医生很健忘，她刚在病历上写下乔先竹的年龄，还不到四十岁。

"我就是想怀个孩子。"女人说。

"你？"胖胖的女医生像根膨化雪糕，吃惊地张着肥而圆的嘴，"你这么瘦，估计已经没有了受孕的可能。我们刚才说的只是万一。在德国集中营的女犯人，就是因为瘦，全怀不上孩子。说了这么多，我还忘了问你，你的孩子呢？"也许见多识广，谈到这么敏感的话题，女医生依旧春风满面。

"她死了。"要是以往，乔先竹立刻痛哭流涕，今天她却很宁静。"这是她的死亡证明书。"她掏出叠得齐齐整整的一张纸。他们从未打开过它。

"我们还需要再核实一下。"女医生谨慎地说。

正巧袁大夫走进来。妇产科和外科在广义上属于一家。

"她的情况我知道，你就给她操作吧。"袁大夫说。他没有丝毫惊奇的神色，一切都在意料之中。

乔先竹向袁大夫羞涩地笑笑。这一笑表示什么意思呢？她也说不清楚。希望在远处鬼火似的跳跃着。

女人躺上手术台。女医生把闪闪发光的钳子揳进她的身体。仿佛一堆钢镚撞击的声音在她的洞穴里作响……一旁有个锃亮的不锈钢器械桶，正好反射出医生们的动作。当然不精确，好像被水洇过的画。由于圆弧凸起，又像哈哈镜似的变形。医生的脸像一粒长长的豆荚，套着乳胶手套的双手格外宽阔，好像白色的章鱼。

这本是一个小手术。医生们把那个像戒指般的细钢丝环从女人体内掏出，犹如在茶杯里舀一粒黄豆。雪糕样的女医生已经用钢钳触到了它，敲响了它坚硬的表面，剩下的工作就是把它拽出来。萝卜缨已经揪住，拔出它还是问题吗？

没想到女医生遇到了顽强的抵抗。那个铁环长出了无数的根须，植入它栖居的子宫。

女医生试着加力。她把撬钉子的力量输入到悬空操作的手臂上。但那个铁环纹丝不动，好像已经在女人体内停留了一百年。

胖医生的白帽子被汗水胶在头上,勇气像雪糕一样融化了。她没有遇到过这种情况。这个女人以前绝不是这么瘦。她迅速萎缩的结果是把这个钢铁指环嵌进血肉。

"去叫袁大夫。"女医生小声吩咐护士。

老姜等在外面,焦虑不安。女人进去好长时间了,毫无音讯。他从护士急匆匆的脚步里觉得异样。他忍着没问,问了人家也不会告诉他。

他看到袁大夫走过来。他希望袁大夫能给他一个微笑,他就会安心好多。但是袁大夫看也不看他走过去,好像他是一只痰盂。

女医生刚想交代病情,袁大夫说:"我明白。"

女人被悲哀蒸发了。残存的躯体坚硬如铁,包裹着避孕环,如同一口保险箱。

乔先竹从不锈钢筒的反光中,约略知道出了点儿麻烦。这意外到底是什么她不清楚。女医生的摆弄还没有给她造成太大的痛苦,只是觉得内里坠胀。

看到袁大夫,乔先竹不好意思。虽说打过许多次交道了,但她此刻姿势不雅。只是男医生的态度非常严谨,容不得你有丝毫忸怩。

袁大夫轻柔地操作了一下,说:"是我劝你要个孩子的。现在我要劝你不要孩子了。"

"为什么?"女人觉得自己的脊髓被抽走了。插进她身体的形形色色的器械,随之剧烈抖动。

"因为那个环卡在里面了,很不好取。"袁大夫简略地说。他不屑给病人作更多的解释。病人知道的太多,只会给医生添乱。

"要是一直取不出来,它不会随着我的血流到骨头里吧?"女人有些惊慌。她不怕死,但是她讨厌这种死法。

"假如一直取不出来,它就老老实实地待在里面,同你相安无事,你什么感觉也不会有。比如有人打仗时子弹留在皮肉里,以后就变成了一个钢铁馅的饺子,同人和平共处。烧骨灰的时候取出来就行了。这个环比子弹可要温和得多,你尽可以放心。别动它是最好的方法。"袁大夫破例说得比较详细。

"可是孩子呢?孩子能和这个环一块长大吗?"女人问。她身上的铁器一阵乱晃。

"没有孩子。孩子是和这个铁环誓不两立的,所以它叫避孕环。"袁大夫觉得这个女人真是愚不可教。

"那我要孩子,不要环。"女人把自己的姿势调整得更舒适一些,"你要是不给我取出这个环,我就不起来。"

"就是说你坚决要去掉这个环了?"女医生兴奋起来,这是一个练手的好机会。但是要分清责任,类似文责自负。

女人很清晰地说:"医生,您甭害怕。这事是我自己要求的,同别人没有关系。虽说主意最初是大夫出的,可我听了,就是我的主张了。现在大夫改变主意了,我可没变主意。你们想法把那个环给我取出来就是了。当医生的既然有办法把它送进去,就该能拿出来。受疼流血我都不怕,实在不行了还可以开刀,我一定要再生一个孩子。这是我自己的事,你们别跟我男人商量。生孩子是两个人的事,这环可在我身上,不是在他身上,跟他没关系。我现在也没打麻药,脑子清清楚楚,我说的话我负责。剩下的事你们就看着办吧。"女人说完,合上眼睛,好像再也不打算起来。

女医生用目光问袁大夫。袁大夫说:"既然这样,你就干吧。"

女医生说:"你别走。"

袁大夫说:"好。我看着。"

女医生把锐利的剪子探进去,找到那个环,那个环埋在肉里,只有一小段露在外面,就像缝在一床厚棉被里的线头,一不留神就缩跑了。

一切都在人体中的黑暗当中进行。精妙的感觉通过长长的金属手柄和隔膜的乳胶手套传达到手术者的神经。女医生吃力地辨析着微茫的差异,确认锋利的剪刀刃口下是一根钢丝,而不是一条血管或是一束筋肉,她就铛的一声摺合了剪子。

接着她又细心地把铁环破成许多截,就像不嫌麻烦的家庭妇女在拆一条旧裤子。然后她用长长的镊子把铁蜈蚣一样的钢丝残片,一段段夹出。

每一段环都血肉模糊。护士把它们在水池里洗干净,贴在洁净的白纱布上。

钢弦的每一丝抽动,都给女人以狞厉的痛感。她觉得医生不是把钢丝取出来,而是把它们在她的肚子里烧红了。随着钳子的翻动,她感到自己的子宫变成破烂的蜂巢。

护士终于在白纱布上写完了那个鲜血淋漓的"0"。

袁大夫用钳子拨拉着钢丝,说:"嗯。很完整。"

成功了。

女人的头发像黑色剪纸贴在脸上。

男人迎着女人,"出了什么事?把我吓坏了。"

"什么事也没有。"女人笑了,真切快活。她脸上的肌肉由于不习惯这种分布,突突地跳起来。

老姜相信女人一切顺利。那笑容是绝装不出来的。

"谢谢您。"夫妇俩对着飘然而去的袁大夫说。

"一个月以后。"袁大夫说。

走廊上的其他人都听不懂这句话。

女人安安静静地养了一个月。她已经能做一点儿轻微的工作了。男人给自己买猪腰子吃。

那些叫作什么"鞭"的补品,太贵了,吃不起。而且老姜觉得自己不至于那么无能,主要是精神上的事。妻子活过来了,他也就恢复正常了。

那一天终于到了。

"行吗?"先是男人问女人。

"行。"女人很肯定地回答。

"行吗?"这一回是女人问男人。

"行。"男人很肯定地回答。

他们于是洗澡,把半个"个"字的小屋收拾得干干净净,好像有一位贵客就要到来。然后耐心地等待晚上,其实白天也是完全可以的,但他们总觉得那不地道。

晚饭他们吃的是疙瘩汤。为什么要吃疙瘩汤呢?不知道。女人把水龙头拧得小小的,水珠滴下来,就像是千年的钟乳石眼泪。她把疙瘩搅得匀细无比,好像一盆珍珠。

夜深了。他们一直等到周围所有的人家都睡着了。为什么一定要这么晚呢?不知道。也许是他们有些害羞。

清冷的月光从高高的小窗流淌进来,洒在赤裸的俩人身上。女人已经丰腴了一些,骨头与骨头相撞的时候,不会把男人硌痛了。

"睡觉。"女人说。她的脸上闪着新鲜带鱼的银色光泽。

她不会说做爱或是造爱那种很美妙的话,可是她庄严而神圣。

男人勇敢地动作起来。就在他的工具像一条被激怒的蛇,由柔软变为昂然挺立的时候,他突然在月亮的角落,看到了女儿最后的笑脸。

他像被抽了大筋,啪地耷拉下来。"你看那月亮!"他说。

"看什么月亮!我要你看我!"女人热烈地说着,哗地把窗帘拉上。月亮就无助地被关在外面,只能把窗帘的中央照得雪亮。

"睡觉!"女人命令着。

男人振作起精神,竭力想表现得出色。可这是不由人的事,无可遏制地疲软下来。

女人索性坐起身,像稻草秸扎的假人,只有上半截,下身隐没在黑暗中。

"你又想女儿了是不是?"她说。

男人不说话。

"她是什么?她就是咱俩做出来的。现在她成了废品,我们重造一个就是了。她说我们想要一个男孩,其实我想要个和她一模一样的女孩。小甜在天上转了一圈,就要回到我们身边来了。"女人说着,用手去帮助男人。

这是一场完全没有情欲的结合。他们贴得那么紧,像是生了锈的钥匙和锁,干燥得没有一点儿汁液。

从此这成了他们的功课。每逢女人做疙瘩汤的晚上,她就追着男人说:"睡觉!"

老姜的功能渐渐苏醒。有规律的疯狂是一种运动,强身健体,活血化瘀。男人从悲痛的路灯下走远了,忧伤的阴影淡了。

脱离了轨道的生活，艰难地回归着。

突然，饭桌上消失了疙瘩汤。

初始，男人没理会。吃别的也很好嘛！

晚上，当老姜英姿勃发的时候，女人冷淡地拒绝了他。"从今后，咱们互不侵犯。"女人说。

"你哪儿不舒坦了？"老姜恨自己该早些想到女人是禁不起连连折腾的。

"没不舒服。我哪儿都舒服，好久没这么舒服了。"女人背对着他。老姜又问，"那是生我气了？"

"别瞎猜，是我有了。你的事就算做完了，以后的活就是我的了。"女人说。

"真的？你没搞错？"男人欣喜万分。

"那还会有错？又不是第一胎，我有数的。"女人胸有成竹。

她很累。事情才刚刚开始，她就累了。可是她不会把这话告诉丈夫。

"那我们，我们该干点儿什么呢？"男人摩拳擦掌。

"等着呗，世上什么事都有速成的，唯有这件事不成。你也帮不了我的忙。让我安安静静自己待着比什么都好。"

男人摸着女人锅底一样凹陷的肚子说："不知道她现在有多大了？"

"蚕豆大。"女人说。

此后女人格外娇气，格外珍惜自己。她怀第一胎的时候可不是这样。那时她年轻，根本不觉得自己身上有什么特殊变化，该上班该骑车该爬高上低一如既往。这回她灵敏得像支试电笔,每天都侦察出新感觉。

有一天,她想吃香椿鱼。香椿鱼就是香椿、鸡蛋做的疙瘩汤。别的都好说,可是寒冬腊月的,到哪里去找鲜香椿呢?

男人平日对女人是百依百顺,这回说:"难。天寒地冻的。"

女人说:"嗯!又不是我想吃。"

男人说:"谁?"

女人说:"孩子。你可以亏待我,你不该亏待了孩子。要说吃,我是什么都不想吃,是那个孩子在我肚里叫,她要吃香椿鱼。"

男人再不说什么,满世界地去找。鲜香椿上市的日子每年只有几天,而且这简直就是一味野菜。男人实在找不到,就去酱菜园买了腌香椿,回来用水泡了好几天,给女人做了一碗黑黢黢的香椿鱼。

他紧张地等着女人的反响,女人越来越挑剔了。不过这一回她已经不想吃香椿鱼了。

女人每天的主要功课就是感受自己。她以前从不知道这是多么美妙的一件事啊!

受孕的那一刻,她看到卵子在自己的体内四处飘荡。它像一朵透明的葵花或者干脆就是凶猛的海蜇。男人的蜂群像千军万马杀将过来。圆圆的卵子像海洋里的救生圈,在汹涌波涛间起伏。唯有一只蜜蜂钻了进去,它甩泥巴封了洞口,和那个眼睛似的卵子做成一个蛹,在里面慢慢地孵啊孵。一直要等十个月……

女人的感受掺杂了微薄的科学知识。当她像床单子一样铺在男人的身下时,她感到了一种创造。

女儿的脸会突然在最意想不到的地方出现。比如刷碗后碗底剩下的那一小洼水里，比如打碎了的暖壶内胆上……她就对她说："你别急。我就要把你造出来了。我们就会有一个和你一模一样的孩子了。你就是我生的，造你的那套模具还在，现在把我的血肉填进去，就像把面按进月饼模子。等上十个月……啊……现在用不了十个月了，你就可以重新回来了……"

一个有经验的老农看到庄稼被冰雹砸了，他会痛哭流涕。可是他一会儿就不哭了。他会看看节气，麦子不成了种玉米，玉米来不及了种小豆……总之，他不能让那块地闲置，否则他还算是什么老农！

女人有时候也会非常忧郁，她想这不是让小甜说中了吗？可是她马上又反驳自己：我不想要一个男孩，我想要一个女孩。而且这个女孩不是别人，就是小甜自己呀！

她就心安理得了。

女人马上就到四十岁了。四十的女人是不宜再生育的。危险像一只猫，在她的头顶上潜伏着。可女人不害怕。她说："四十八，还结个瓜呢。谁说我不能生？我摘了环，刚两个月就有了，就是刚结了婚的小媳妇也没有这么快啊！"

老姜把所有的活都包揽了，把好东西都省给媳妇吃。

女人发面一样一天天膨胀起来。女人不对人说，其实这一次和上一次大不一样。上一回，她迷迷糊糊就当上了妈妈，这一回，要艰难得多。

大病初愈，或者说根本就没有愈，马上就进入制造生命的过程。她像一棵盘虬的老树，还要挣扎着结果，就需竭尽全力。

孩子长脑子了。她知道。因为她觉得自己的脑袋变成了一个空椰子壳，浆水都流到孩子那边去了。

孩子开始长记性了。因为她的心什么也记不住，好像一块写满了字的青石板，连个简单的直道也画不进去了。

她的牙像被陈醋腌过。上下牙对撞的时候，就像两块酥皮饼磕碰，有渣子落下来。女人非常高兴，虽然从此她只能吃极软的东西。她的孩子开始长牙了。她知道牙并不是生了以后才长出来的，而是妈妈送给孩子的礼物。

女人觉得自己像一座老房子。骨头松了，头发一缕缕脱落，背也驼了，眼睛也花了，指甲凹陷得像汤匙，手脚一阵阵地抽筋……她就非常高兴——这是一个多么健壮的孩子啊！她觉得自己的身体也很懂事，知道把最好的养料毫不迟疑地供应给孩子。要是她感觉不到自身的虚弱，她就伤心了。那说明她的余力还没有贡献出来。

她的身体彻底背叛了她，她的血管和胃都只为那个发育中的孩子服务。她快活地想：这个孩子才这么小，就这么有本事，将来一定能做大事。

在有月亮的夜里，男人会打熬不住。女人坚决不许男人上身，像狮子一样凶猛地吼道："不行！不行！"

"就这一次。你的身子还不算很重，我一定特别地小心。"老姜和颜悦色地说，"要不姿势随你选。"

"半次也不行！那些玩意儿淋到孩子头上，会得癞头疮的！"

"你瞎说！咱们以前不是也有过的吗？女儿不是好好的吗！怀胎十个月。难道男人要当八个月的和尚？"老姜急了。

"我要出个优质产品。什么都别说了，你就丢掉幻想吧。那事是一点儿指望都没有的。"

"那我怎么办哪？"老姜百般无奈。

"怎么办都成,就是别惹我。"女人懒懒地说。

"那我就去找别的女人了!"老姜赌气地说。

"行啊!随你的便。只是不要给钱。咱们家落了不少账,孩子生下后,开销就更大了。"女人心平气和地盘算着。

"不给钱天下哪儿有那样的好事呢?什么都在涨,这事也不知是个什么价了。"男人长叹了一口气。

"不是说有不图钱的友谊第一的吗?你就不能找个心灵美的了?还不得传染病。"女人打趣。

"嘿!越说越没谱了。谁会看得上咱们穷工人。我不动你就是了。憋急了,我有法。"

男人说着起了身。

"你干什么去?"女人问。

"用凉水冲冲,去去火。"

人们的眼光由怜悯渐渐变得平淡了。天地间有许多大事,谁还老注意一家小人物的琐事。偶尔议论,有人说,上回死的是个闺女,这会儿八成是个小子,因祸得福。也有人说,那么大的岁数了,谁知能生个什么?

不管人们怎么说,乔先竹的肚子像发面似的鼓起来。她的气色比先前好多了,显出蚕要吐丝时的亮光,好像有绸子在她的皮肤下抖动。

女人慵懒地躺着。不仅是因为娇气,从骨髓里散发着疲惫。这种疲惫使她有一种神圣感。唯有殚精竭虑鞠躬尽瘁为某事耗过心血的人,才敢有这份神圣。

能尽的力量她都尽完了,剩下的就是听天由命。

事一到了听天由命的分儿上,反倒简单。

应该到医院去做检查了。女人不去。她说:"医生有什么用呢?真有病他治不好。况且这不是病。"

老姜说:"上回取环还不多亏了医生。"

女人说:"那环原本就是他们放进去的,他们不取找谁?再说那也不叫病。"

男人还是不放心。他想说什么,又怕女人不爱听,就闭嘴。

乔先竹把男人的手放在自己肚子上,说:"你摸她的头。"于是男人摸到一个水中泡着的篮球。女人的肚皮薄,是属于薄皮大馅的那一种。男人甚至摸到了一些凸起,他想那就是孩子的鼻子和嘴巴。他得意地告诉了女人,女人拍着他的脊梁说:"你错了,那是屁股。屁股在上。"

"那么头呢?"男人吃了一惊。在这个家庭里,最怕头出什么事。

"头在下。"女人指点着叫他再摸。他摸到一个西瓜似的球体。他捅了它一下,它踊跃地跳起来响应,弹性十足。

"头总在下面,晕不晕?"男人设身处地地着急。

"等她长大了,你问问她。"女人难得地开玩笑。

"多躺着。无论头朝上还是头朝下,她都没事。"男人体贴地说。

"只要胎位正,没事。"女人胸有成竹。

女人像一块就要成熟的麦地,一天天由青转黄,沉甸甸地低着头。

生的征兆袭来极为突然。

那一天正在下雨。雨大得像有一万个女人同时死了丈夫,放声痛哭。女人临睡下的时候,男人摸着孩子的头说:"你觉得怎么样了?"

"没动静。还没到时间。"女人很有经验地说。

世上没有两颗相同的黄豆。每一个孩子都是不一样的。可惜女人自以为比妇产科大夫还有经验。

半夜,女人觉得下身很湿,好像雨水已经从街上漫上了床。她忙亮了灯,看看身下,已是一片血泊。

她推一推丈夫。老姜像猫忽地蹿起,"是不是生了?"他问。

"这会儿有那么一点儿意思了。"女人平静地说。

"啊!这么多的血!"男人大惊失色。上一胎是早早送进医院里生的,送去的时候干干净净,回来的时候也是干干净净。医院把男人女人间这么重要的一件事给隔离起来了。

"这有什么呢?女人生孩子,原本就要流好多的血。你真是少见多怪。而且女人为了供孩子,身上的血多得不得了,要借这个时候放出去,不然要憋得难受。"女人微笑着解释。

看着女人宁静的脸庞,男人安心了。一个流了这么多血的人,还能快活地说话,可见这血和平日的血是不一样的。

女人的宫缩发动起来了,频率密如防止野狗钻进的栅栏。女人不能微笑了,疼痛不给她喘息的机会。但她的精神很好,就是在痛苦中也是生气勃勃的。疼痛像海浪有规律地涌动,每一次退却都蕴藏着更凶猛的反扑。

"到医院去吧。"男人问。

"可是……我们怎么……走……呢……"疼痛像一个个省略号,穿插在女人简短的话中。

城市的夜幕被雨枪射出无数的窟窿,"个"字工棚区水深没膝,女人是断然不能走的了。到厂里去叫车,是唯一的法子了。只是女人这里又离不开。

"你先把司徒大妈叫来吧。"女人沉着地指挥,"不行我就在自家生。"她做好了最后的打算。

男人冲出去。

"拿好伞。你可别冻着。"女人再三叮咛。

伞根本就张不开，男人顶了张塑料布，淹没在黑幕中。

女人突然觉得孤独。其实男人待在身边也没什么用，生孩子是女人的专利。但一个毫无用处的人待在身边也比没人强。

她觉得孩子从她的身体里奋力往外爬。她像一层薄脆的鸡蛋壳，绷住了那颗跃跃欲出的头颅。她真想帮她一把，就拼命往下鼓气。

那颗圆滚滚的头颅得了助力，像鲤鱼似的猛一跃，女人听到了响亮的撕裂声。

乔先竹挺奇怪：是什么东西扯开了？这么不结实？她吃力地撑起身子。看到铺的褥子红光灼灼，布毛由于黏稠血浆的滋润，一撮撮耸立着，好像那是一幅质量很好的红毡。

血的汹涌澎湃多于她的想象。但是她丝毫没有虚弱的感觉。她想这没什么可怕的，上回因为一直躺着，才没看到这么多的血。

在腿间血泊中，她看到一缕黑如柏油的物件。在这个像笔锋一样柔软的东西两侧，有火红的溪流无声地推着波浪。在这两条红蚯蚓之下，是像蒜瓣一样翻卷的筋肉。

这是怎么回事？

女人偏着头想了想。她突然觉得自己的脑袋很沉，需要架在肩膀上才能想明白。啊！她一阵狂喜，迫不及待的孩子用头颅把生命之门撞碎了，她急着要来看看这个世界。

孩子！你好有劲啊！你要再加把油，冲出来就能见到天日了。

孩子仿佛听到了她的呼唤，拼命往前拱。

女人非常抱歉自己的皮肉太坚韧，给孩子冲决罗网造成了极大的困难。她把双腿张得如同巨大剪刀，好给孩子前进的路减少阻碍。血就奔涌得更畅通无阻。孩子的胎发像煎炸过火的糕团，变成焦灼的褐红色。

男人从雨里潜回来，"邻居去叫了，医生就来。来了就好了，你别怕。"

"已经看到头发了。"女人自豪地宣布。

"别说话。你好好躺着，千万别说话。"司徒大妈颤巍巍地说。她分明看到女人说的每一个字，都像按动开关，血一股股溅落。

那缕胎发像火焰，渐渐增大。女人顾不上说话了，呼呼像电扇吐着气。

孩子的逸出并不是像蛇似的一寸寸往外爬，而是蜷着身子，像被架在巨大的弹弓上，女人一憋气，就像拉动钢弦，孩子箭一般地弹射而出，前进一大段。

现在孩子最宽的两耳卡在产道的峡谷，犹如鸡蛋要通过蛇颈。这是生产中最险恶的关口。

女人突然觉得舒适，宫缩骤然停歇，好像风暴退去的海滩，平静得纤尘不染。宫缩是一种强制给你的——迫害你的力量，它把你身体里的一部分调动起来，凶狠地同你的整体对抗。子宫在这种非常时刻，是君临一切的霸王。它不听命于任何人，只服从那个黑暗中的孩子。子宫是女人全身的叛徒，它独往独来，天马行空。

现在，不知是什么原因，宫缩停了。

女人立即合上眼，很安详的样子。在剧烈的重体力劳动之后，她累了，恬然入睡。

"哎呀！你不能睡！你可不能睡啊！孩子卡在那里，上不去下不来的，鼻子都压扁了！再夹下去，你这十个月的苦就白受了！你就是咬碎了牙，也要再使把劲！听我的话，使劲！"见多识广的司徒大妈也慌了，拼命做出憋气拉屎的样子，在她遥远的记忆里，孩子就是这样生出来的。

"我累了……"女人梦呓般地说，"让我睡一会儿……等我一觉醒来，就有劲了……"她的声音轻得像优质羽绒，脸因为失血，苍白如乳胶。

女人无可遏制地睡去。

"这可怎么办？怎么办呢？"男人六神无主。他的孩子——不知是男孩还是女孩，头皮已变成青紫。眼睛紧紧地闭着，使人怀疑里面是否包裹着眼珠。

门开了。袁大夫走进来。

"医生！我的老婆！我的孩子！"老姜搂着大夫。大夫浑身精湿。"个"字工棚道路太狭，车进不来。别说是救人，就是救火，也毫无办法。

袁大夫只看了一眼，就知道事情远比他预计的要严重得多。

所有的血液都不凝固，像桃花一样鲜艳。男人和司徒大妈当然没发现危险，他们大叫着："孩子快憋死了！"

大夫把男人拖到炉子边，这是小屋里距床最远的地方。男人预感到了什么。他说："您甭问我是想要大人还是想要孩子，我都要！都要！"

他的眼睛像两块红煤，好像这一切都是医生造成的。

袁大夫平缓地说："不是。我不是要同你说这句话。我要告诉你的是：孩子不用保，也会在的。最多不过是得场感冒，这屋子太凉了。大人却是想保也保不住了。你心里要有个数。"

说完，他留下男人在屋角发呆，走到床边。

他开始帮助女人。"使劲！"他先给女人打针，然后开始帮助女人。

"你别烦我好不好？我没劲。"女人说，她对医生又敬佩又厌恶，凡有他出现的时候，准没好事。真想一辈子不见他，可他们总要去求他。

"你不是一直都想要一个孩子吗？现在他来了。"医生温和地说。

"我知道他来了。"女人轻轻地笑了起来，"她早就来了，他逃不走的，这我比你有数。"

"但是如果你再不用劲，你就可能看不到他。"袁大夫严肃极了。

"医生！您别骗我，也别吓我。我知道我能看到自己的孩子。她多有劲！我怎么会看不到她？医生，虽说您挺高明，可这回您说得不对。"女人虚弱但是很顽强地说。

医生真是无计可施了。这个病人很清醒，清醒的病人最可恶。你难以欺骗他们，而欺骗是医生的常规武器之一。他把老姜叫到一旁，让他预备车把女人送到医院去。三轮车或是手推车都行，送到大路上，再上汽车。越快越好。医生离了医院，就是虎落平川。虽说病势已万难挽回，但医生并不死心。医生是一个充满幻想的职业，一面惨淡经营，一面浮想联翩。

悲观丧气和异想天开总是扭缠在一起。

男人走了，女人竟没有发现。她现在除了感受自己，什么都不知道了。

"我已经看到你孩子的脸了。她同你死去的孩子是一模一样的。"百般无奈之中,医生冷峻地宣布。

女人怪叫一声,像闪电劈开咽喉。她暴凸双眼,颈子膨隆像插满了红蓝铅笔的笔筒。双手反撑着床板,胸部拱桥般耸起,好像她想用手臂代替脚掌,倒扣在地上走路。"哈——哈——"她像一个日本武士似的有节奏地吐着气,声音类似凶猛的咒语。

司徒大妈看着孩子显露出来的半张脸,暗自嘀咕:我看着可不像。

血雨腥风。灿烂的红色液体像出炉的铁水,红而烫地倾泻。红毡已经饱和,低洼处聚起血的湖泊,随着女人的用力,某处稍一倾斜,血就冒着泡,变形虫似的伸出触须,蜿蜒而下,用闷而黏的声音敲击着老姜家粗糙的砖地。

那个婴孩终于诞生了。他驾着血的波涛,乘一叶红色小舟,翩翩莅临这个潮湿冰冷的世界。他的最后一跃,是被滚滚热浪射出生命之门的,犹如洪水暴发时的泥沙俱下。

婴儿亢奋的哭声,像一只只玻璃杯对撞击碎。

女人拼尽全力喊:"快抱来我看!快抱来!"

袁大夫看了婴儿一分钟。他用干布把孩子紧紧裹起来,像擎着一把火炬,在女人面前晃呀晃,仿佛女人是一个原始山洞。

袁大夫判断得不错。女人的瞳孔已开始散大,像个模模糊糊的水桶。她用尽残存之力,把仅余的血脉逼到两目之间。就像把牙膏皮里最后的膏脂涂抹到牙刷上,非但不见少,反倒绰绰有余。

女人的双眼显出灼灼光辉。

"你骗我。她不像我那个孩子。她像另一个人。"女人苦笑了一下,笑容像死水潭里的波纹,荡漾得很慢,久久地悬挂在僵硬的嘴边。

"像!谁说不像!和你原来的孩子一模一样!"医生大声地强辩。他知道女人快死了,分娩时孩子的羊水进了母亲的血液,血液就永不凝固。女人的血像沙漏就要渗光了。他不想再给女人增加丝毫的痛苦。

"你知道她像谁吗?"女人神秘地问。

"像谁呢?"医生没多大把握地说。他想把话题引开,但濒死的女人固执坚定,根本不服从调遣。

"像你的丈夫吧?"医生说。他仔细查看过婴儿,却没记住长相。一般人认为最重要的问题,医生们认为最不重要。

"告诉你,她像的那个人就是我。我不希望她像我,我这一辈子太苦了。"女人声若游丝,但很清晰。

"我好痛……痛……"女人突然把手指尖剁进褥子,血花迸散。医生急忙用听诊器去听,他听到擂鼓一样震耳的轰鸣。刹那之间,行医多年的他以为是惊雷响了。片刻之后,永久的沉寂才使他醒悟到:刚才的巨响,是那可怜女人心脏的最后一跳。

"好痛……"是好痛苦还是好痛快?没有人知道。女人的目光定定地凝结在双耳铁锅上,好像在问:我什么时候再用它做疙瘩汤?

别以为生命的衰竭会抱着长长的尾音,袅袅不绝。它时常戛然而止,斩钉截铁。在惨痛的最后断裂之前,生命会负隅顽抗,破釜沉舟。

一切都无以挽救。

男人和一伙帮忙的人涌进来。"快去医院啊!"他疯狂地号叫。

"不必了。"医生摆摆手,"这是一种很少见的病,一旦发生,现代的医学是没有办法的。医院是治活人的地方,不会收她了。"

"她最后说了什么?她留了什么话给我?你们说!你们告诉我!"男人一会儿蹿到司徒大妈面前,一会儿又虎视眈眈地瞄着袁大夫。

"她没说什么……"司徒大妈不知该怎样回答这个红了眼的汉子。

"她去世的时候我在她近前。就我一个人。"袁大夫先解脱了司徒大妈,他知道在以后漫长的岁月里,老姜会一次次逼问不止。还老人一个安宁吧。

"她最后一句话是什么?"老姜困兽样狰狞。

袁大夫静如止水地说:"乔先竹的最后一句话是要你带好孩子,保重身体。好好过日子……"

老姜悲号起来:"我的妻啊……"

袁大夫忙把他们的孩子递过去。这个极小的婴孩用好奇的明亮的眼睛,严肃地注视着人们,仿佛在深思熟虑。所有在场的人都打了一个冷战:那目光太熟悉了!这就是血铺上的那个女人刚刚合上的眼睛里的光辉。

袁大夫不由得赞叹那个女人弥留时的聪慧。

在呼啸的风雨中,在辉煌的血光中,那个小小的婴儿——一个强健完美的男孩,肆无忌惮地哭叫着,呼唤着一个新的黎明。